À PROPOS DE L'AUTEUR

Depuis le jour où, alors âgée de onze ans, Lisa Childs a lu sa toute première romance, elle a su qu'elle serait destinée à devenir auteur de romans d'amour. Aujourd'hui, son rêve s'est réalisé : avec plus de cinquante publications à son actif, elle ne compte plus les récompenses et les lectrices fidèles !

Le visage de la sorcière

LISA CHILDS

Le visage de la sorcière

Traduction française de
LUCIE DELPLANQUE

HARLEQUIN

Titre original :
HAUNTED

Ce roman a déjà été publié en 2010

HARPERCOLLINS FRANCE
83-85, boulevard Vincent-Auriol, 75646 PARIS CEDEX 13
Service Lectrices — Tél. : 01 45 82 47 47

www.harlequin.fr

ISBN 978-2-2804-1863-8

Prologue

Europe, 1655

Des mains puissantes la secouèrent sans ménagement et le son d'une voix aux accents angoissés emplit soudainement le silence de la chambre... Encore ensommeillée, Elena Durikken cligna plusieurs fois les yeux sans parvenir à percer les ténèbres qui régnaient dans la pièce.

— Réveille-toi, mon enfant. Vite !

— Mama ? appela Elena, qui distinguait vaguement dans l'ombre une forme sombre aux cheveux longs et bouclés. Mama !

— Lève-toi. Vite. Il faut partir.

Les mains de sa mère repoussèrent les couvertures, laissant l'air froid de la nuit glisser sur la peau d'Elena.

— Partir ? Mais où allons-nous ?

Jamais auparavant elle ne s'était réveillée dans une telle obscurité. D'habitude, les braises du feu baignaient leur masure d'un halo rougeâtre. Ou bien sa mère allumait des bougies tout en psalmodiant à mi-voix tandis qu'elle préparait ses potions à base de plantes et de fleurs séchées qui pendaient des poutres.

— Non, mon enfant, je ne viens pas avec toi. Tu dois partir seule.

Les dernières paroles de sa mère, la façon dont elle les prononça, glacèrent Elena plus profondément que l'air froid de la nuit.

— Mais, mama..., gémit-elle, sentant des larmes lui monter aux yeux.

— Il faut faire vite. Ils seront bientôt ici. Pour me prendre. S'ils te trouvent, ils te prendront aussi.

— Mama, tu me fais peur !

Ce n'était pas la première fois qu'elle était effrayée ainsi. Elena avait souvent peur de ces choses que sa mère voyait, ces choses dont elle pouvait prédire la venue, plusieurs jours à l'avance.

Comme l'incendie.

— Est-ce... Est-ce à cause de l'incendie, mama ?

Sa mère ne répondit pas, se contentant de glisser une cape autour des épaules d'Elena et de remonter la capuche sur ses cheveux. Puis elle l'aida à enfiler et à lacer ses bottes, comme si elle n'était qu'une toute petite fille, et non une jeune fille de treize ans qu'elle envoyait seule dans la nuit. Enfin, elle lui passa la lanière d'une besace en cuir autour du cou.

— Economise tes provisions. Reste à couvert dans les bois, mon enfant. Cours. Ne t'arrête pas...

Le visage de la sorcière

— Pourquoi disent-ils que tu es responsable de l'incendie ? s'écria Elena. Tu les avais prévenus !

Bien avant que le ciel ne se fût assombri ou que le vent ne se fût levé, sa mère avait averti les villageois de la venue de l'orage. Elle leur avait parlé de l'éclair qui frapperait au cœur de la nuit, pendant que les femmes dormaient, et du terrible incendie dans lequel elles périraient.

Elena ne comprenait pas comment fonctionnaient les visions de sa mère, mais elle savait qu'elle avait toujours raison.

— Tu les as suppliées de partir !

Pourtant, la maîtresse de maison, ainsi que sa belle-sœur en visite avec sa famille, avaient pensé que mama essayait de profiter de l'absence des hommes pour leur jouer quelque mauvais tour. Comme si cette femme sans ressources qui élevait seule sa fille voulait profiter de l'occasion pour piller la maison. Alors qu'elle essayait seulement de leur sauver la vie.

— Les villageois pensent que je leur ai jeté un sort, soupira mama, l'air las. Ils croient que c'est moi qui ai appelé l'orage.

Elena avait surpris les murmures craintifs et les regards méfiants, lorsque sa mère et elle traversaient le village. Tout le monde pensait que sa mère était une sorcière à cause des potions qu'elle préparait. Pourtant, lorsque les villageois étaient malades, ils venaient lui demander de l'aide, malgré la crainte qu'elle leur inspirait. Comment pouvaient-ils la croire capable de leur faire du mal ?

— Mais, mama…

— Cela suffit, mon enfant. Je suis maudite. Je n'ai aucun moyen de maîtriser ces visions. Tout comme je n'ai aucun contrôle sur ce qui va se produire, à présent. Je veux que tu partes. Que tu fuies. Ne t'arrête pas. Jamais. Sinon, ils te rattraperont.

Elena se jeta dans les bras de sa mère, plus effrayée que jamais. Même si elle n'avait entendu personne approcher, ni vu aucune lueur percer les ténèbres, elle savait qu'elle avait raison. Qu'ils arrivaient. Ces hommes qui étaient rentrés pour retrouver leurs femmes, leurs sœurs et leurs filles mortes, brûlées vives.

— Viens avec moi, mama, supplia Elena, en s'agrippant à elle de toutes ses forces.

— Non, mon enfant. Hélas ! Il est trop tard pour combattre mon destin. Toi, tu le peux encore. Tu peux courir.

Elle serra Elena contre son cœur, un bref instant, avant de la pousser vers la porte.

— Sauve-toi, à présent !

Aveuglée par ses larmes plus que par l'obscurité, Elena se tournait vers l'échelle qui descendait dans la cuisine, lorsque sa mère la saisit par le poignet pour lui glisser une petite bourse de velours dans la main.

— Ne perds jamais les amulettes, supplia-t-elle dans un souffle.

Elena sursauta.

— Tu me donnes les amulettes ?

— Elles te protégeront.

— Mais comment ? chuchota Elena.

— Elles renferment un grand pouvoir, mon enfant.

— Tu en as besoin…

Elena ne savait pas d'où venaient ces trois amulettes, mais elle les avait toujours vues au poignet de sa mère, suspendues à une cordelette de cuir. Elle ne s'en était jamais séparée. Jusqu'à ce soir.

— Je ne peux plus les garder, répondit mama. Elles t'appartiennent, à présent. Tu les transmettras à tes enfants, afin qu'ils se souviennent de qui nous sommes et de ce que nous sommes.

Des sorcières.

Mama ne prononça pas le mot, mais Elena savait. Elle frissonna.

— Va-t'en, maintenant, mon enfant ! la pressa mama. Pars avant qu'il ne soit trop tard pour nous deux.

Avec un soupir douloureux, elle ajouta :

— N'oublie jamais…

Elena se jeta une dernière fois dans les bras de sa mère pour se blottir contre son cou et humer ces effluves de lavande et d'encens. Elle se souviendrait toute sa vie de ce parfum.

— Jamais je n'oublierai, mama. Jamais.

— Je sais, mon enfant. Toi aussi, tu l'as. La malédiction. Le don. Peu importe.

— Non, mama…

Elena ne voulait pas être comme sa mère. Elle ne voulait pas être une sorcière.

— Si, toi aussi, tu le possèdes. Je vois ce pouvoir en toi, bien plus puissant que le mien. *Lui* aussi peut le voir et si cela arrive, il voudra te détruire également.

Avant qu'Elena ait pu demander à sa mère de qui elle voulait parler, celle-ci la repoussa et s'écria d'une voix tremblante :

— Il faut partir, maintenant !

Elena descendit l'échelle en toute hâte, obéissant à la fois aux ordres de sa mère et à la crainte qu'elle sentait naître en elle. Elle ne voulait pas de cette malédiction, quelle que soit la nature de son pouvoir mystique. Elle ne voulait pas fuir, mais les avertissements de sa mère lui tordaient le cœur, la forçant à courir.

Reste à couvert dans les bois.

Sursautant chaque fois qu'une branche craquait sous la semelle de ses vieilles bottes, elle courait depuis si longtemps que ses poumons la brûlaient et que la sueur avait séché sur sa peau, à la fois brûlante et glacée. Elle était déjà loin du village lorsqu'elle osa se retourner pour regarder vers sa maison.

Elle savait qu'elle s'était déjà trop enfoncée dans le sous-bois pour l'apercevoir clairement. Comme mama, ce fut donc dans son esprit qu'elle vit la scène. L'incendie.

Les flammes.

Une femme debout au milieu des flammes, hurlant, implorant le ciel de bien vouloir leur pardonner.

Le visage de la sorcière

Une douleur déchirante traversa Elena. Elle tomba à genoux, les bras serrés autour du buste pour contenir la souffrance et étouffer cette image dans sa tête. Elle resta ainsi longtemps, les cris de sa mère résonnant à ses oreilles.

Cours, mon enfant. Les mots retentirent dans sa tête. *Ne t'arrête pas.*

Elle se força à se lever, les jambes flageolantes, et tourna le dos à tout ce qu'elle connaissait, tout ce qu'elle avait un jour aimé.

Derrière elle, un frémissement se fit entendre dans un fourré et l'éclat d'une bougie déchira l'obscurité. Oh, Seigneur ! Ils l'avaient déjà retrouvée.

La lueur éclaira son visage et celui de l'adolescent qui tenait la lanterne. Thomas McGregor. Bien qu'il fût à peine plus vieux qu'Elena, il était parti aux champs avec son père et ses oncles, laissant sa mère, sa sœur, sa tante et ses cousines… brûler vives.

Mama aussi avait été brûlée vive.

— Non…

— On m'a envoyé te chercher, expliqua Thomas d'une voix étranglée, le visage baigné de larmes. Pour te ramener.

Mama avait prédit cela et avait tenté de déjouer le destin qui attendait sa fille. Le même destin qui lui avait coûté la vie.

— Tu me hais ? demanda-t-elle.

Il fit non de la tête et une lueur étrange passa furtivement dans ses yeux, pour disparaître aussitôt, noyé dans l'éclat de la lanterne. Elle avait déjà vu cette lueur, quelquefois, quand elle le surprenait en train de la regarder.

— Non, Elena.

— Mais tu me veux du mal. Pourtant, je n'y suis pour rien.

Mama non plus n'y était pour rien, mais ils l'avaient tuée. Un nuage de fumée s'engouffra dans le sous-bois, malgré la distance. Au milieu de cette brume irréelle flottait une femme. La mère d'Elena.

— Je dois te ramener, dit Thomas, en tendant une main tremblante vers elle.

Ses doigts se posèrent sur son bras.

Les amulettes, elles te protégeront.

Etait-ce le fantôme de sa mère qui venait de parler ou seulement les souvenirs d'Elena ? Peu importait. Elle glissa la main dans la poche de sa cape et agrippa la bourse de velours. Un picotement chaud et agréable la traversa, à travers l'épais tissu. Comme si elle venait d'entrer dans l'esprit de Thomas, elle lut ses pensées et reconnut les rêveries qu'ils nourrissaient lorsqu'ils étaient ensemble.

— Thomas, tu ne me veux pas de mal.

— Mais papa…

D'autres souvenirs défilèrent dans l'esprit d'Elena, des souvenirs appartenant à sa mère. Elle frissonna, titubant sous le poids d'une vérité qu'elle était trop jeune pour comprendre.

— Ton père est un homme mauvais, murmura-t-elle. Viens avec moi, Thomas. Nous fuirons ensemble.

— Il nous trouverait. Il nous tuerait tous les deux.

A cause de ce qu'elle avait vu, elle savait qu'il disait la vérité. Eli McGregor tuerait quiconque se mettrait en travers de son chemin.

— Thomas, je t'en prie…

Thomas renforça sa prise, comme s'il s'apprêtait à la traîner contre son gré. Elena serra si fort la bourse de velours que les petits morceaux de métal lui entaillèrent la paume à travers le tissu. Thomas frissonna ; une guerre sans merci semblait faire rage dans son esprit.

— Je ne peux pas te livrer à lui, mais je te perds à tout jamais. Pars maintenant, Elena.

Elena s'apprêtait à tourner les talons, lorsqu'il la retint, comme l'avait fait sa mère, pour lui glisser quelque chose dans le creux de la main.

— C'est le médaillon de ma mère.

En souvenir de lui ? Pour ne pas oublier ce que sa famille avait fait subir à la sienne ? Elle ne voulait pas se souvenir, mais ses doigts se refermèrent sur le métal encore chaud du contact avec la peau du garçon. Elle ne pouvait refuser. Il venait de lui sauver la vie.

— Vends-le au besoin, pour fuir aussi loin d'ici que tu le pourras. Mon père a juré de se venger de tous les tiens. Il a juré de tuer toutes les sorcières.

— Je ne suis pas une sorcière, chuchota-t-elle en détournant le regard du fantôme scintillant de sa mère.

— Il te tuera, chuchota à son tour Thomas.

Elle savait qu'il disait la vérité. A l'instar de sa mère, elle voyait à présent son destin. Pourtant, elle n'attendrait pas qu'Eli McGregor vienne la chercher. Elle commença à s'éloigner, mais revint brusquement sur ses pas pour déposer un baiser sur la joue de Thomas, fraîche et baignée de larmes.

— Que Dieu te garde, Elena ! lança-t-il, tandis qu'elle sortait du cercle de lumière que projetait la lanterne pour être avalée par l'obscurité et la brume.

Elena se remit à courir. Cette fois-ci, elle ne s'arrêterait pas... pas tant qu'elle ne serait pas allée aussi loin que possible. Et même alors, elle ne cesserait jamais de courir...

Elle devait fuir qui elle était. Ce qu'elle était.

Armaya, Michigan, 1986

La flamme de la bougie vacilla sous l'effet du vent qui entrait par la fenêtre ouverte. Une odeur de lavande et d'encens envahit la caravane. Pour la première fois depuis qu'elle avait commencé à raconter la légende de sa famille, Myra Cooper s'arrêta pour reprendre son souffle. Elle eut l'impression que l'air lui brûlait les poumons et contempla un instant les beaux visages de ses filles.

Irina était blottie entre ses deux sœurs. Ses grands yeux noirs étincelaient à la lumière de la bougie. Elle entendait bien tout ce que racontait sa mère, mais, à quatre ans, elle était trop jeune pour comprendre.

Elena, qui portait le nom de leur ancêtre, avait passé un bras protecteur autour des frêles épaules de sa petite sœur. Ses cheveux clairs et raides tranchaient avec les boucles brunes de Myria et d'Irina, et rien n'échappait à ses yeux d'un bleu de givre. Cependant, à douze ans, Elena était déjà trop âgée pour croire.

Ariel aussi avait passé un bras autour des épaules de sa sœur, sans quitter Myra des yeux, attendant la suite de l'histoire. La bougie faisait danser des reflets de feu sur ses cheveux auburn, et ses yeux verts brillaient doucement. Elle écoutait. Pourtant, Myra doutait qu'elle entendît réellement.

Inquiète, Myra se demandait si ses filles comprenaient bien les pouvoirs extraordinaires dont elles avaient été dotées. Aucune d'elles n'avait jamais évoqué le sujet, ni entre elles ni avec leur mère. Peut-être était-ce mieux ainsi. Peut-être seraient-elles plus en sécurité si elles reniaient leur héritage. Mais comment renier ce qu'on ne connaissait pas ? C'était pour cette raison que Myra avait partagé avec elles le secret de la légende. Elle voulait que ses filles connaissent la vérité, afin de pouvoir fuir le destin avant qu'il ne les frappe de plein fouet pour les détruire.

— Nous aussi, nous sommes des femmes Durikken, rappela-t-elle à ses filles. Comme la première Elena.

— Je porte le même nom qu'elle, dit l'aînée, sans hésiter.

Elle savait déjà.

— Oui, approuva Myra. Et moi, je porte le même nom que sa mère.

Parfois, lorsqu'elle croyait en la réincarnation, elle était certaine d'être cette femme, avec ses souvenirs et ses pouvoirs. La plupart du temps, cependant, Myra ne croyait en rien. Accepter sa propre réalité était déjà bien assez douloureux comme ça. Ce soir-là, pourtant, elle devait faire preuve de courage. Il lui restait une dernière chance de protéger ses enfants, elle qui, de si nombreuses fois, n'avait pas été à la hauteur. Ses filles ne connaîtraient pas la même vie de misère que leur mère. Elles ne finiraient pas comme elle, femme poussée au désespoir par ses peurs.

— Mais notre nom de famille, c'est Cooper, dit Elena.

— C'est le nom de grand-père, expliqua Myra, évoquant la mémoire de son propre père.

Aucune de ses trois filles ne portait le nom de son géniteur, soit parce que l'homme avait refusé de la reconnaître, soit parce que Myra ne lui avait pas dit qu'elle avait eu un enfant de lui.

— Nous sommes des Durikken et les femmes Durikken sont différentes. Elles connaissent des choses avant même que celles-ci ne se soient produites.

Une douleur lancinante s'installa en Myra, lui coupant le souffle, tandis que des images défilaient dans son esprit comme un vieux film en noir et blanc. Elle ne pouvait plus continuer à fuir ainsi. Elle ne pouvait pas non plus contraindre ses filles à cette vie de fuyardes.

— Elles voient des choses ou des gens que personne d'autre ne peut voir, poursuivit-elle, tant bien que mal. Ce pouvoir, tout comme les amulettes de mon bracelet…

Elle désigna son poignet, où les bijoux de métal semblaient absorber la lumière de la bougie.

— … ont été transmis de génération en génération.

Myra avait toujours été dotée de plus de pouvoirs que ses sœurs, à la fois en tant que femme et en tant que sorcière. C'est pour cela qu'elle avait reçu le bracelet — parce que sa mère savait qu'elle serait la seule des trois filles à pouvoir perpétuer l'héritage des Durikken.

D'une main tremblante, Myra défit l'attache du bracelet. Elle ne l'avait jamais enlevé depuis que sa propre mère le lui avait accroché au poignet. Ses filles l'avaient admiré maintes fois, passant leurs petits doigts sur les formes d'étain grossières, et elle savait lequel chacune préférait.

Elena avait toujours admiré l'étoile, dont les pointes avaient été émoussées par le temps. Irina préférait le croissant de lune, qui, comme elle, passait du sourire aux larmes, en fonction de l'angle sous lequel on l'observait. Ariel, elle, avait un faible pour le soleil et ses rayons encerclant un petit disque lisse. Malgré son âge, cette amulette semblait briller plus fort que les autres. Tout comme Ariel.

Même ce soir-là, dans la misérable caravane, une aura entourait la petite fille, luisant autour de sa tête comme si des esprits la protégeaient. Ariel connaissait-elle la nature de son don ? Et ses sœurs ? Les filles avaient besoin des conseils de leur mère pour comprendre leurs pouvoirs et apprendre à s'en servir. Elles étaient trop jeunes pour être séparées de leur mère, mais elle refusait de les mettre en danger. Tout ce que Myra pouvait espérer, c'était que les amulettes les protégeraient, comme elles avaient protégé la première Elena, des siècles plus tôt.

Myra s'agenouilla devant ses enfants, tandis que celles-ci se blottissaient dans leur petit lit de fortune à l'arrière de la caravane. C'était tout ce qu'elle avait été capable de leur offrir jusqu'alors : une vie hasardeuse de voyages et une caravane. Mais, ce soir, elle leur avait offert bien plus en leur transmettant la légende.

C'était leur héritage et, avec l'aide des amulettes, elles s'en souviendraient toujours. Peu importait le temps qui passerait, peu importaient les efforts qu'elles feraient pour oublier ou ignorer la légende. Elles étaient comme la première Elena, qui avait redouté son avenir et tout fait pour déjouer les pièges du destin, mais n'avait jamais jeté les amulettes. Elle avait compris leur importance et les filles de Myra la comprendraient aussi.

Elle s'empara en premier de la main d'Elena, à présent presque aussi grande que la sienne, forte et habile, à l'image de la jeune fille. Elle surmonterait toutes les épreuves… du moins, Myra l'espérait. Elle laissa tomber l'étoile dans la paume d'Elena et referma sa main sur l'amulette d'étain. Le regard bleu se posa sur elle, sans ciller. Aucune question dans les yeux de son aînée, seulement des certitudes. A douze ans, elle avait déjà vu trop de choses dans des visions identiques à celles de sa mère. Elena n'en avait jamais parlé, mais Myra savait.

Ensuite, elle s'empara de la petite main fragile d'Irina. C'était pour elle que Myra s'inquiétait le plus. Elle avait eu si peu de temps avec elle ! Elle referma la main d'Irina sur la lune. *Ne la perds pas, mon enfant.* Myra n'avait pas besoin de parler à voix haute : Irina entendait les pensées.

Ravalant un sanglot, Myra se tourna enfin vers Ariel. La fillette attendait déjà, paume tendue. De nature ouverte et confiante, c'était elle qui risquait de souffrir le plus.

— Ne les perdez pas, ordonna-t-elle. Sans la protection de ces amulettes d'étain, aucune d'entre vous ne serait assez forte pour survivre.

— C'est promis, mama, répondit Elena, parlant à la fois pour ses sœurs et pour elle.

Elle attacha l'étoile à son bracelet, puis aida Irina avec son amulette.

Les doigts tremblants, Myra attacha le soleil au bracelet d'Ariel. Elle avait fini lorsque la fillette lui saisit la main.

— Mama ?

— Oui, mon enfant ?

— Tu as dit que ce pouvoir était… une malédiction… ? demanda Ariel d'une voix chevrotante.

La petite fille avait bien écouté.

— Oui, c'est une malédiction, ma chérie. Les gens ne comprennent pas. Ils pensent que nos ancêtres étaient des sorcières qui jetaient des mauvais sorts.

Les femmes Durikken étaient bien des sorcières, mais de celles qui tentaient d'aider et de guérir. Sa famille n'avait jamais pactisé avec le mal. C'est le mal qui les avait poursuivies et persécutées à travers les siècles.

— Mais c'était il y a longtemps, affirma Elena, l'esprit toujours aussi rationnel. Les gens ne croient plus aux sorcières, de nos jours.

Myra pensait qu'il valait mieux les avertir afin qu'elles connaissent les dangers qui les guettaient. Un peu plus tôt, elle leur avait montré le médaillon qui pendait entre ses seins. C'était celui-là même que Thomas avait donné à Elena, bien des siècles auparavant. A l'intérieur, Thomas avait peint d'une main encore peu sûre un portrait de sa sœur, qui avait péri dans l'incendie. Leur mort aurait pu être évitée, si seulement ils avaient écouté et déjoué le destin.

— Certaines personnes y croient encore.

— Mama, suis-je maudite ? demanda Ariel, les yeux écarquillés par la peur.

Tremblante, elle serrait le soleil de toutes ses forces.

Pas plus que moi. Myra avait tant perdu dans sa vie. Son grand amour — le père d'Elena. Et à présent…

Le visage de la sorcière

— Mama, j'aperçois des lumières de l'autre côté du champ ! chuchota Ariel, comme si elle pensait qu'on ne les trouverait pas, si elle ne parlait pas trop fort.

Elle ne voyait peut-être pas autant de choses que sa sœur, mais elle comprenait.

Myra ne prit pas la peine de se tourner vers la fenêtre. Elle avait déjà vu les lumières arriver au cours d'une vision. C'est pour cela qu'elle avait dissimulé leur caravane dans un champ de maïs. Mais ils avaient réussi à la trouver. A *les* trouver. Elle contempla ses enfants pour graver leur visage dans sa mémoire et pria pour leur avenir. Chacune d'entre elles connaîtrait un grand amour, comme elle ; tout ce qu'elle pouvait espérer était que le leur durerait. Qu'elles combattraient leur destin, pour déjouer le mal qui les suivait à la trace, comme elle-même aurait dû le faire si elle avait été plus forte.

Elle resta là, debout au milieu du champ, tandis qu'ils emmenaient ses enfants. Les fillettes criaient et l'appelaient, leur beau visage inondé de larmes.

Mais ce n'était pas la fin de Myra. Sa mort ne surviendrait que bien des années plus tard. Pourtant, son cœur saignait tant et son âme était si déchirée que ce fut cette nuit-là qu'elle mourut. La nuit où ses enfants lui furent enlevées.

1

Barrett, Michigan, 2006

Le hurlement des sirènes et les cris s'estompèrent jusqu'à n'être plus qu'un murmure lointain, tandis qu'un halo de lumière se déployait devant les yeux d'Ariel. A travers un fin rideau de brume, cette lumière, vive sans être aveuglante, lui permettait de voir ce que les autres ne voyaient pas.

La petite fille. Avec ses grands yeux noirs et ses longues boucles brunes qui tombaient souplement, encadrant son pâle visage et ses frêles épaules. Elle avait mis une petite robe jaune, sa préférée, pour aller à l'école. A cette heure, elle aurait d'ailleurs dû s'y trouver, sagement assise dans la classe de CE2 d'Ariel. Pourtant, elle flottait doucement dans les airs, devant la maison délabrée, non loin du trottoir où étaient garées les voitures de police et l'ambulance qui barraient la rue.

Ariel avait abandonné sa propre Jeep un peu plus bas dans la rue et parcouru à pied le chemin jusqu'à la maison. Celle-ci, située en bordure d'une zone commerciale, n'était entourée que de magasins et d'entrepôts, avec une poignée de pavillons locatifs çà et là. Aucun arbre. Aucune pelouse. Aucun jardin où un enfant aurait pu jouer. Ariel s'était glissée sous le ruban de la police qui ceignait la propriété. Contrairement aux autres, elle n'avait pas besoin de courir dans tous les sens pour essayer de comprendre ce qui s'était passé. Avant même d'être arrivée, elle savait qu'il était trop tard.

Tandis qu'elle refoulait les larmes qui lui montaient aux yeux, la brume s'épaissit et la lumière se concentra autour de la petite fille, dont l'image commençait à s'estomper. Ariel tendit la main, comme pour la retenir, l'empêcher de partir. D'une voix voilée par l'émotion, elle chuchota le nom de l'enfant : « Haylee… »

La petite fille chuchota à son tour quelque chose. Ses lèvres articulèrent un mot, mais Ariel ne put pas l'entendre. Qu'avait-elle voulu lui dire ? Au revoir ?

A présent, Ariel pleurait, laissant les larmes brouiller sa vision d'Haylee.

— Je ne suis pas prête à te laisser partir…

Elle était trop petite pour rester seule ; elle avait à peine huit ans. A présent, elle aurait huit ans pour toujours. La douleur sourde qui envahit le cœur d'Ariel la fit trembler, agitant l'amulette qui se balançait à son poignet. La main toujours tendue, elle essaya encore de retenir l'enfant qui disparaissait lentement. Les doigts d'Ariel glissaient sur des fragments vaporeux et insaisissables, quand ils se refermèrent soudain sur quelque chose de solide. Quelque chose de puissant et chaud.

Des bras l'enlacèrent. Une main vint appuyer son visage contre une épaule robuste. Dans un sanglot, elle respira une odeur de cuir, riche et masculine. C'était celle de son homme.

Même les paupières closes, elle voyait David aussi clairement que si elle avait levé les yeux vers lui. Elle n'était pourtant pas petite, avec son mètre soixante-quinze, mais David dominait la plupart des gens. Il ressemblait à un Viking, pas tant à cause de ses cheveux blonds et de ses yeux sombres, que de son attitude conquérante. Peut-être à un cavalier noir, car il était entièrement vêtu de noir ce jour-là — veste en cuir noire, chemise de soie noire et pantalon noir.

— Tu ne devrais pas être ici, murmura-t-il, laissant sa voix grave résonner en elle. Je te ramène à la maison.

— Co… comment as-tu su ? demanda-t-elle.

Comment faisait-il pour savoir toujours où elle était quand elle avait besoin de lui ? Elle ne l'avait pas appelé. Elle aurait dû le faire, pensa-t-elle en levant les yeux vers lui. Elle nota sa mâchoire crispée et ses yeux inquiets. Pourtant, c'était Ty McIntyre qu'elle avait appelé. Pour sa plaque de police, pas pour son soutien.

— C'est Ty qui t'a appelé ?

Evidemment, l'officier avait appelé David. C'était son meilleur ami depuis l'enfance — c'est du moins ce que les deux hommes lui avaient affirmé. Elle ne les connaissait pas depuis très longtemps. Juste assez pour tomber amoureuse de David.

— Ty est ici ? demanda David. C'est lui le policier qui a été blessé ?

Ariel cligna les yeux pour chasser les derniers filaments de brume. Soudain, le bourdonnement lointain se transforma en une cacophonie de sirènes et de cris. Pour la première fois depuis qu'elle était arrivée sur les lieux, elle s'aperçut que des journalistes étaient apparus et qu'ils criaient des questions, tandis que des agents tentaient de les tenir à distance.

— Monsieur Koster ! Pourquoi êtes-vous ici ? Quel est votre lien avec cet événement ?

Elle. C'était elle le lien. Si Ty n'avait pas appelé David, c'était sans doute à cause d'un flash d'informations que David avait appris où elle se trouvait. Elle n'eut pourtant pas le temps de lui poser la question, car il se dirigea vers la maison. Les agents qui empêchaient les journalistes de s'approcher ne tentèrent même pas de lui barrer la route. Tout le monde connaissait l'homme le plus riche de Barrett, dans le Michigan.

En revanche, personne ne connaissait Ariel. Jusqu'à l'arrivée de David, ni la police ni les journalistes ne lui avaient véritablement prêté attention.

— Qui est cette femme avec vous ? lança un reporter, en voyant Ariel suivre David.

— Oui ! C'est qui, la rouquine ? demanda un autre.

David les ignora, concentré sur la maison, dont la porte pendait piteusement, à moitié sortie de ses gonds.

— Ty est-il blessé ? lui demanda-t-elle.

Sa voix se brisa. Elle ne l'aurait jamais appelé si elle avait su qu'elle le mettrait en danger.

— Je ne sais pas. Il faut que je le trouve.

Il se tourna vers elle, semblant hésiter brièvement.

— Je ne veux pas que tu entres dans la maison, ajouta-t-il, l'air inquiet.

De toute évidence, il redoutait ce qu'elle pourrait y voir. Si seulement il avait su… Mais c'était peut-être la seule chose qu'il ne savait pas d'elle. Ce qu'elle voyait. Elle ne lui avait rien dit ; comment expliquer en effet ce qu'elle-même n'était pas en mesure de comprendre ?

— Ça ira, promit-elle.

C'étaient des paroles en l'air, car elle n'avait aucun moyen de savoir si c'était la vérité. Aucun moyen de savoir ce qui allait se passer ensuite. Ce don était celui de sa mère, pas le sien. David avait sans doute compris que rester seule dehors ne la gênait pas, car il retira le bras de son épaule et s'avança seul vers la porte. Avant qu'il ait pu entrer, deux ambulanciers sortirent de la maison, portant un petit sac noir sur une civière.

Le corps d'Haylee, battu et brisé, se trouvait dans ce sac. Mais pas son esprit. Celui-ci flottait encore dans la brume, qui s'épaissit de nouveau, tandis que la lumière se faisait également plus vive. Le tumulte ambiant s'évanouit de nouveau, les cris des journalistes, les flashes des appareils photo. De nouveau, elle ne voyait plus qu'Haylee.

— Ariel ! appela David, en passant de nouveau un bras autour de ses épaules pour lui donner de la force et du soutien.

— Où est Ty ? demanda-t-elle.

Un simple regard lui suffit pour avoir la réponse à sa question. L'officier était debout aux côtés de David ; ses cheveux noirs étaient en bataille, il avait le visage tuméfié et son T-shirt était maculé de sang.

— Que t'est-il arrivé ? demanda David à son ami.

— Ce salaud a tué sa fille, marmonna Ty, la mâchoire crispée. Il a résisté, ensuite.

— Où… où est-il ? bredouilla Ariel.

— Toujours à l'intérieur, répondit Ty, en désignant la maison du menton.

— Mort ? demanda David.

Ty se contenta d'acquiescer.

Ariel n'avait pas *vu* le père d'Haylee. Cela dit, comme il battait sa propre fille, il avait probablement perdu son âme depuis longtemps.

— Tu saignes, dit Ariel en désignant les vêtements de Ty. Il faut que tu consultes un médecin.

D'un simple regard, David appela les ambulanciers, qui se précipitèrent pour porter secours à Ty.

— Transportez-le au Mercy Hospital, ordonna David. Le Dr Meadows vous y attendra.

Déjà, il sortait son téléphone portable et composait

le numéro de l'hôpital. Ty refusa la civière qu'on lui proposait, préférant marcher jusqu'à l'ambulance. Tandis qu'il s'éloignait, il traversa sans le savoir le brouillard et le corps diaphane d'Haylee. Au bout de quelques mètres, il chancela un instant, avant de reprendre son chemin. Ariel ne put retenir un petit gémissement plaintif.

— Ça va aller, la rassura David, d'une voix convaincue. Il en a vu d'autres.

Pourtant, David prit Ariel par le bras et s'avança vers l'ambulance dans laquelle les infirmiers aidaient Ty à s'installer. Le visage de l'officier était d'une pâleur inquiétante, presque aussi creusé et pâle que celui d'Haylee. Lui aussi chuchota quelques paroles, qu'Ariel put entendre, cette fois-ci :

— Je suis désolé…

Ariel savait que ses propres regrets étaient bien plus profonds. Elle n'avait pas appelé Ty pour qu'il vienne en aide à Haylee. Elle avait compris qu'il était trop tard, lorsque la brume s'était infiltrée en tourbillonnant dans sa salle de classe et que la vision fantomatique de son élève lui était apparue. Comme tant d'autres qu'Ariel avait pu voir depuis toutes ces années… Des fantômes.

La femme tendit une main tremblante vers la télévision, frôlant du bout des doigts l'image sur l'écran.

Bien que le verre soit froid au toucher, elle sentit une onde de chaleur l'envahir.

— Ariel...

Cette femme très belle qu'elle voyait sur l'écran ne ressemblait guère à l'enfant qu'elle avait connue. Ariel avait les cheveux longs, à présent, d'un rouge soutenu, presque couleur sang contre la pelouse pelée de la maison qui grouillait de policiers. Et dans son visage fin aux traits délicats, c'étaient les yeux qui dominaient. Ses yeux, immenses et hantés.

Hantée. Oui, Ariel était bel et bien hantée. La caméra l'avait surprise la main tendue dans le vide, mais Myra savait ce que sa fille avait vu. Les esprits avaient toujours été attirés par Ariel, même lorsqu'elle n'était qu'une enfant. Myra n'avait jamais su si sa fille les voyait réellement. A présent, la question ne se posait plus.

Myra ne put s'empêcher de caresser l'écran, lorsqu'elle aperçut brièvement l'amulette qui pendait au poignet d'Ariel. Même si elle ne touchait que le verre, et pas l'amulette elle-même, elle put sentir la chaleur que dégageait le bijou de bronze, le pouvoir qui en émanait. Si seulement Ariel avait su...

Myra aurait dû tout raconter à ses filles, au cours de cette terrible nuit où elles lui avaient été retirées. Elle aurait dû les préparer à affronter leurs dons et leur malédiction. Mais elles étaient si jeunes, alors.

Des larmes lui brûlèrent les yeux, brouillant le visage d'Ariel sur l'écran. Les abandonner avait été l'épreuve la plus dure de toute sa vie. Pourtant, ses filles méritaient mieux qu'elle. Elles méritaient de vivre aussi normalement que possible, malgré les pouvoirs terribles qu'elles avaient reçus. Elles méritaient d'être en sécurité.

Ses tempes se mirent à battre douloureusement, lorsque des images s'engouffrèrent en tourbillon dans son esprit. Des visions de ses filles. Elles n'étaient plus en sécurité. Peut-être les avait-elle abandonnées pour rien. Au lieu de les protéger du danger, elle n'avait fait que les rendre plus vulnérables.

Les jambes flageolantes, Myra se rassit sur la chaise de bois. Des tentures de couleurs vives étaient accrochées aux murs. Sur la table ronde, une nappe multicolore achevait d'apporter un peu de gaieté exotique à sa misérable caravane. Au milieu de la table, une boule de cristal brillait doucement, réfléchissant les images de la télévision.

Pour Myra, la boule n'était qu'un accessoire destiné à délier les bourses des âmes superstitieuses en quête d'un avenir meilleur. C'était pour cela qu'elle ne disait pas toujours ce qu'elle voyait à ses visiteurs, mais leur racontait plutôt ce qu'ils avaient envie d'entendre. Ainsi, pendant quelque temps, les clients étaient heureux, et elle se sentait un peu plus riche. Illusions éphémères.

Elle n'avait jamais été aussi heureuse que lorsqu'elle était tombée amoureuse du père d'Elena et qu'elle avait eu ses enfants. Elle n'avait jamais été capable de rester longtemps avec les hommes qu'elle aimait.

Elle aurait voulu blâmer la malédiction, mais elle soupçonnait qu'elle était également responsable. A cause de sa lâcheté.

Etait-il possible d'être heureux pour toujours ? Jamais elle ne le saurait.

Se penchant au-dessus de la table, elle scruta les profondeurs de la boule de cristal, mais elle n'y vit aucun avenir. Ni pour elle ni pour ses filles.

Tout ce que reflétait le cristal, c'était l'écran de télévision, la chevelure flamboyante d'Ariel qui tranchait étonnamment sur le sweat crème qu'elle portait. Myra leva les yeux pour contempler le beau visage de sa fille. La caméra zooma, capturant l'angoisse dans ses yeux bleus, étincelants de larmes retenues.

— Oh, ma petite, il est peut-être trop tard pour toi, soupira-t-elle. Tout comme il est déjà trop tard pour moi.

Elle n'avait pas le temps de les avertir ; si elle essayait, elle risquait de mener le mal à leur porte. Elle n'avait plus le temps de fuir. Elle avait vu le danger qui se précipitait droit sur elle. Et qui était peut-être prêt à fondre sur ses filles.

— Reste sur tes gardes, ma toute petite, conseilla-t-elle à sa fille, souhaitant qu'elle l'entende, même si elle n'avait pas reçu le don de télépathie.

Elle espérait qu'Ariel était plus avisée qu'elle en matière d'hommes. Myra avait toujours choisi les mauvais, ceux qui ne pouvaient l'aimer en retour. Cela dit, aucun homme n'aurait été capable de rester… après avoir appris son secret. C'était pour ça qu'elle avait commencé à se servir d'eux, pour l'argent, la sécurité.

Pourtant, ils finissaient toujours par la payer pour qu'elle parte. Ils ne voulaient plus avoir aucun lien avec elle, ni avec les enfants qu'ils avaient conçus. Leur argent non plus ne durait pas longtemps ; elle s'en servait pour tenter de fuir les visions et déjouer la malédiction. En vain. A présent, elle était prête à accepter son destin.

Mais pas celui de ses filles.

Son cœur se mit à battre plus fort lorsqu'elle vit un homme habillé de cuir passer un bras autour des épaules de sa fille pour la soutenir. Etait-ce un geste d'amour ? Une larme glissa sur la joue de Myra. Ariel était belle, mais elle était maudite.

Elle n'avait pas sauvé ses filles en les abandonnant. Elle n'avait fait que retarder l'inéluctable. Myra vacilla, manquant renverser la chaise, tandis qu'une vision s'abattait sur son esprit avec la rage d'une lame de fond : Ariel gisait sur un sol de ciment crasseux, ses yeux bleus grands ouverts, mais aveugles… le voile de la mort.

Avec un crépitement, l'écran de télévision devint noir, avalant l'image d'Ariel. Celle-ci, blottie dans son fauteuil préféré, leva les yeux vers David, qui tenait la télécommande d'une main ferme. Il venait juste d'entrer dans le salon et la pièce semblait avoir rétréci, tant il était grand et imposant. Il avait dû sortir pour avoir une meilleure réception sur son portable et appeler l'hôpital. En son absence, Ariel avait reçu un appel de l'école, lui signifiant sa suspension.

— Comment va-t-il ? demanda-t-elle, inquiète de la santé de Ty.

Sa propre douleur pouvait bien attendre. Elle s'en soucierait quand elle serait seule, comme d'habitude.

— Pas trop mal, pour quelqu'un à qui on vient de faire vingt-deux points de suture... Il a perdu beaucoup de sang. Ils vont le garder en observation cette nuit.

— Tu devrais y aller, pour être avec lui. Je vais bien.

Ce n'était pas la première fois qu'elle lui mentait. Un vieux proverbe gitan lui revint à l'esprit : la vérité peut parfois être fausse et le mensonge honnête.

Elle avait souvent entendu sa mère l'employer pour justifier la vie qu'elle leur avait fait mener, voyageant avec elles de ville en ville en dupant les gens. Bien qu'elle ne fût encore qu'une enfant, à l'époque, elle avait aidé sa mère. Elle savait tout des séances truquées et de la boule de cristal bidon. Elle savait que c'était mal, mais sa mère affirmait qu'il valait mieux parfois que les gens entendent des mensonges plutôt que la vérité. C'était moins douloureux.

David lança la télécommande avec tant de force qu'elle rebondit sur les coussins du canapé.

— Non, tu ne vas pas bien ! s'écria-t-il, soupçonnant le mensonge. Qu'est-ce que tu croyais ?

Qu'est-ce qu'elle croyait ? Non, ça ne fonctionnait

pas comme ça. Elle ne croyait pas. Elle se contentait de voir. Ensuite, elle devait trouver un moyen de supporter ce qu'elle avait vu. La torpeur fonctionnait plutôt bien, mais ses effets s'estompaient rapidement.

David ne lui laissa pas le temps de répondre.

— Tu sais ce qui aurait pu t'arriver ?

Frissonnante, Ariel se blottit un peu plus dans le canapé et remonta les genoux pour tenter d'apaiser ses tremblements. Elle en savait plus que lui. Pauvre Haylee ! La douleur se rua sur elle, lui crevant le cœur, mais elle refusa de se laisser de nouveau submerger, comme tout à l'heure, sur le lieu du crime. Fermant les yeux de toutes ses forces, elle lutta contre la brume.

Des mains puissantes se posèrent sur ses épaules, la forçant à se relever. David ne la prit pas dans ses bras, se contentant de rapprocher leurs deux corps. Ariel sentit la tension qui émanait de lui. D'habitude, le moindre contact avec lui la faisait vibrer, mais, ce jour-là, elle se raidit, sachant que si elle se laissait aller, même un tout petit peu, elle fondrait en larmes et sangloterait de façon hystérique.

— C'est toi qui aurais pu finir à l'hôpital, comme Ty, dit David, la voix chargée d'émotion. Ou pire : à la morgue, comme cette petite fille.

— Haylee…, murmura Ariel.

— Oh, Seigneur…

David se pencha vers elle, posant son front contre le sien. Toute trace de colère l'avait quitté et il n'était plus que tendresse.

— Oh, Ariel… Je suis désolé. Tu m'as déjà parlé d'elle.

Elle lui avait confié ses craintes au sujet de cette enfant. Il l'avait soutenue sans hésiter lorsqu'elle avait décidé de faire confiance à son instinct et d'appeler les services sociaux. Lorsque ceux-ci avaient rechigné à ouvrir une enquête sur le père d'Haylee sans le moindre début de preuve, David était intervenu. Il avait fait en sorte que quelqu'un soit envoyé au domicile de la petite fille, mais cela n'avait pas suffi.

— Tu as essayé de l'aider, Ariel.

Elle aurait dû faire plus. Elle aurait dû la protéger, même s'il fallait pour cela l'enlever et s'enfuir avec elle. Son cœur se serra et elle refoula une fois de plus les larmes qui menaçaient de jaillir.

— Je l'ai trahie.

C'était peut-être pour ça que l'école l'avait suspendue.

— Non, c'est son père qui l'a trahie. Pas toi. Si tu étais arrivée avant Ty, il t'aurait peut-être tuée, toi aussi.

— Non, je ne suis pas restée longtemps là-bas. Je suis arrivée un petit peu avant toi.

— Je ne serais pas venu du tout, si je ne t'avais pas vue apparaître sur l'écran de mon ordinateur au flash d'informations.

Il préférait toujours avoir son ordinateur allumé, plutôt que la télévision. C'était son métier qui voulait ça : il était concepteur d'ordinateurs et de logiciels. Il était le Bill Gates du Michigan — tout aussi inventif, riche et puissant, mais bien plus confidentiel.

Il détestait les médias, et, à cause d'Ariel, les camionnettes des télévisions et des radios locales bloquaient la rue de sa résidence. Il avait donc décidé de la ramener chez elle, dans son petit pavillon de banlieue calme. Ariel préférait sans aucun doute retrouver son salon ensoleillé ; pourtant, ce jour-là, même les grandes fenêtres et les couleurs vives de sa maison ne suffisaient pas à lui rendre le sourire.

— Pourquoi ne m'as-tu pas appelé, moi ? demanda-t-il enfin, la mâchoire crispée.

— Il était trop tard, soupira-t-elle.

Malgré tout son argent, il n'aurait rien pu faire pour sauver Haylee. La vie était tellement injuste ! A quoi bon être capable de voir des fantômes, si on ne pouvait rien faire pour eux ? Elle n'avait pas demandé ce pouvoir et avait tenté de l'ignorer. La colère l'envahit, chassant les derniers symptômes de l'état de choc. Elle était prête à casser quelque chose, à mordre, à frapper quelqu'un, afin de se venger de tant d'impuissance. Elle serra les poings.

— J'aurais pu venir pour être à tes côtés, pour te protéger, reprit David. Tu n'aurais pas dû t'y rendre seule.

Ariel frissonna et envisagea une seconde de se laisser aller contre lui, pour alléger le poids qui lui pesait sur le cœur. Mais non, pour elle, il était toujours dangereux de s'en remettre aux autres ; chaque fois qu'elle l'avait fait, elle s'en était mordu les doigts. Depuis six mois que durait leur relation, David avait beau s'être toujours montré prévenant et attentionné, elle ne s'autorisait pas à croire qu'il serait toujours présent à ses côtés. Personne n'avait jamais été là pour elle. Elle ne pouvait compter que sur elle-même.

— J'ai appelé Ty, répondit-elle.

Il tiqua et elle se rendit compte qu'il n'avait pas besoin qu'on le lui rappelle. Elle le repoussa et recula d'un pas, rétive. La colère était son mécanisme de défense. N'était-ce pas ce que lui avait expliqué un des nombreux psys qu'elle avait pu consulter ? Incapable de se contenir plus longtemps, elle explosa :

— Tu sais ce que c'est, le vrai problème ? C'est ce que tu es jaloux !

David la regarda, perplexe, comme s'il essayait de résoudre un bug informatique.

— Ariel…

— C'est ça ton problème ? C'est parce que j'ai appelé Ty plutôt que toi ?

La question claqua comme une gifle.

— Le problème, répondit David d'une voix calme et posée, c'est que tu t'es rendue seule dans une maison où tu savais qu'il y avait un homme violent. Tu as mis ta propre vie en danger.

— La police était là avant moi.

L'ambulance aussi, d'ailleurs.

Pour Ty ? Ou pour le père d'Haylee ? Elle aurait dû savoir que le père résisterait. Elle n'aurait jamais dû appeler Ty et lui faire prendre de tels risques. C'était le meilleur ami de David. C'était sans doute pour ça que David était en colère. Parce qu'il avait été blessé à cause d'elle. Elle aurait dû appeler directement le 911. Ty n'était même pas de service, cet après-midi.

— Donc tu as appelé la police avant d'y aller, reprit David, un peu plus détendu. Mais… comment as-tu su qu'Haylee était en danger ?

Elle ne pouvait pas lui dire qu'elle avait vu le fantôme de la petite fille. Il risquait de lui lancer le même regard que les autres. Déjà, la façon dont il scrutait à présent son visage la mettait en garde. Il ne devait pas connaître la vérité, sinon il la rejetterait. C'était ce que les autres avaient fait.

— Tu sais que je soupçonnais un cas de maltraitance, expliqua-t-elle, en espérant qu'il se satisferait de cette réponse.

— Pourquoi n'as-tu pas rappelé les services sociaux ? demanda-t-il en la fixant de ses yeux noirs. Pourquoi as-tu appelé la police, cette fois ?

— Tu sais bien ce que les services sociaux ont fait, la dernière fois, lui rappela-t-elle. Rien.

Une fois, les mêmes services sociaux les avaient enlevées à leur mère, ses sœurs et elle. Elles n'étaient pourtant pas en danger, malgré leur mode de vie peu conventionnel. Mais pour Haylee, avec ses yeux tristes et ses bleus, ils n'avaient pas levé le petit doigt. Bien sûr, la fillette avait trop peur d'avouer la vérité sur ce qui se passait à la maison : son père qui, depuis la mort de sa maman, buvait trop et la battait. Elle n'avait rien dit non plus à Ariel, malgré leur complicité.

mais celle-ci avait compris toute seule. Pourquoi les services sociaux n'avaient-ils rien voulu voir ?

— Comment as-tu su que quelque chose était arrivé ? insista David.

Elle ne pouvait pas le lui dire. Jamais il ne comprendrait. Aucun des parents adoptifs chez qui elle avait été placée n'avait compris qu'elle était maudite. Ils la croyaient juste folle. Certains le lui avaient dit clairement, d'autres s'étaient contentés de la regarder avec pitié, comme on regarde un pauvre type qui parle tout seul dans la rue. Elle préférait encore affronter la colère de David plutôt que lire de la pitié dans ses yeux.

— Bon, l'interrogatoire est terminé, déclara-t-elle en se détournant pour se diriger vers les fenêtres.

A travers les voilages blancs, elle aperçut un van doté d'un satellite garé juste de l'autre côté de la rue. Apparemment, on les avait suivis.

— Tu es pire que les journalistes, ajouta-t-elle.

— Les fumiers, gronda-t-il en la rejoignant. Fichus vautours…

— Pourquoi détestes-tu autant les journalistes ?

La plupart des hommes d'affaires appréciaient la publicité gratuite. Pas David.

— Ils sont sans pitié, répondit David. Ils n'ont pas de scrupules à envahir la vie privée des gens.

Et la vie privée de David était sacrée. Celle d'Ariel aussi, d'ailleurs. C'était même une des rares choses qui les rapprochait, en plus d'une attirance mutuelle presque électrique. Ariel sentait la chaleur qui émanait du corps de David, qui se tenait juste derrière elle, à la fenêtre. Bien qu'il fût à quelques centimètres, c'était comme s'il la touchait. Elle pouvait le sentir contre sa peau, dans son cœur.

— Je vais appeler mon équipe de sécurité et envoyer quelqu'un pour les chasser des Tours.

C'est ainsi que se nommaient l'ensemble de bâtiments qui abritaient à la fois son entreprise et son appartement privé. Il s'était rapproché et elle sentait à présent son haleine chaude sur sa nuque.

— Tu vas venir chez moi.

— Non.

Elle ne voulait pas quitter sa maison chaleureuse pour l'édifice froid et impersonnel, fait de verre, de métal et de marbre qu'habitait David.

— Ariel, tu y seras plus en sécurité.

— Suis-je en danger ?

Les journalistes ne pouvaient pas lui faire plus de mal qu'ils ne l'avaient déjà fait, si c'étaient bien leurs reportages qui avaient précipité son renvoi de l'école. L'homme qui avait fait du mal à Haylee était mort. La seule personne qui puisse lui faire du tort, à présent, c'était David. Elle frissonna, se demandant d'où avait surgi cette pensée vagabonde. Non, David était fougueux, mais jamais il ne lui ferait de mal. Physiquement, en tout cas. S'il apprenait la vérité, il lui ferait peut-être de la peine. Il était trop perspicace et posait beaucoup trop de questions sur Haylee.

Ces dernières années, elle avait toujours veillé à ne

pas trop s'impliquer dans des relations sérieuses. On lui avait si souvent brisé le cœur qu'elle s'était promis de ne jamais faire confiance à personne. Pourtant, David était entré dans son cœur sans demander la permission. Il était ainsi, plus puissant que tous les autres hommes qu'elle avait connus avant lui.

— Ariel, dit-il d'un ton rassurant. Je dois te protéger des journalistes. Je ne veux pas qu'ils te harcèlent.

— Ce ne sont pas eux qui me harcèlent, pour l'instant, fit-elle remarquer en se détournant de la fenêtre.

David sursauta comme si elle venait de le gifler en pleine figure.

— C'est de moi que tu parles ?

— Tu ne m'aides pas beaucoup. J'ai perdu une élève, une petite fille à qui je tenais beaucoup, et ce que tu trouves de mieux à faire, c'est de me crier dessus et de me poser mille questions !

Pourquoi cherchait-elle à ce point le conflit ? Sa colère ne faisait que grandir, se nourrissant de la peur qu'elle avait qu'il ne découvre son secret.

— Est-ce que tu te soucies cinq minutes de moi ? Ou bien es-tu simplement inquiet de ce que vont dire les journaux ? Qu'est-ce qui compte le plus, moi ou ta précieuse réputation ?

David pâlit, les yeux écarquillés.

— Ariel ?

Il n'était pas le seul à être sous le choc. Jamais elle ne lui avait parlé sur ce ton, depuis leur première rencontre. C'était une lettre d'Haylee qui les avait réunis. Ariel avait demandé à tous ses élèves d'écrire une lettre à la société de David, pour demander un don d'ordinateurs pour leur petite école en difficulté. Parmi toutes les lettres, c'était celle d'Haylee, vantant les mérites de son institutrice, qui avait convaincu David de venir rendre visite à la classe. Cela avait suffi à Ariel pour tomber amoureuse de lui.

Le géant blond à l'esprit brillant et au cœur généreux. Jamais elle n'avait rencontré un tel homme. Il avait refusé toute publicité concernant son don — assez d'ordinateurs pour équiper non seulement l'école, mais tout le district. Il n'avait exigé qu'une seule chose en échange : son numéro de téléphone. Elle lui avait donné bien plus. Son cœur. A présent, il allait certainement le briser.

— Est-ce ce que tu penses de moi ? demanda-t-il, visiblement blessé.

Elle posa les paumes contre sa poitrine, comme pour le repousser et sentit l'électricité qui passait entre eux courir dans ses veines, échauffant son sang. Il suffisait d'un simple contact, parfois d'un seul regard, pour qu'elle le désire. Que ferait-elle si elle le perdait ? S'il la quittait ou, pire, s'il disparaissait comme Haylee ? La peur l'envahit, faisant remonter à la surface toute la douleur du passé. Elle ne voulait plus revivre ça. Pas même pour David.

— David, je suis désolée…

Glissant les mains le long de son dos, il l'attira

doucement contre lui, puis il lui releva le menton, pour l'empêcher de se dérober à son regard.

— Comment peux-tu penser que je ne me soucie pas de toi ? Ne t'ai-je pas donné assez de preuves ?

Si. De bien des façons. Pas avec son argent, comme cela aurait été facile pour un homme comme lui, mais en lui consacrant du temps et de l'attention, deux choses que peu de gens avaient données à Ariel. Il l'appelait le matin au lever, et le soir avant qu'elle ne se couche. Il lui envoyait des mails pour lui dire à quel point elle était belle et vive, à quel point il respectait sa patience avec ses petits élèves et comme il lui tardait de la retrouver. Mais malgré tous ses efforts pour lui faire comprendre qu'elle comptait vraiment pour lui, elle doutait toujours qu'un homme puisse s'intéresser à elle. Et que serait-ce, s'il apprenait qui elle était vraiment ?

Il méritait la vérité, mais elle ne pouvait s'autoriser à la lui révéler. En plus de la rejeter et de la prendre pour une folle, il la considérerait peut-être comme un danger pour elle-même. C'était le genre d'homme qui ne pouvait s'empêcher de protéger les autres. Et s'il la faisait enfermer, comme l'avaient fait certains de ses parents adoptifs ? A cette idée, son cœur s'affola et elle refoula encore une fois ses larmes.

— David…

La bouche de David se posa sur la sienne, la réduisant au silence. A petits baisers furtifs, il l'amena à entrouvrir les lèvres, mais il ne fit que la goûter, lui touchant à peine la langue de la sienne. Ariel se mordit la lèvre pour ne pas gémir lorsqu'il commença à lui mordiller le cou. Puis il enfouit son visage dans ses cheveux et elle sentit son souffle chaud et déjà altéré contre sa gorge. Ariel frissonna, sentant les battements de son cœur s'accélérer.

Elle sentait le torse de David se soulever en rythme sous ses paumes, l'incitant à défaire la chemise de soie noire pour mettre au jour la peau satinée qui recouvrait ses muscles fermes. A laisser sa bouche courir jusqu'à la naissance de son cou, et plus bas encore. Il frissonnait toujours quand elle faisait ça.

— Comment peux-tu douter de moi ? murmura-t-il contre son oreille.

Parce qu'elle doutait d'elle-même et de sa capacité à supporter une nouvelle fois d'être rejetée. Ses doigts se prirent dans la chemise de David, froissant le tissu. Elle aurait voulu s'accrocher à lui, mais s'il ne connaissait pas la vérité, leur relation n'avait plus de raisons d'être.

— Je ne suis pas faite pour toi, David.

Il méritait mieux. Il méritait une personne douce et sans problèmes. Et qui ne soit pas maudite.

— Tu parles encore de ma réputation ? demanda-t-il, en se reculant légèrement.

Privée de la chaleur de son baiser, elle frissonna de nouveau, avec appréhension cette fois. S'il s'inquiétait des médias à présent, qu'arriverait-il le jour où les journaux apprendraient le passé de la jeune femme qu'il fréquentait ? Il n'aurait plus de vie privée, plus de répit... tant qu'il n'aurait pas pris ses distances avec elle. Pour toujours.

— Je parle de ta fierté, répondit-elle, cherchant désespérément une excuse.

— Quoi ?

— N'est-ce pas pour ça que tu es en colère ? accusa-t-elle. Parce que j'ai appelé Ty plutôt que toi ? C'est pour cela que tu détestes la publicité. Ta fierté passe avant moi.

Pleine de colère, elle sortait de nouveau les griffes, espérant le provoquer. Elle voulait qu'il parte... avant qu'elle ne faiblisse au point de le supplier de rester.

— Pourquoi me repousses-tu ? demanda-t-il, le front soucieux.

C'était lui qui s'était éloigné d'elle, physiquement. Mais sur le plan psychologique, c'était ce qu'elle était en train de faire. Elle voulait se protéger ; et protéger David. C'était un homme trop bien pour subir sa malédiction.

— Puisque je te repousse, que fais-tu encore ici ? demanda-t-elle, tandis qu'elle luttait douloureusement contre ses peurs. Va-t'en, je t'en prie.

— Ariel ?

Sa voix se brisa tant il était blessé et stupéfait.

— Fiche-moi la paix, d'accord ? s'écria-t-elle, laissant libre cours à sa colère et à son désespoir.

David poussa un bref soupir et leva le menton avec la fierté qu'elle lui reprochait.

— Si c'est ce que tu souhaites, alors je m'en vais.

Elle ferma les yeux et ne les rouvrit que lorsqu'elle entendit la porte d'entrée claquer à faire trembler les murs. Elle refusait de le voir partir comme elle avait vu disparaître Haylee dans la brume. Une fois calmé, il reviendrait.

Mais alors, c'est elle qui serait partie.

Protégées par le capuchon qui dissimulait leur visage et leurs cheveux, les femmes l'encerclaient, drapées d'obscurité. Malgré les flammes dansantes du feu, elles demeuraient dans l'ombre. Le rougeoiement des braises éclairait le ciel de la nuit, et la fumée ne s'élevait pas, se concentrant au ras du sol, l'étouffant. Il tentait vainement de ne pas suffoquer, mais plus il toussait, plus elles riaient. Dans la nuit s'élevait leur rire cristallin.

Et mauvais.

Il résonnait à ses oreilles et dans sa tête comme le tonnerre, lui vrillant le crâne. Une douleur battait à ses tempes, à son cou, irradiant tout son corps jusqu'à le faire frissonner.

Elles étaient en train de le tuer. La poitrine oppressée, il sentit son dernier souffle de vie quitter ses poumons. Le feu se voila, puis explosa en mille éclats derrière ses paupières qui se refermaient sur la vie. Même alors, la douleur ne cessa pas. Aucun soulagement ne semblait possible. Aucune paix.

Le visage de la sorcière

Il se réveilla en sursaut, rejetant les couvertures qui s'étaient enroulées autour de lui comme les cordes avec lesquelles ces femmes l'avaient attaché. Il se leva en titubant et se cogna contre la table de chevet, renversant le grimoire. Le bruit sec que fit le gros livre en tombant résonna dans sa tête comme un coup de feu.

Avec précaution, il se baissa pour ramasser le livre. Le journal de son ancêtre, l'histoire de sa famille. Son héritage, disparu pendant de si longues années, rejeté comme les propos incompréhensibles d'un fou. Personne n'avait jamais compris son aïeul. Jusqu'à présent. Jusqu'à ce que lui-même entre en possession du journal, quelques semaines auparavant. Si seulement il avait su plus tôt… Pour les sorts, le pouvoir des amulettes et les sorcières. A présent, il comprenait ses rêves, ses visions en noir et blanc de son avenir. Il s'agissait de sa propre malédiction. De sa fin.

Si elles le trouvaient les premières.

Car, à présent qu'il connaissait l'existence des sorcières et de leurs pouvoirs, il était en mesure de les retrouver. De leur prendre leurs amulettes et de les arrêter.

Il devait les tuer, avant qu'elles ne le tuent.

2

A peine avait-elle relâché le heurtoir que la porte de chêne s'ouvrit. Un homme se tenait dans la pénombre. Deux semaines s'étaient écoulées, et pourtant son visage portait encore la trace de nombreux hématomes, et de vilaines marques s'étalaient autour de ses yeux et sur sa mâchoire. Ariel connaissait bien ces ombres jaunâtres, pour les avoir trop souvent aperçues sur Haylee, à l'école.

— Ariel ! s'écria Ty.

Sa voix était rauque, comme s'il n'avait parlé à personne depuis des jours. A moins que ce ne fût à cause des bleus qu'on distinguait sur sa gorge, près du col de sa chemise.

— Où étais-tu passée ?

— J'étais en voyage...

En réalité, elle avait fui et elle se méprisait d'avoir été aussi lâche. Elle aurait pu mettre cela sur le compte de la douleur causée par la perte d'Haylee ou du désespoir d'avoir été suspendue par l'école, mais elle savait qu'il n'en était rien. C'est la peur qui l'avait poussée à partir. La peur qui l'habitait depuis des jours.

— David t'a cherchée partout. Il est fou d'inquiétude !

Il était sans doute furieux, à juste titre. Elle s'était sauvée peu de temps après leur dispute, fuyant son petit pavillon douillet pour des motels impersonnels. Pour une vie anonyme. Pourtant, ce n'était pas les médias ni la douleur qu'elle avait fuis. C'était elle-même.

Mais comme les fois précédentes, lorsqu'elle avait cherché à échapper aux fantômes ou aux regards embarrassés de ses parents adoptifs, elle avait compris que fuir était inutile. Elle devait s'accepter telle qu'elle était... David aussi, si jamais elle lui laissait un jour cette chance. Elle devait prendre ce risque, même si cette simple idée lui brisait le cœur.

La dernière personne à qui elle avait parlé de la malédiction était un petit ami, au lycée. Le garçon l'avait aussitôt quittée et avait demandé à changer d'établissement. Après cet épisode douloureux, elle s'était contentée de relations superficielles et sans conséquence. Jusqu'à David.

— Je suis désolée, dit-elle. Je n'aurais pas dû disparaître comme ça.

En cherchant à repousser David, de crainte qu'il ne la rejette, elle s'était voilé la face et se retrouvait aussi désemparée que lui.

Ty balaya ses excuses d'un geste. Ses mains étaient couvertes de plaies en train de cicatriser et ses doigts étaient encore enflés. Il s'effaça pour la laisser entrer dans son appartement. Il habitait dans une ancienne demeure de style Tudor reconvertie en appartements, dans le quartier est de Barrett. Malgré les fissures dans les murs et les rayures sur le vieux parquet, l'appartement était charmant, avec ses hauts plafonds et ses grandes fenêtres à petits carreaux. Bien que le salon soit situé dans une tourelle baignée de lumière, Ty semblait déterminé à rester dans l'ombre et à éviter les taches de soleil.

— Ce n'est pas à moi que tu dois faire des excuses, grommela-t-il en enfonçant les poings dans les poches de son jean délavé. Ce n'est pas moi qui suis en train de devenir fou en me faisant un sang d'encre.

Ses yeux bleus avaient pourtant un éclat un peu fou et elle le sentait plus tendu que jamais. Elle avait rencontré Ty avant David, lorsqu'il était venu dans son école, en tant qu'officier de police, pour parler de sécurité routière aux enfants. Il avait fait une forte impression sur les petits qui s'étaient sentis très intimidés par ce grand gaillard. Comme David, Ty était quelqu'un de passionné, et d'un abord un peu difficile ; ses yeux bleus semblaient toujours sur le qui-vive. Chaque fois qu'il la regardait, elle avait l'impression de passer un examen et se demandait si le jury serait clément.

Mais elle n'était pas ici pour parler de sa relation avec David.

— Je suis venue te présenter mes excuses, insista-t-elle. Je n'aurais jamais dû t'appeler, ce jour-là.

— Et après ? Tu aurais appelé le commissariat pour leur demander d'intervenir parce qu'une petite fille avait manqué l'école ? Son papa avait prévenu qu'elle était malade. Ils n'auraient envoyé personne.

— Mais toi, tu y es allé.

Pour la première fois, elle se demanda pourquoi il avait agi ainsi.

— Oui, répondit brusquement Ty. Si je ne l'avais pas fait, ce fumier aurait eu le temps de faire ses valises et de quitter la ville en douce. Tu as fait ce qu'il fallait, Ariel. Peu importe ce que t'a dit David.

— Tu es au courant ?

— Qu'il était fâché que tu m'aies appelé ? Oui. Je connais David depuis longtemps.

Il eut un petit rire, encore plus rauque que sa voix.

— Il n'était pas très fier de lui quand il est venu m'avouer qu'il s'était comporté comme un idiot.

Le sourire de Ty s'estompa et il poursuivit :

— Mais, tu sais… il est vraiment inquiet.

— Alors, il t'a parlé de notre dispute ?

Lui avait-il dit qu'elle s'était comportée comme une harpie ? Si Ty avait deux sous de bon sens, il avait sans doute conseillé à son ami de laisser tomber une fille pareille.

— Oui, il m'a raconté, reprit Ty, avec un petit rire. Et j'étais bien d'accord avec lui pour dire qu'il s'était comporté comme un parfait imbécile !

Ariel sentit son visage se détendre et sourit pour la première fois depuis deux semaines.

— Tu es un ami hors pair, Ty.

— Ouais et c'est bien dommage…

Avant qu'elle n'ait pu demander ce qu'il avait voulu dire, quelqu'un cogna à la porte avec force.

— Ty, ça va ? J'ai appris que tu avais été suspendu et…

David laissa sa phrase en suspens lorsque Ty lui ouvrit.

— Ariel !

Ses yeux sombres étaient cernés. Apparemment, il avait lui aussi connu quelques longues nuits sans sommeil. Il se tourna vers son ami et lança, presque comme une accusation :

— Tu l'as retrouvée ?

— Personne ne m'a retrouvée, intervint Ariel. Je suis revenue toute seule.

De bien des façons, elle était toujours perdue. Le regard de David se posa de nouveau sur elle, plein de chaleur et de passion. Aussitôt, l'air sembla se charger d'électricité entre eux.

— Ariel…

— J'étais en route pour les Tours, précisa-t-elle, résistant à l'envie de se jeter dans ses bras.

Elle avait fui, alors qu'elle avait besoin de lui comme jamais. Au cours des deux semaines passées loin de David, elle s'était efforcée de s'habituer à l'idée de vivre sans lui. Nul doute qu'il la rejetterait lorsqu'il apprendrait la vérité. En imaginant le pire, elle n'avait pas rendu justice à leur amour.

— Mais j'ai d'abord voulu m'assurer que Ty allait bien.

— C'est fait, intervint Ty, d'une voix qui ne laissait aucune place à la discussion. Vous pouvez partir. Je me débrouillerai très bien tout seul.

Etait-ce vraiment ce qu'il voulait ? Elle avait affirmé la même chose à David, mais elle n'était pas réellement seule. Haylee était toujours restée à ses côtés pour lui tenir compagnie, comme si elle percevait la douleur d'Ariel et sentait que sa maîtresse d'école avait besoin d'elle. Un ruban de brume se coula dans la pièce et Haylee apparut dans un halo de lumière dorée. La petite fille flottait mollement près de Ty. Pensait-elle que le policier avait à son tour besoin de compagnie ?

Ariel avait David, si celui-ci voulait encore d'elle. D'après la façon dont il la regardait, l'air affamé et les yeux brûlants de désir, la réponse ne faisait aucun doute. Cela dit, il n'avait pas la moindre idée de ce qu'elle allait lui dire.

Ty se racla la gorge pour attirer l'attention de David.

— Ça va ? lui demanda David. Tu as été mis à pied.

— Quoi ? s'écria Ariel.

Ty fit la grimace.

— Quand un officier tue un homme en dehors de ses heures de service, ça déclenche forcément une enquête interne.

— Tu n'as pas à t'inquiéter, assura David. Bientôt, tu reprendras du service.

Ty haussa les épaules, comme si tout cela ne le concernait pas. Ariel ne connaissait pas Ty depuis longtemps, mais elle le comprenait suffisamment pour savoir que son travail était tout pour lui. Perdre sa plaque serait fatal.

Elle connaissait bien ce sentiment. Ses élèves lui manquaient tellement. Non seulement les petits avaient perdu une camarade de classe, mais ils étaient en plus privés de leur maîtresse. Comme elle aurait aimé être avec eux ! Elle sentit les larmes lui monter aux yeux.

Sa seule consolation était qu'elle pouvait encore voir Haylee, même si sa silhouette commençait déjà à s'estomper dans la brume. Les deux hommes, pourtant intuitifs et perspicaces, ne voyaient ni le halo de lumière ni l'enfant.

— Je suis désolée, dit-elle de nouveau à Ty.

— On est dans la même galère, si j'ai bien compris, répondit ce dernier.

— J'ai parlé à la directrice, avoua David.

— Tu n'aurais pas dû, répondit Ariel.

Il voulait toujours tout réparer pour elle. Pourtant, il existait certaines choses que même l'argent et le pouvoir ne pouvaient arranger.

— Tu n'es pas prête à retourner travailler, affirma-t-il, tandis que ses yeux posaient une autre question : était-elle prête à revenir vers lui ?

— Si vous voulez, je peux partir, proposa Ty, avec une générosité teintée d'ironie.

— Non, s'empressa de répondre Ariel.

— Nous partons… n'est-ce pas, Ariel ?

— Je te retrouve chez toi… Tu veux bien me laisser une seconde seule avec Ty ?

Une ombre passa sur le visage de David. Elle frissonna comme si un vent glacial venait de traverser la pièce. Pourtant, David acquiesça et leva les yeux vers Ty.

— On discutera de tout cela plus tard, lança-t-il, comme un avertissement.

De quoi parlait-il ? D'Ariel ou de la mise à pied de Ty ? David sortit, claquant presque la porte derrière lui. Ty poussa un long soupir.

— Parfois, il oublie que je ne suis pas un de ses employés.

Pourtant, David considérait Ty comme son frère. Sous ces airs d'autorité se cachait un sens profond de l'amitié. Un sentiment qu'Ariel ne connaissait guère, n'ayant pas souvent reçu d'affection après avoir été séparée de sa famille,

— Pourquoi êtes-vous amis ? se demanda-t-elle à voix haute, avant de rougir brusquement. Je veux dire… Ne le prends pas mal, mais vous n'avez presque rien en commun…

A part leur côté passionné.

— Tu serais surprise, si je te le disais, répondit Ty avec un petit sourire.

— Sérieusement.

Elle voulait savoir. Depuis six mois qu'elle connaissait David, cette amitié la fascinait. Elle-même n'avait jamais connu une telle complicité au sein de sa famille. Et elle était persuadée que, si un tel lien avait existé, quelqu'un l'aurait déjà retrouvée car, malgré ses nombreuses fugues, elle était toujours revenue à Barrett. Elle n'avait pas changé de nom, attendant qu'on vienne la chercher. Mais personne n'était venu. Personne ne s'inquiétait de son sort.

— Sérieusement ? répéta Ty, le sourcil levé.

Il soupira, avant de répondre brièvement :

— Le passé.

— Le passé ? demanda Ariel en souriant. Tu veux dire que c'est parce que vous êtes amis depuis longtemps ?

— C'est plus compliqué que ça, soupira Ty. David ne t'en a jamais parlé ?

Ariel sentit son amusement fondre comme neige au soleil. Elle n'avait plus du tout envie de sourire.

— Me parler de quoi ?

Ty la scruta de son regard bleu et demanda, d'une voix bizarre :

— Que sais-tu exactement de David ?

Pas grand-chose apparemment, mais elle avait toujours pensé qu'elle en savait plus sur lui que lui sur elle.

— Evidemment, tu le connais mieux que moi, se défendit-elle. Ça ne fait pas si longtemps que nous sortons ensemble.

Et ils ne passaient pas vraiment leur temps à discuter quand ils se voyaient. La majeure partie de leur communication ne demandait aucune parole. Seulement des baisers, des caresses… des gémissements de plaisir. S'il y avait eu un détail important à connaître dans la vie de David, elle était certaine qu'il lui en aurait parlé. C'était plutôt elle qui gardait jalousement ses secrets.

— Non, en effet, acquiesça Ty, en se grattant le menton.

Il ne s'était pas rasé depuis plusieurs jours et sa barbe naissante dissimulait encore mal les bleus laissés par les poings du père d'Haylee. Ty avait expliqué que l'homme avait résisté au moment de l'arrestation. D'après les journaux, Reynolds avait reçu, au cours de la bagarre qui avait suivi, un coup sur la tête qui lui avait été fatal. Ariel savait ce qui s'était passé, mais un autre détail lui échappait encore.

— Pourquoi y es-tu allé ? demanda-t-elle.

— Tu me l'avais demandé, répondit-il avec nonchalance.

— Pourtant, je ne t'avais donné aucune explication.

Elle n'avait pas pu. Impossible de lui révéler comment elle avait su que quelque chose de terrible était arrivé à Haylee. Elle devait d'abord en parler à David.

— Tu as fait confiance à… mon instinct ?

— Non, je t'ai fait confiance à toi, répondit Ty, en la regardant droit dans les yeux.

Ariel soupira.

— Je dois partir.

— Pour rejoindre David, oui.

Cette fois, elle perçut nettement l'amertume dans sa voix, tandis qu'il lui tenait la porte. Quelle était donc l'histoire de ces deux hommes qui étaient censés être amis ? Et pourquoi avait-elle soudain si peur de l'apprendre ?

Elle alla pour sortir, puis s'arrêta sur le pas de la porte et se retourna.

— Je suis désolée, répéta-t-elle.

— Moi aussi, répondit-il, avant de fermer la porte avec résolution.

David lui avait-il caché une partie de sa vie ? Si c'était le cas, il valait mieux l'apprendre de sa bouche, plutôt que de celle de son ami. Pourtant... pourquoi cet homme puissant, habitué à obtenir tout ce qu'il voulait, s'était-il laissé repousser, deux semaines auparavant ? Peut-être ne voulait-il plus d'elle. A moins qu'elle ne soit pas la seule à avoir des secrets ...

Ariel frissonna sous le regard inquisiteur de l'agent de sécurité qui montait la garde dans le grand hall de marbre et de cuivre des Tours. En réalité, tout le monde appelait cet édifice de verre et métal les tours Koster, d'après le nom de leur constructeur. C'est-à-dire, l'homme qu'Ariel venait voir, si le responsable de la sécurité voulait bien la laisser monter. Comme David, le garde était grand, mais il avait les cheveux grisonnants et les yeux clairs. Bien qu'il sût parfaitement qui elle était, il l'étudia de près, comme s'il ne l'avait jamais vue auparavant. Il lui demanda une pièce d'identité, avant de téléphoner à l'appartement pour vérifier qu'elle était bien autorisée à entrer. A quoi rimait ce manège ?

David s'entretint un long moment avec le garde, mais, après sa réaction chez Ty, elle doutait qu'il ait changé d'avis et refuse de la voir.

Au cours de ces deux dernières semaines, elle en était arrivée à des conclusions importantes. La première, bien sûr, était qu'elle ne pouvait plus continuer à fuir. La seconde était qu'elle avait besoin de David dans sa vie.

Elle savait qu'elle parviendrait sans problème à vivre sans lui ; la solitude ne lui avait jamais posé le moindre problème. Mais elle ne voulait plus être seule. Elle voulait David à ses côtés et souhaitait faire partie de sa vie… si jamais elle était autorisée à le voir. Ses mains la démangeaient ; elle avait envie de frapper le comptoir de marbre derrière lequel était retranché le garde. Enfin, l'homme lui désigna du menton l'ascenseur privé.

— Vous pouvez monter, concéda-t-il d'une voix bourrue.

Elle suivit le tapis oriental jusqu'à l'ascenseur et monta dans la petite cabine tapissée de miroirs. Avant même qu'elle ait pu appuyer sur le moindre bouton, les portes se refermèrent et l'ascenseur s'élança vers le dernier étage, où se trouvait le penthouse. Elle contempla son reflet : ses cheveux roux, longs et emmêlés, encadraient son visage, dépourvu de tout maquillage. Son pull marron à grosses mailles et sa jupe longue en jean n'étaient plus de la première jeunesse ; quant à ses bottes en cuir marron, elles commençaient à être passablement avachies.

Pas étonnant que le garde ait vérifié son identité avant de la laisser monter ! Elle ne lui avait de toute évidence pas semblé digne de fréquenter un homme aussi riche et influent que son patron. Pourtant, David se fichait bien de sa tenue vestimentaire. Il la trouvait toujours belle. Elle se doutait que le garde l'observait grâce à la caméra de surveillance et se retint de tirer la langue à l'objectif. Elle devait passer trop de temps en compagnie de ses élèves… Enfin, plus à présent. Lorsqu'elle aurait réglé ses affaires avec David, elle essaierait de récupérer son poste ou d'en trouver un autre. La salle de classe lui manquait presque autant que David.

Lorsque l'ascenseur s'arrêta, elle sentit son estomac se nouer. Lui pardonnerait-il de s'être ainsi enfuie ? Elle n'avait même pas emporté son téléphone portable, si bien qu'il n'avait aucun moyen de la joindre.

La porte de l'ascenseur s'ouvrit sur le vestibule. Un large escalier en acajou s'élevait dans un coin, tandis qu'une suite de colonnes en albâtre séparait l'entrée du reste de l'appartement. Quelques fauteuils avaient été disposés contre les colonnes.

— David ? appela-t-elle en sortant de l'ascenseur. Tu es là ?

Ses talons claquèrent sur le sol de marbre, lorsqu'elle traversa le vestibule. Il y avait de la lumière dans le salon. Elle contourna les colonnes, descendit quelques marches en marbre et s'approcha de ce que David appelait le boudoir : un espace rectangulaire en contrebas du reste de la pièce, délimité par des canapés noirs formant un U autour d'une énorme cheminée de marbre. Malgré la douceur de cette journée de printemps, un feu brûlait dans l'âtre. Une multitude de bougies avaient été disposées sur une table basse de verre.

— David ? appela-t-elle de nouveau, en s'approchant des canapés.

A côté des bougies, un bouquet de roses rouges s'épanouissait dans un vase. Les flammes des bougies se miraient dans le cristal, explosant en mille reflets comme si l'eau était en feu.

— Ah, tu es là, dit David, en la rejoignant dans le salon.

Il portait un plateau d'argent chargé de canapés et de deux flûtes de champagne.

— Comme si tu ne le savais pas, se moqua Ariel. Je n'ai pas pu monter ici avant que tu n'en donnes l'autorisation. Tu m'as rayée de ta liste ?

— Ma liste ? s'étonna David avec un petit sourire impénétrable. Tu crois que j'ai une liste ?

Ariel acquiesça, refusant de se laisser distraire par

son beau visage. Elle adorait son sourire, la petite fossette qu'il creusait dans ses joues, la façon dont il animait ses yeux sombres.

— Oui, et je ne suis plus dessus.

— J'avoue que j'ai demandé au garde de te retenir un peu, répondit David, avec un geste vague vers la cheminée.

— Afin de pouvoir mettre en place le décor ?

Qu'avait-il en tête ? La séduire ? Il n'avait pas besoin de faire beaucoup d'efforts pour y parvenir. Ce sourire suffisait. Le contact de sa main. Un frôlement de ses lèvres. Ariel sentit son ventre se crisper, tandis qu'une vague de chaleur traversait son corps. Elle pouvait toujours mettre ça sur le compte de la cheminée à côté de laquelle elle se tenait. Mais elle n'était pas dupe. David lui enflammait les sens. Tout son corps tendait vers lui de façon obsessionnelle. C'en était presque douloureux.

— Alors, qu'en penses-tu ? demanda-t-il en posant le plateau sur la table de salon.

Il se tourna vers elle et, repoussant une mèche de ses cheveux, déposa un léger baiser sur la courbe de son cou. Ariel frissonna et sa réaction n'échappa pas à David.

— Veux-tu que je ranime le feu ? se moqua-t-il gentiment.

D'un seul baiser, d'une seule caresse ?

— On dirait que tu as froid…

Elle avait eu froid et s'était sentie seule, malgré la présence apaisante du fantôme d'Haylee.

— Tu m'as manqué, avoua-t-elle.

— Tant mieux, répondit-il, d'une voix dure.

Surprise, elle leva les yeux vers lui.

— J'ai failli devenir fou d'inquiétude à me demander où tu étais...

Il posa les mains sur ses épaules.

— ... Je voulais tellement que tu sois à mes côtés.

Ariel ne put s'empêcher de ressentir une pointe de satisfaction. Il tenait à elle.

— C'est ce que j'ai cru comprendre, en effet, répondit-elle, avec un sourire.

— C'est ce que t'a dit Ty ?

Ses yeux s'assombrirent. Etait-ce de l'amertume ou de la rancœur qu'elle lisait dans son regard ? Ou encore autre chose ?

— Est-ce un problème que je me sois arrêtée chez lui avant ?

Elle n'en aurait sans doute rien fait, si elle n'avait cherché à retarder le moment où elle affronterait David.

— Pas du tout, assura ce dernier. Moi aussi, je suis inquiet pour Ty.

— Pourquoi ? A cause de sa mise à pied ?

— C'est plus compliqué que ça, soupira David.

— Comment vont ses blessures ?

— Physiquement, il va bien. J'ai vérifié auprès de ses médecins.

Apparemment, le secret médical n'avait pas beaucoup de poids face à David Koster. Lorsqu'il posait une question, les gens lui répondaient. Sauf elle. Elle avait toujours réussi à éviter de lui raconter quoi que ce soit sur son passé. En revanche, elle ne s'était pas rendu compte jusqu'alors qu'il agissait de la même façon vis-à-vis d'elle.

— Alors, qu'est-ce qui t'inquiète tant ? Sa santé mentale ?

— La seule chose que Ty doit faire pour reprendre son travail, c'est voir un psychiatre. Ensuite, on lui rendra sa plaque.

— Mais il refuse ?

Elle ne pouvait pas lui en vouloir. Après l'avoir arrachée à sa mère, on l'avait obligée à parler à une armée de psychologues et de psychiatres. Dès que ses parents adoptifs successifs entendaient parler de ses pouvoirs, ils l'envoyaient consulter. Une ou deux fois, même, elle avait été internée dans un hôpital psychiatrique, parmi des enfants qui hurlaient et riaient comme des déments.

— Oui, répondit David, en s'éloignant de quelques pas.

— Peut-être ne se sent-il pas encore prêt à parler de ce qui s'est passé ce jour-là.

Parfois, il pouvait être bon de ne pas tout partager. Peut-être ne devrait-elle pas tout raconter à David. Cette discussion sur les psychiatres avait suffi à lui rappeler que tous ceux qui avaient appris son secret l'avaient prise pour une folle.

— Ce n'est pas seulement de ce jour-là qu'il ne veut pas parler, fit remarquer David, avec un gros soupir, le regard tourné vers les flammes de la cheminée.

— Le passé, dit Ariel, admettant ainsi qu'elle connaissait le lien qui unissait les deux hommes.

— Quoi ? demanda David en se tournant brusquement vers elle, comme s'il venait de chasser une pensée de son esprit.

— Le passé, répéta-t-elle. Ty et toi avez un passé en commun.

— Que t'a-t-il raconté ? demanda-t-il, les dents serrées.

— Rien, justement.

Elle avait l'étrange sentiment que David se tairait, lui aussi.

— Il m'a juste dit que vous vous connaissiez depuis très longtemps.

— Oui, admit David. Nous avons grandi ensemble.

Quelque chose dans sa voix laissait entendre qu'il ne parlait pas simplement d'avoir usé leurs fonds de culottes sur les mêmes bancs d'école. C'était plutôt comme si un événement marquant les avait forcés à grandir plus vite.

— Il est même venu vivre chez nous… après la mort de son père.

La notion de père n'avait pas beaucoup de sens pour Ariel. Elle n'avait jamais connu le sien. Sans aucun doute, Papa chéri était riche car sa mère aimait la sécurité que les hommes aisés pouvaient lui procurer.

Même à neuf ans, Ariel était capable de comprendre cela. A présent, avec ses yeux d'adulte, elle se rendait compte que son père était aussi probablement un homme marié. Il n'avait jamais fait partie de leur vie, tout comme les pères d'Elena et d'Irina. Leur mère, qui mentait pour un peu d'argent, n'avait sans doute pas non plus hésité à tricher. Mais tout cela était si vieux qu'Ariel ne voulait plus s'en soucier.

Seul David comptait, à présent. Pourtant, elle ne put s'empêcher de s'inquiéter de l'histoire de Ty.

— Sa mère était déjà partie ?

Morte ou sortie de sa vie, comme celle d'Ariel ? C'était peut-être pour cela que Ty était venu lorsqu'elle l'avait appelé. Ils partageaient ce lien tacite des enfants abandonnés. Peut-être aurait-elle dû parler à Ty de son passé en premier. Peut-être aurait-il accepté la vérité plus facilement que David.

— Oui, elle est morte quand il avait cinq ans.

Au moins, la mère de Ty avait une bonne excuse pour être absente.

— Alors, il a aussi perdu son père ?

David avait les mâchoires tellement crispées qu'un muscle tressaillit.

— C'était plus une chance qu'autre chose.

Ariel sursauta devant la violence de ses propos.

— David ! Comment peux-tu dire une chose pareille ?

— C'était un monstre, expliqua David. Il battait Ty.

— Comme le père d'Haylee battait sa fille.

C'était pour ça que Ty n'avait pas hésité lorsqu'elle lui avait demandé d'intervenir.

— Bon sang, Haylee, je suis désolé de revenir là-dessus.

— Non, c'est moi. Je n'aurais pas dû appeler Ty.

C'était même la dernière personne à appeler.

— Tous ces souvenirs ont dû refaire brusquement surface…

— Ce n'est pas la première fois, coupa David. Ty est dans cette situation depuis longtemps ; avant même qu'il ne devienne policier. Tu n'avais aucun moyen de connaître son passé.

— Parce que tu ne m'en avais rien dit, lui rappela-t-elle. Nous ne savons pas grand-chose l'un de l'autre.

Elle soupira faiblement. Etait-elle prête à lui dire la vérité ?

— Nous avons bien le temps, répondit-il, en la prenant de nouveau dans ses bras.

— Crois-tu ? demanda-t-elle.

— Accorde-moi une seconde chance, Ariel. J'ai été idiot…

Il lui prit le visage à deux mains, caressant du pouce la courbe de sa mâchoire. Ariel frissonna.

— David…

— Pardonne-moi.

Il ne demandait pas, il exigeait. Et elle ne pouvait pas lui refuser cela. Elle passa les bras autour de son cou, croisant les doigts derrière sa nuque.

— C'est déjà fait. Si tu peux me pardonner…

— Te pardonner quoi ? demanda-t-il en l'attirant contre lui.

Ses mains glissèrent le long du dos d'Ariel. La chaleur de ses paumes la brûla à travers l'épaisseur de son pull.

— De m'être comportée de façon insensée, lui rappela-t-elle. De m'être enfuie sans te dire où j'allais.

— Le savais-tu seulement toi-même ?

— J'avais juste besoin de prendre un peu le large.

Sans les sentiments qu'elle éprouvait pour lui, elle ne serait peut-être jamais revenue.

— Tu étais anéantie, dit David, la voix pleine de compassion. J'aurais dû être plus attentionné.

— Mais tu l'es, répondit-elle, en désignant le feu, les bougies et le champagne.

— Maintenant, oui. Mais je ne l'ai pas été lorsque tu en avais le plus besoin. J'ai eu tellement peur qu'il t'arrive quelque chose. La simple pensée de te perdre…

Sa voix se brisa et il l'attira un peu plus contre lui.

— Je ne peux pas te perdre, Ariel.

Serrée contre son corps puissant, Ariel pouvait sentir chaque battement de son cœur, chaque souffle. Elle tremblait du désir de se fondre en lui pour ne faire plus qu'un. Pour toujours.

— Pourquoi, David ?

— J'ai besoin de toi dans ma vie. Je sais que nous ne sommes pas ensemble depuis longtemps, mais ce jour-là… et ces deux dernières semaines aussi… j'ai compris quelque chose.

La gorge nouée, Ariel dut s'y reprendre à deux fois avant de demander :

— Quoi, David ? Qu'as-tu compris ?

Il se recula pour lui prendre de nouveau le visage à deux mains.

— Je t'aime, Ariel.

Elle sentit son cœur se gonfler de joie, mais, par prudence, elle préféra étouffer cet espoir naissant. Par le passé, des gens avaient prétendu l'aimer, mais tous avaient fini par l'abandonner. Elle n'avait pas besoin de mots de la part de David, mais d'actes, de preuves d'amour. La seule façon était de le soumettre à l'épreuve… de la vérité.

— David…, murmura-t-elle, sans savoir par où commencer.

David sursauta, comme si l'hésitation qu'il avait cru percevoir dans sa voix l'avait physiquement blessé.

— Je sais que tu dois avoir des doutes quant à l'avenir de notre relation, après la façon dont je me suis comporté avec toi, mais je vais me rattraper… si tu m'en donnes la chance. Ariel, dis-moi oui.

— Oui ?

Il la relâcha pour faire un pas en arrière, puis mit un genou à terre devant la cheminée.

— Epouse-moi.

Une fois de plus, c'était un ordre plus qu'une demande, formulé par un homme qui avait l'habitude d'obtenir ce qu'il voulait. Voudrait-il encore l'épouser lorsqu'il aurait appris la vérité ? Il fallait qu'elle le lui dise, mais elle ne parvenait pas à le regarder dans les yeux, redoutant de rencontrer ce regard étrange qu'elle avait vu apparaître chez les autres. L'incrédulité et l'étonnement, qui feraient ensuite place à la déception et au regret. Ensuite, pire que tout, viendrait la pitié. Les yeux baissés vers le feu, elle murmura :

— David, il faut que…

— … que tu y réfléchisses ? acheva-t-il à sa place. Prends tout le temps que tu veux, Ariel. Mais pendant que tu réfléchis, je veux que tu portes ceci.

Il lui passa quelque chose de dur et froid au doigt. Baissant les yeux vers sa main, elle découvrit un diamant carré qui étincelait de mille feux, reflétant sur chacune de ses facettes les flammes de la cheminée.

— Il est superbe, chuchota-t-elle, ébahie.

Connaissant David, elle se dit qu'il devait aussi être hors de prix, bien qu'elle fût incapable d'en estimer le nombre de carats. D'ailleurs, c'était le dernier de ses soucis. La bague n'avait aucune valeur à ses yeux. C'est l'homme qu'elle aimait et qu'elle refusait de perdre.

Bien que toutes les fenêtres fussent fermées, un coup de vent surgit de nulle part. Les bougies se mirent à briller plus fort et les flammes de la cheminée s'élancèrent dans les airs, léchant la paroi en longues langues orangées. Ariel agrippa David par les épaules, comme si elle craignait qu'il ne soit brûlé.

— Ariel, que se passe-t-il ?

Sa voix semblait lointaine, couverte par le ronflement assourdissant du feu. La pièce s'emplit d'une fumée plus épaisse et impénétrable que le brouillard hivernal et chargée d'odeurs d'encens et de lavande. Soudain, dans les flammes qui continuaient à s'élever de plus en plus haut apparut une forme. La silhouette d'une femme. Une femme qu'Ariel n'avait pas vue depuis vingt ans. Ses yeux sombres brûlaient d'un feu étrange, ses cheveux noirs et bouclés dansaient comme des coulées de lave incandescente et sa bouche criait quelque chose qu'Ariel ne pouvait entendre… car son pouvoir se limitait à voir.

Ariel étouffa le hurlement qu'elle sentit naître dans sa gorge et s'efforça d'apaiser le tremblement qui s'emparait d'elle. Mama ? Sa mère était plus vieille, à présent ; vingt ans s'étaient écoulés depuis qu'Ariel l'avait vue pour la dernière fois, la nuit où ses sœurs et elle avaient été emportées pour être placées dans des familles d'accueil différentes. Pas une seule fois leur mère n'avait cherché à les retrouver. Elle n'avait jamais tenté de les réunir ni même de venir les voir. Elle était la première d'une longue liste à avoir rejeté Ariel pendant ces vingt dernières années. Pourtant, c'est ce souvenir qui restait le plus douloureux de tous.

Ariel sentit la rancœur monter en une vague de nausée familière qui lui tordit l'estomac. Elle la chassa comme le cri, sachant très bien qu'elle n'avait aucun moyen d'apaiser ces sentiments-là. Elle ne parviendrait jamais à exprimer sa douleur, à présent. Il était trop tard.

Les flammes se firent plus lumineuses encore ;

l'apparition frissonna sans disparaître, dansant avec le feu. La peur vint s'installer profondément dans le cœur d'Ariel, qui accepta la réalité de sa vision.

Sa mère lui était apparue comme tant d'autres auparavant. Ariel pouvait voir le fantôme de ceux qui étaient morts récemment. Se faire traiter de folle était bien le cadet de ses soucis à cet instant ; des larmes amères lui brûlèrent les yeux et roulèrent sur ses joues. Sa mère était morte. Les dernières paroles qu'Ariel avait échangées avec elle résonnèrent dans son esprit avec une clarté étonnante. *Mama, je suis maudite…*

Les silhouettes encapuchonnées dansaient autour du feu, surgissant dans la lumière des flammes pour disparaître aussitôt dans l'ombre. Il n'avait plus peur d'elles, à présent. Il pouvait les maîtriser. C'est lui qui donnait les ordres. Le pouvoir était entre ses mains.

Mais il voulait plus. Tuer une des sorcières ne suffisait pas. Il devait les tuer toutes et reprendre possession des amulettes d'étain. La femme avait juré ne pas les avoir transmises à ses filles, mais il savait qu'elle mentait. Il avait perçu cette pensée en elle, ainsi que le souvenir fugace du soir où elle avait confié une amulette à chacune de ses filles. Elle leur avait transmis le pouvoir. Un pouvoir qui lui appartenait.

Lorsqu'il ouvrit les yeux, la lumière lui parut aveuglante, malgré les stores verts qui dessinaient des ombres étranges dans son bureau. D'une main légèrement tremblante, il s'empara d'un cadre argenté contenant trois photos. Dans sa vision, le capuchon de leur robe marron dissimulait toujours leur visage, mais il savait à quoi elles ressemblaient, à présent. Ou, du moins, à quoi elles ressemblaient vingt ans plus tôt : la blonde, la rousse et la petite dernière qui était le portrait craché de sa gitane de mère. Toutes des sorcières.

Il serra si fort le cadre que ses articulations blanchirent. Quelques autres sorcières vivaient encore et le narguaient. Elles aussi devraient mourir. Mais c'étaient les filles qu'il fallait retrouver, car c'étaient elles qui possédaient les amulettes.

Il avait souvent manipulé ce cadre depuis qu'il s'en était emparé, pour regarder le portrait des trois filles. Leur mère avait-elle, comme lui, contemplé ainsi le visage de ses filles perdues ? S'était-elle demandé, elle aussi, où elles pouvaient bien se trouver ?

Il ne lui faudrait pas longtemps. Il était facile de localiser les gens. Elles pouvaient avoir changé de nom ou d'identité, ce qui rendrait un peu plus difficiles les recherches, mais cela ne faisait rien. Il finirait bien par les retrouver. A vrai dire, il savait déjà où était l'une d'entre elles. Il pensait même s'être approché d'elle de près ; assez près pour la tuer. Mais il les voulait toutes.

Il ferma les yeux, chassant de son esprit les jeunes visages, tandis qu'une douleur fulgurante lui vrillait le crâne. Il avait besoin des amulettes. Il lui fallait leur pouvoir, s'il voulait survivre. A tâtons, il ouvrit un tiroir, délaissa la boîte des médicaments qui lui avaient été prescrits, pour poser sa main sur le métal froid d'une flasque. Même le léger grincement du bouchon résonna dans sa tête comme une explosion. Il but une gorgée du liquide de feu et frissonna.

Le feu. C'est ainsi que la première sorcière était morte, consumée par les flammes, plus de trois cents ans auparavant. Il avait bien l'intention de respecter certaines traditions pour tuer les autres également.

3

Ariel fuyait les cimetières et ne se rendait jamais aux enterrements. Pourtant, elle ne se pardonnait pas de ne pas avoir assisté à celui d'Haylee. Ç'aurait été la moindre des choses après l'avoir si grossièrement trahie. Elle n'aurait pas dû compter sur les services sociaux pour sauver la petite fille. Elle savait, pourtant. Elle aurait dû s'en occuper elle-même et kidnapper Haylee. Mais alors, elle aurait dû renoncer à David. Le plus ironique était que David finirait sans doute par la quitter quand même, une fois qu'il aurait appris la vérité.

Le cœur lourd, elle se rendit au cimetière de Barrett pour se recueillir sur la tombe de la petite fille. A peine garée le long d'une des allées bordées d'arbres qui serpentaient parmi les concessions, elle sentit la nausée monter. Elle posa une main tremblante sur la poignée de la voiture et, rassemblant ses forces, sortit de la Jeep.

Aussitôt, la brume se rua sur elle, presque aussi

dense que la veille au soir, et une lueur vive et blanche se mit à briller. De nombreuses silhouettes flottaient dans la brume : les fantômes de personnes ayant quitté ce monde-ci, mais pas encore tout à fait prêts à partir pour l'au-delà. Du moins, Ariel pensait que c'était pour cela qu'elle pouvait les voir — parce qu'ils n'étaient pas encore complètement partis. Là, dans le cimetière, leurs corps avaient été enterrés, mais leurs âmes s'attardaient encore. Il y en avait tant qu'Ariel ne parvenait pas à les compter.

Légèrement étourdie, submergée par tous ces visages pâles et ces corps translucides, Ariel s'efforça de conserver son équilibre. Les fantômes semblaient tous articuler des paroles qu'elle n'entendait pas. Mama avait toujours dit qu'Ariel devait apprendre à écouter. Enfant, Ariel avait même pensé que c'était pour cela que sa mère avait laissé les services sociaux lui prendre ses enfants — parce qu'Ariel n'écoutait jamais. Et parce qu'Elena était têtue et obstinée. Quant à Irina…

Il n'y avait aucune raison pour que leur mère les laisse emmener Irina. C'était une fillette tellement sage. Haylee, avec ses grands yeux noirs et ses longues boucles brunes, lui faisait tellement penser à sa petite sœur. C'était à cause de cette ressemblance et de la gentillesse de la fillette qu'Ariel avait forgé avec elle un lien plus fort que celui qui unit normalement une institutrice et son élève.

Un bouquet de marguerites à la main, Ariel s'avança

jusqu'à une tombe fraîchement refermée, recouverte d'une dalle de marbre couleur crème. Haylee avait sans doute encore de la famille, car quelqu'un avait payé pour cette dalle gravée d'un ange annonçant l'année de naissance et de décès de la fillette. Sous le nom était inscrit : « Douce enfant, tu brilles parmi les anges pour toujours ». Des larmes coulèrent sur les joues d'Ariel ; l'inscription se brouilla.

— Je suis tellement désolée, Haylee.

La petite fille apparut aussitôt dans la brume. D'un signe de tête, elle fit comprendre à Ariel qu'elle n'avait aucun reproche à se faire. Sans qu'aucun mot ne soit nécessaire, Ariel parvenait à communiquer avec la fillette ; en revanche, elle ne comprenait pas ce que voulait lui dire le fantôme de sa mère. Pourquoi Myra était-elle apparue dans les flammes de la cheminée le soir où David avait demandé Ariel en mariage ?

Etait-elle passée de vie à trépas à cet instant précis ? En général, les fantômes apparaissaient à Ariel juste après leur mort, même si ce n'était pas toujours le cas ; ce jour-là, dans le cimetière, elle pouvait compter de nombreuses âmes, mais la seule tombe récente était celle d'Haylee. Ariel n'avait aucune idée de la façon dont fonctionnait son « don ». Peut-être comprendrait-elle mieux, si elle parvenait à entendre ce que les fantômes tentaient de lui dire. Mais elle n'entendait jamais rien. Ce don était bien loin d'être une bénédiction.

Si sa mère ne venait pas de mourir, elle avait dû avoir une bonne raison d'apparaître ainsi devant Ariel.

Etait-elle venue l'avertir de quelque danger ? Depuis qu'Ariel avait dû quitter l'école et l'enseignement, il ne s'était rien passé de marquant dans sa vie. A part David.

Si sa mère était venue pour l'avertir, Ariel n'en avait pas tenu compte. Elle jeta un œil au diamant qui ornait son doigt : la pierre était assez grosse pour qu'elle en sente le poids à son doigt, et assez brillante pour l'éblouir. Techniquement, elle n'avait pas répondu à la demande de David, se contentant d'accepter de porter la bague en attendant de réfléchir. L'éclat de déception douloureuse dans les yeux de David signifiait clairement qu'il n'avait pas compris que la réticence d'Ariel n'avait rien à voir avec lui, mais avec elle. Elle s'était sentie prête à tout partager avec lui… jusqu'à l'apparition du fantôme de sa mère.

Tandis qu'elle contemplait le diamant, la brume s'était épaissie, devenant comme une fumée chargée d'une odeur d'encens et de lavande. La lumière se fit plus chaude. Avant même de lever les yeux, Ariel sut qu'Haylee avait disparu, laissant place à la silhouette de sa mère.

— Mama, que veux-tu ?

Et pourquoi maintenant ? Après toutes ces années sans donner de nouvelles, sans s'inquiéter du sort de sa fille.

— Je suis là depuis longtemps.

A l'attendre.

— Pourquoi n'es-tu pas venue plus tôt ?

Quand Ariel pouvait encore entendre et comprendre ses paroles.

La femme agita les bras, semblant presque vouloir chasser Ariel. Elle avait déjà fait cela, bien des années plus tôt. La poussait-elle à fuir de nouveau ?

Ariel en avait assez de courir. Elle ne pouvait plus fuir ce qu'elle était : une femme Durikken, à la fois bénie et maudite. Comme sa mère.

— Mama, je suis désolée…

La femme tendit une fois encore la main vers elle, comme pour essuyer les larmes qui coulaient sur les joues de sa fille. Ariel ne sentit qu'un vague souffle contre sa peau, puis l'image s'évanouit dans la lumière et la fumée.

De la fumée. Mama était-elle morte dans un incendie ? Un incendie… comme celui qui avait démarré cette vendetta, plusieurs siècles auparavant ? Malgré son jeune âge lorsque leur mère leur avait transmis la légende, Ariel se souvenait de chaque détail. Peut-être parce que c'était le dernier souvenir qu'elle possédait de sa mère et de ses sœurs, dans leur petite caravane pleine de bougies où mama avait parlé de pouvoirs particuliers et de vengeance. De la malédiction qui pesait sur toutes les descendantes de cette sorcière ; toutes maudites, condamnées à connaître une mort violente.

Ariel frissonna. Elle avait presque réussi à se convaincre que toute cette histoire n'était que le fruit de son imagination, un simple moyen de surmonter la séparation et l'absence de sa mère et de ses sœurs. Aucun parent n'aurait raconté une telle histoire à une enfant. Ariel en avait fait des cauchemars pendant bien des années. Inconsciemment, elle toucha du doigt la petite amulette d'étain et, aussitôt, une vague de chaleur se répandit en elle. C'était vrai, toute cette histoire. L'histoire de sa mère. La légende. La vengeance. A cause de l'amulette, elle savait que tout était vrai.

Même à présent, elle se souvenait que la voix de sa mère tremblait de peur lorsqu'elle leur avait parlé de la mort de leur ancêtre. Etait-ce ainsi que Myra était morte ? Brûlée vive ?

— Oh, mama…, gémit Ariel, le cœur rongé de crainte.

L'espace d'un bref instant, le halo orange se raviva, avant de disparaître pour de bon. Si la vendetta avait recommencé, cela signifiait qu'Ariel et ses sœurs étaient en danger, qu'elles pouvaient être tuées, elles aussi.

La peur s'empara d'elle, mais ce n'était pas un sentiment qui lui était étranger. Elle vivait la peur au ventre depuis la nuit où sa mère leur avait raconté la légende et que la famille avait été dispersée. A présent, sa vie était en jeu. Celle de ses sœurs aussi.

Les mains tremblantes, elle déposa les marguerites sur la tombe d'Haylee, avant de courir vers la Jeep. Elle roula au hasard jusqu'à ce qu'elle vît se dresser devant elle le bâtiment de brique qui abritait les services municipaux de Barrett. Les services de la protection de l'enfance. Elle serra de toutes ses forces le volant pour refréner les tremblements qui la parcouraient toujours. Cet endroit ne lui rappelait que des souvenirs douloureux, mais c'était à présent le dernier de ses soucis. Impatiente, elle s'engagea sur la rampe qui menait au parking et faillit arracher le ticket que lui présenta la machine. Dès que la barrière se releva, elle redémarra en trombe. Le parking était plongé dans la pénombre ; même à midi, l'éclairage était limité au strict minimum, mais Ariel n'avait pas peur du noir. Des choses bien plus effrayantes la menaçaient.

Elle gara sa Jeep sur une place prévue pour des véhicules plus petits, sortit de la voiture et claqua vivement la portière. Elle grimpa quatre à quatre les marches, croisant des employés qui sortaient déjeuner. Elle avait eu tort de craindre que la personne qu'elle voulait voir ne fût déjà partie. L'employée des services sociaux qu'Ariel cherchait à rencontrer était assise à son bureau, piochant d'un air distrait dans un petit paquet de chips posé sur son bureau.

Ariel resta un instant sur le pas de la porte pour reprendre son souffle. Elle avait les yeux secs, et la lumière blafarde des néons, si crue après la pénombre du parking, l'éblouit. Brusquement, la vue de l'assistante sociale fit remonter en elle de douloureux souvenirs.

Ce n'était pas Margaret qui avait retiré Ariel et ses sœurs à leur mère. Agée de trente-cinq ans à peine, elle ne faisait pas non plus ce travail depuis suffisamment longtemps pour en être déjà blasée ou aigrie. Pourtant, elle n'avait pas été en mesure d'aider Haylee, malgré l'enquête qu'elle avait menée.

Accepterait-elle d'aider Ariel, cette fois-ci ?

— Margaret ?

La jeune femme ferma les yeux un instant, avant de lever la tête vers Ariel sans parvenir à dissimuler ses sentiments. La tristesse et la culpabilité hantaient ses grands yeux noirs comme les fantômes hantaient Ariel. Ses yeux étaient cernés et des rides d'inquiétude marquaient sa peau noire, vieillissant de plusieurs années son beau visage.

Ariel se radoucit. Elle chercha un instant quelque parole bienveillante pour apaiser la conscience de l'assistante sociale, pour lui dire qu'elle avait fait tout ce qui était en son pouvoir. Mais elle ne dit rien. Afin d'obtenir les informations dont elle avait besoin, elle allait jouer de cette culpabilité. Elle s'occuperait de la mauvaise conscience plus tard… une fois qu'elle aurait la certitude que ses sœurs ne risquaient rien.

— Mademoiselle Cooper…

— Ariel. Appelez-moi Ariel.

— Vous n'étiez pas aussi bienveillante, la dernière fois où nous nous sommes parlé, lui rappela l'assistante sociale.

— J'étais en colère, soupira Ariel. Je voulais que vous fassiez quelque chose pour Haylee.

— J'ai essayé, insista la femme, avec un léger tremblement dans la voix. J'aurais voulu pouvoir faire plus.

— Vous n'êtes pas la seule, avoua Ariel, le cœur lourd de regrets.

— Vous n'êtes même pas venue à l'enterrement, lui reprocha durement l'assistante sociale.

Ariel baissa la tête, la nuque raide.

— Je ne… je n'ai pas pu. C'était au-dessus de mes forces.

— C'était terrible, dit Margaret avec un soupir. Je pensais qu'il n'y aurait personne d'autre que vous et moi.

— Vous étiez seule ? demanda Ariel, sentant des larmes amères lui brûler les yeux.

— Non, répondit Margaret, l'air un peu confus. Votre fiancé était là.

— Mon fiancé ?

Margaret fit un geste vers la main d'Ariel.

— C'était généreux de sa part de payer pour la dalle et la cérémonie.

David. Bien sûr, c'est lui qui s'était occupé de tout.

— En effet, balbutia Ariel.

— C'est le rêve de toutes les filles de mettre le grappin sur un homme comme lui, ajouta la femme, avec un gros soupir.

Le grappin ? Ariel n'avait jamais rien attendu de David. Elle n'était pas comme sa mère. L'argent importait peu à ses yeux.

— David est un homme merveilleux, dit-elle.

Il méritait quelqu'un de moins compliqué qu'elle,

mais elle ne parvenait pas à rassembler assez d'abnégation pour le quitter.

— Comme vous n'étiez pas à l'enterrement, j'ai pensé ne plus jamais vous revoir, fit remarquer l'assistante sociale.

— Je ne serais pas venue ici, si je n'avais pas besoin de votre aide, expliqua Ariel, avant d'ajouter : encore une fois.

Elle détestait avoir recours à une manipulation aussi flagrante. Un éclat douloureux passa dans les yeux de Margaret. Elles savaient toutes les deux qu'elle n'avait pas aidé Ariel, la fois précédente.

— Etes-vous venue pour demander une enquête sur un autre élève ?

— Non, c'est personnel.

La jeune femme se recula sur son siège. Celui-ci devait être vieux, car il grinça horriblement sous le poids, pourtant léger, de l'assistante sociale. Ariel se dit qu'elle devait souvent se contenter d'un paquet de chips dévoré à son bureau, pour le déjeuner.

— Personnel ? demanda Margaret. Je croyais que vous n'aviez pas d'enfant.

— Je n'en ai pas. C'est pour moi.

Un sourire discret se dessina sur les lèvres de Margaret quand elle désigna la pancarte des Services de protection de l'enfance.

— Vous voyez le nom du service ? Je sais que vous êtes encore jeune, mais vous n'avez plus rien d'une enfant…

Pour Ariel, l'enfance s'était brusquement arrêtée quand elle avait neuf ans.

— Et je sais très bien me protéger toute seule, je vous remercie, précisa-t-elle, en s'efforçant de sourire.

Ce n'était pas elle qu'il fallait protéger. Elle devait retrouver ses sœurs pour les avertir que la vendetta avait peut-être recommencé. Elles devaient savoir quel genre de danger les guettait.

— Alors, je ne comprends pas..., hésita Margaret.

— J'ai un dossier ici, expliqua Ariel.

L'assistante sociale écarquilla les yeux.

— Vous êtes une enfant adoptée ? Nos services se sont occupés de vous ?

— Depuis que j'ai neuf ans.

— Ici ? A Barrett ?

— Oui. C'était sans doute la ville la plus proche avec un service de protection de l'enfance.

— Moi-même, j'avais douze ans lorsque je suis entrée dans le système, confia Margaret.

Elles partageaient plus de choses que la tragédie de la petite Haylee. Cette femme comprendrait.

— J'ai besoin de certaines informations..., commença Ariel.

— J'ai l'impression que ce n'est pas la première fois que vous venez nous demander ça.

— Lorsque j'ai eu dix-huit ans...

L'émotion étreignit Ariel, tandis qu'elle s'efforçait de chasser les souvenirs. En vain. Elle était alors si jeune et, malgré la vie qu'elle avait eue, encore si naïve.

Pleine d'espoir, elle avait pensé qu'il serait facile de retrouver sa mère et ses sœurs. Elle s'était néanmoins inquiétée de ce que cela lui ferait de les retrouver, craignant que cela ne renforce encore son pouvoir. Elle redoutait aussi la réaction de ses sœurs, si elle venait leur parler de la vendetta et leur rappeler la vie folle et vagabonde qu'elles avaient perdue. Peut-être la détesteraient-elles de venir ainsi troubler leur existence paisible.

Mais ses craintes étaient vaines. Ses sœurs n'avaient pas simplement été retirées à leur mère. Celle-ci les avait abandonnées, renonçant par écrit à ses droits et à son autorité parentale. Elena et Irina avaient été adoptées et avaient changé de nom. Ariel était la seule dont personne n'avait voulu. La douleur s'empara de son cœur avec une poigne de fer, au point qu'elle en perdit un instant le souffle. Puis, baissant les yeux, elle aperçut l'éclat du diamant offert par David. David, lui, voulait bien d'elle. Mais lorsqu'il apprendrait la vérité…

— Alors, vous savez ce qu'il y a dans votre dossier, dit Margaret en haussant les épaules.

Oui, Ariel savait. Abandonnée par sa mère, ballottée de famille d'accueil en famille d'accueil, après chaque épisode psychotique.

— Ce n'est pas mon dossier qui m'intéresse.

Margaret la regarda avec stupeur.

— Vous voulez que je vous laisse consulter le dossier de quelqu'un d'autre ?

Ariel jeta un bref regard autour d'elle. Le grand bureau était presque désert. Contrairement à Margaret, la plupart des autres employés préféraient déjeuner en ville, afin de sortir un peu. Ariel préférait cette hypothèse, plutôt que d'imaginer qu'ils étaient partis mener d'autres enquêtes.

— Personne ne le saura. Je ne vous le demanderais pas, si ce n'était pas important.

Une question de vie ou de mort. Margaret se mordit la lèvre inférieure, pensive.

— C'est tout ce que vous voulez…

… et ensuite nous serons quittes ? Margaret n'acheva pas sa phrase, mais Ariel comprit, se demandant si quelque chose pourrait un jour racheter la mort d'une petite fille. Peut-être qu'en sauvant d'autres vies…

— Lorsque j'ai été enlevée à ma mère, j'avais deux sœurs. Je dois savoir ce qu'elles sont devenues.

— Vous avez déjà essayé… lorsque vous aviez dix-huit ans ?

— Oui. Elles ne portent plus le même nom de famille. Je ne peux pas les retrouver toute seule.

A vrai dire, elle n'avait pas vraiment cherché à savoir. Après avoir appris que sa mère avait renoncé à ses droits, le choc avait été tel qu'elle avait cessé de chercher les membres de sa famille. Elle était alors convaincue qu'aucune d'entre elles ne voudrait plus avoir quoi que ce soit à faire avec elle. C'était sans doute encore le cas, mais peut-être accepteraient-elles au moins d'écouter ses avertissements. Elle devait essayer.

— S'il vous plaît…

— Je ne sais pas, soupira Margaret. Si quelqu'un découvre la vérité, je risque de perdre mon travail…

— Je sais. Je comprends parfaitement, mais… c'est vraiment urgent, sinon je ne me serais jamais adressée à vous.

— En quelle année avez-vous été prise en charge par les services ?

— 1986. Ma mère s'appelait Myra Cooper.

— S'appelait ?

— Je ne l'ai jamais revue depuis.

Pas vivante, en tout cas. Ariel jeta un regard inquiet autour d'elle, à l'affût de la moindre nappe de brume. Mais aucun fantôme ne l'avait suivie dans ce bâtiment où elle aurait eu tant besoin de soutien et de réconfort.

— Et vos sœurs ? demanda Margaret.

— Elles s'appellent Elena et Irina.

Du moins, elle espérait que c'était toujours le cas. Elle n'avait aucun moyen de savoir si elles n'avaient pas également changé de prénom. Etaient-elles mariées ? Avaient-elles des enfants ? Elle n'osait penser au pire. Elle aurait certainement aperçu leur fantôme si elles étaient…

— 1986, répéta Margaret, l'air indécis. C'est passé aux archives.

L'assistante sociale se leva et lui tendit le paquet de chips.

— Servez-vous. Je reviens tout de suite.

Cela pouvait-il être aussi simple ? La douleur et la déception ressenties la dernière fois qu'elle avait cherché à retrouver sa famille lui revinrent à l'esprit. Elle avait attendu de longues années, persuadée qu'on lui donnerait accès à toutes les informations nécessaires lorsqu'elle serait majeure. Mais les choses s'étaient passées différemment. A présent, tandis qu'elle attendait Margaret, qui tardait à revenir, elle sentait de nouveau monter la nausée et son cœur battait sourdement dans sa poitrine, comme pour marteler que cela ne fonctionnerait pas encore cette fois-ci.

Margaret revint les mains vides. Après s'être rassise dans son fauteuil, elle resta un long moment à contempler son ordinateur, sans oser lever les yeux vers Ariel.

— Vous avez lu mon dossier, dit Ariel, s'efforçant de ne pas paraître accusatrice.

Oui, elle l'avait lu. Margaret savait à présent ce que les familles d'accueil avaient dit sur Ariel et ce que l'assistante sociale chargée de son cas en avait pensé. A présent, elle était tellement écœurée qu'elle ne parvenait même plus à regarder Ariel.

— Et mes sœurs ? Avez-vous trouvé leur dossier ?

L'assistante sociale ne faisait clairement plus confiance à Ariel. Comme tant d'autres avant elle, elle pensait qu'elle était folle.

— Je ne peux vous donner aucune information sur elles. Elles ont été adoptées.

Ariel le savait déjà.

— Je dois absolument les retrouver.

Devait-elle expliquer pourquoi à cette femme ? Margaret la prenait déjà pour une folle, alors qu'avait-elle à perdre ? Pourtant, elle se doutait que dire la vérité ne servirait pas à grand-chose.

— Je ne peux pas vous aider, soupira Margaret. C'est impossible.

Avant d'avoir lu le dossier, elle était prête à enfreindre un peu le règlement. Plus maintenant. Les mains tremblantes, Ariel reposa doucement le paquet de chips sur le bureau. Peut-être aurait-elle dû en manger quelques-uns pour combattre la nausée qui la gagnait.

Margaret s'éclaircit la gorge ; elle ne savait plus comment s'adresser à Ariel, à présent. La plupart des gens hésitaient à discuter avec une personne dont la santé mentale avait été remise en question.

— Laissez le passé tranquille, finit-elle par conseiller. Au placard.

— Ce sont mes sœurs.

— Oui, eh bien, nous savons toutes les deux que les liens du sang ne sont pas si solides que ça.

Elle savait, comme Ariel, que ses sœurs la rejetteraient sans doute.

— Tout cela ne vous apportera que déception et amertume. Votre avenir ne s'annonce pas si mal. Vous avez réussi à mettre le grappin sur le meilleur parti de tout Barrett.

Ariel n'avait jamais envisagé que les gens puissent

penser qu'elle était avec David pour son argent. Qu'en penserait-il lui-même lorsqu'il saurait la vérité ? Lorsqu'il apprendrait que Myra aimait les hommes riches ? Même si elle ne faisait que rechercher la sécurité que procurait l'argent, pour mieux fuir une vengeance vieille de trois cent cinquante ans ?

Ariel comprenait à présent pourquoi sa mère n'était jamais restée très longtemps au même endroit. Elle fuyait, pour sauver sa vie et celle de ses filles. Ariel ne doutait plus de la véracité de la légende ; ce n'était pas juste une histoire que leur mère leur avait racontée, comme d'autres mères lisent des contes de fées. Ayant vu la fumée, les flammes et la peur dans les yeux de sa mère, Ariel avait la certitude que la vendetta était bel et bien réelle. Elle espérait simplement que ses sœurs comprendraient, elles aussi, lorsqu'elle les retrouverait. Les peurs avec lesquelles elle avait toujours vécu ne faisaient que prendre de l'ampleur.

— Je dois savoir, supplia-t-elle, en se penchant sur le bureau pour chuchoter, car d'autres employés avaient commencé à regagner leur bureau. Je dois savoir où sont mes sœurs.

— Je n'ai même pas sorti leur dossier, chuchota Margaret. Je vous ai dit de laisser tomber cette affaire.

Et de laisser tomber ses sœurs ? Impossible. Pas avant de s'être assurée qu'elles étaient en sécurité ?

— J'aurais dû me douter que vous ne feriez rien pour m'aider, lâcha-t-elle, sans retenir sa rancœur. Une fois de plus.

Blessée, Margaret se mordit la lèvre inférieure.

— Quelqu'un a consulté votre dossier récemment, finit-elle par lâcher.

— Quelqu'un a sorti mon dossier ? s'écria Ariel. Qui ?

— Je ne sais pas… Mais si j'étais un homme riche, je chercherais peut-être à en savoir un peu plus sur le passé de la femme que j'ai l'intention de demander en mariage.

Si David avait fait une chose pareille, il ne lui aurait jamais offert la bague.

— Non, ce n'est pas lui.

Elle espérait que c'était une de ses sœurs qui la cherchait aussi. Elle savait pourtant que l'espoir n'était souvent qu'une source de déceptions douloureuses, mais elle ne put s'empêcher d'ajouter :

— C'était peut-être Elena ou Irina qui cherchent à me retrouver ?

Si c'était le cas, elles l'auraient déjà contactée, mais Margaret ne s'en rendit pas compte.

— Aidez-moi à les retrouver, implora de nouveau Ariel.

— Si jamais on me surprend en train de consulter leur dossier…

Elle perdrait son travail. Et Margaret aimait son travail. Les Services de protection de l'enfance avaient besoin d'elle. Ariel aussi.

— Il faut absolument que je les retrouve.

— Je me souviens de chaque détail du jour où j'ai

été placée en famille d'accueil, dit Margaret. Vous n'étiez pas si jeune que ça. Vous vous rappelez sans doute plus de choses que vous ne le pensez.

Plus qu'elle ne l'aurait voulu, même, pensa Ariel. Elle se souvenait de la peur, de la douleur d'être ainsi arrachée à sa mère.

— Je ne vois pas en quoi cela m'aiderait à retrouver mes sœurs.

— Vous pourriez commencer par votre mère.

Le tueur l'avait précédée. Grâce au dossier d'Ariel ? Etait-ce lui qui l'avait consulté ? Ariel devait retrouver Elena et Irina avant lui, avant qu'il ne soit trop tard. Comme pour Haylee… et pour sa mère.

Le claquement de ses talons contre le ciment résonna dans tout le parking et dans sa tête. Il la regarda attentivement tandis qu'elle passait près de lui pour rejoindre sa Jeep. C'était le genre de femme que les hommes regardaient, avec ses longs cheveux roux et son corps gracieux. Le genre de femme à ensorceler un homme par sa beauté, à l'envoûter au point de lui faire oublier son but. Lui-même s'était bien laissé tenter.

Mais il n'était pas comme son ancêtre. Il était insensible à toute cette magie, car il pouvait être aussi puissant que les sorcières. Peut-être même plus, une fois qu'elles seraient toutes mortes. C'était grâce à cette quête pour le pouvoir qu'il n'oublierait jamais son but.

Elle avait laissé la Jeep ouverte. Il aurait été tellement facile de se glisser à l'arrière. Avant même qu'elle ne se rende compte de sa présence, il aurait pu lui trancher la gorge. Un seul coup de lame rapide aurait suffi. Mais cela aurait été trop rapide. Trop facile. Il voulait plus ; il voulait la voir souffrir, comme son ancêtre avait souffert. Comme lui-même souffrait.

Il décida donc de la laisser s'échapper ce jour-là. Il entendit son pas ralentir et la vit se retourner et regarder droit vers lui, sans le voir à travers le pare-brise teinté. Elle avait senti qu'il était là.

De rage, il serra les poings, mais parvint à se contenir et n'ouvrit pas la portière. Il ne sortit pas pour lui faire face. Elle finit par faire demi-tour et se remit en route. Il la laissa partir, remonter dans sa voiture et démarrer. La prochaine fois, ce serait différent.

Lentement, il desserra les poings et posa les paumes sur l'ancienne reliure de cuir du journal, posé sur ses genoux. Un simple contact suffisait à le connecter à ses racines. Il ouvrit le livre et le feuilleta avec précaution. Le bord des pages avait été rongé par les flammes. En lisant les premières lignes, il avait l'impression de remonter le temps, comme si c'était lui-même qui revivait l'histoire :

« Elle est venue à la maison, aujourd'hui. Je n'ai jamais vu beauté semblable que chez une fleur ou dans le ciel. Je ne pense pas qu'elle soit humaine. Mère a dit que c'était une sorcière et nous a renvoyés à l'intérieur, pour nous protéger. A travers la porte entrouverte, nous avons néanmoins pu entendre leur conversation. La voix de mère était sourde et hostile, comme celle du chien lorsqu'on le dérange pendant qu'il mange. La sienne était mélodieuse, douce et mystérieuse. Elle a averti mère qu'un incendie allait s'abattre sur nous, envoyé par le ciel dans un éclair. Mère a refusé de la croire, affirmant que son avertissement n'était qu'une ruse grossière. Elle lui a dit qu'il ne serait pas facile de la tromper ni de lui faire peur. Pourtant, elle tremblait lorsqu'elle est rentrée. Je me demande si c'était les paroles de cette femme qu'elle craignait ou bien sa beauté. »

Ses mains tremblaient de rage lorsqu'il referma le journal. C'était ainsi que tout avait commencé, des siècles auparavant. Mais il y avait tant de choses que son ancêtre n'avait pas écrites. Elle-même avait péri, brûlée vive dans cet incendie. Seul son journal, abandonné sur le perron, avait échappé aux flammes.

Son père, qui avait survécu, avait vengé la mort de sa femme et de ses filles en tuant la première sorcière. C'est lui qui avait écrit la suite du journal, expliquant longuement comment le pouvoir de sa victime était devenu sien. Juste après avoir tué la sorcière de ses propres mains, il avait commencé à avoir des visions du futur. Lentement, patiemment, il avait traqué chaque membre de la famille de la sorcière et les avait tués. Chaque fois, leur pouvoir s'était déversé en lui. Jamais pourtant il n'avait retrouvé la fille... celle que son propre fils avait laissée échapper avec les amulettes, cette nuit-là, plus de trois cent cinquante ans auparavant.

Sans la nécessité de prolonger sa lignée, il aurait peut-être tué Thomas pour cette trahison. Mais la fille avait ensorcelé le jeune garçon par sa beauté et ses pouvoirs. Le tuer pour avoir succombé aux mêmes charmes que lui aurait été hypocrite et Eli McGregor était tout sauf hypocrite. Ce n'était pourtant pas ce qu'avaient compris la plupart des gens qui avaient lu le journal de son ancêtre. C'était un homme chargé d'une mission. A présent, plus de trois siècles plus tard, cette mission allait enfin être accomplie.

Dès que la vieille femme lui avait confié le livre, il l'avait lu d'un bout à l'autre. Il en connaissait tous les secrets, à présent ; y compris ces détails que son ancêtre n'avait jamais confiés à personne. D'autres descendants avaient considéré ce livre comme les élucubrations d'un vieux fou. Mais pas lui. Petit à petit, le pouvoir de son ancêtre était en train de devenir le sien. Lorsqu'il posa le journal sur le siège du passager, un dossier glissa au sol. Des photocopies en tombèrent, à l'en-tête des Services de protection de l'enfance de la ville de Barrett, dans le Michigan.

La vieille femme lui avait donné le livre, mais avait gardé d'autres choses pour elle. Des détails importants. Mais cela importait peu, à présent. Il avait découvert la plupart des secrets et il trouverait les informations qui lui manquaient encore. Mais, contrairement à la jeune fille qui avait commencé à rédiger le journal, il ne comprendrait pas trop tard. Ce n'était que quand l'incendie s'était déclaré et qu'elle s'était retrouvée coincée dans une maison envahie par les flammes que la fille McGregor avait saisi ce que sa mère voulait dire : les femmes Durikken étaient des sorcières.

Il espérait bien qu'Ariel se servirait de ses pouvoirs pour le conduire aux autres. Puis il la tuerait et lui prendrait son amulette. Ensuite, il tuerait ses sœurs.

4

Armaya. Ainsi nommait-on la malédiction chez les Gitans, se souvint Ariel. Le nom résonnait de façon lugubre à ses oreilles. Elle avait consulté sur internet de vieilles cartes du Michigan pour retrouver la petite ville, un point minuscule à quelques heures au nord de Barrett. Comme l'avait fait remarquer Margaret, Ariel n'était pas si jeune que ça lorsqu'elle avait été enlevée à sa mère et séparée de ses sœurs. Si elle se souvenait encore clairement de ce jour, elle devait donc aussi se souvenir d'autres détails de cette époque. Néanmoins, malgré tous ses efforts, une seule chose lui était revenue à la mémoire, un nom : Armaya.

C'est là qu'elle se rendait à présent, roulant sur l'autoroute qui menait vers ce point presque invisible sur la carte. La ville existait-elle encore ? Impossible de la localiser sur des cartes plus récentes. Peu importait. Elle devait au moins essayer de la chercher.

Alors qu'elle jetait un bref regard vers son compteur, l'éclat de la bague qui ornait son doigt attira son attention ; le diamant étincelait au soleil, réfléchissant la lumière en mille éclats sur le tableau de bord. Elle devait revenir en arrière pour avancer dans sa vie. Reculer pour mieux sauter le pas, en quelque sorte. Tant qu'elle ne saurait pas avec certitude où se trouvaient ses sœurs et si elles étaient en sécurité, elle ne parviendrait pas à penser à son avenir. Ses sœurs n'apprécieraient sans doute pas qu'elle vienne ainsi perturber leur vie en agitant le spectre du passé, mais elle était prête à subir leur colère pour les protéger. Elle savait qu'elle risquait, une fois de plus, d'être rejetée et blessée. Mais il le fallait… Elle devait le faire pour elles.

Le café lui retournait l'estomac. Le gobelet en carton ballottait dans le vide-poche ; quelques gouttes s'en étaient échappées malgré le couvercle, et coulaient le long du récipient, épaisses et visqueuses comme de la boue. Pourtant, Ariel savait que la caféine n'y était pour rien. C'est la culpabilité qui la taraudait au point de lui donner la nausée. Depuis que David l'avait demandée en mariage, elle avait tout fait pour l'éviter, prétextant qu'elle était débordée pour esquiver ses invitations à déjeuner ou à dîner. La plupart du temps, elle ne répondait pas à ses appels, laissant le téléphone sonner et sa boîte vocale prendre le relais. Sa culpabilité ne faisait alors qu'empirer, lorsqu'elle entendait l'inquiétude qui perçait dans la voix grave de David.

Ce n'était pourtant pas lui qu'elle cherchait à éviter,

mais la vérité. Des vérités fausses et des mensonges honnêtes. David comprendrait-il le proverbe gitan ? Sans doute pas. Le succès et la prospérité de son entreprise d'informatique n'étaient pas dus au hasard. C'était un homme perspicace et d'une grande intelligence. Il se rendrait vite compte que, en gardant son secret, c'était elle-même qu'elle cherchait à protéger. Pas lui.

Avec un soupir, elle jeta un coup d'œil au rétroviseur et aperçut une fois encore la fourgonnette noire. Celle-ci était en train de doubler un camion pour venir se glisser derrière le 4x4 qui roulait derrière Ariel. Le 4x4 ne l'inquiétait pas, étant entré sur l'autoroute à la dernière intersection. La fourgonnette noire, en revanche, semblait la suivre depuis Barrett. Elle n'en était pas certaine, mais le véhicule ressemblait à celui qu'elle avait aperçu dans le parking de la mairie, quelques jours plus tôt.

En général, la brume et la lumière orangée occupaient toute son attention, l'empêchant de s'attarder sur des détails aussi insignifiants que les autres véhicules. A cet instant, telle une volute de chaleur s'élevant de l'asphalte, le halo orange brillait devant elle sur la route, comme pour la guider vers Armaya. Elle ne put s'empêcher de lever de nouveau les yeux vers le rétroviseur. Quelque chose dans cette fourgonnette la mettait mal à l'aise — peut-être les vitres fumées qui donnaient l'impression qu'il n'y avait pas de conducteur.

Remarquant une sortie vers une station-service, elle

braqua brusquement, coupant la route à un minibus pour s'engager sur la bretelle de sortie. Le conducteur du minibus klaxonna avec force et Ariel s'excusa d'un geste. Le Klaxon retentit une seconde fois lorsque la fourgonnette noire coupa, elle aussi, vers la sortie. C'était inquiétant. Pourquoi était-elle suivie ?

Son estomac protesta de nouveau. Des trois sœurs, elle était sans doute la plus facile à repérer, car elle était restée à Barrett et n'avait pas changé de nom. L'assassin de sa mère l'avait-il déjà retrouvée ? A moins que ses espoirs ne soient fondés et qu'une de ses sœurs ne soit en train de la chercher. Elle ne le saurait jamais, si elle continuait à fuir ainsi.

Tandis qu'elle se dirigeait vers les pompes à essence, elle prit son sac en cuir posé sur le siège du passager pour chercher sa bombe de défense. L'espace d'une seconde, elle aurait préféré à cet instant avoir un pistolet mais, en tant qu'institutrice, elle n'avait jamais aimé l'idée de porter une arme à feu. La bombe de défense était déjà assez dangereuse pour justifier qu'elle ferme toujours son sac à clé, afin d'éviter qu'une petite main trop curieuse ne vienne s'y glisser. A vrai dire, elle n'avait plus vraiment à s'inquiéter des enfants, à moins que David ne parvienne à convaincre la direction de lui rendre son poste. Jamais elle ne lui demanderait d'intercéder en sa faveur, pourtant. Depuis qu'elle avait vu le fantôme de sa mère, elle ne se sentait plus aussi impatiente de retrouver ses élèves. Si elle ne découvrait pas rapidement qui la suivait, elle n'aurait peut-être plus jamais l'occasion de le faire.

Serrant dans sa main droite la bombe à moitié dissimulée dans la manche de son chandail, elle ouvrit la portière de la Jeep. Une odeur d'essence et d'huile flottait dans l'air, plus épaisse que la brume orangée. Elle s'éloigna des pompes et contourna le bâtiment de brique blanchi à la chaux de la station-service, espérant que quiconque l'observait penserait qu'elle se rendait aux toilettes. Un rapide regard par-dessus son épaule lui confirma que la fourgonnette noire était à présent garée sur le parking, près de la station de gonflage.

Ariel fit le tour du bâtiment. Sur le mur arrière, la peinture s'écaillait et laissait apparaître les vieilles briques rouges. Elle fit un détour pour éviter les bennes à ordures puantes autour desquelles s'affairait un essaim de grosses mouches, et se dissimula au coin du bâtiment. Le cœur battant, elle serra la bombe de défense de toutes ses forces. Quelle chance avait-elle face à un couteau ou un revolver ? Pouvait-elle être plus rapide ?

Elle fouilla sa mémoire afin de retrouver les quelques prises d'autodéfense qu'on lui avait inculquées au lycée, mais tout ce dont elle se souvenait, c'est qu'il valait mieux s'enfuir à toutes jambes en appelant à l'aide.

Malgré tout, elle se plia en deux et commença à longer le mur, marchant le plus légèrement possible pour ne pas faire crisser le gravier sous ses talons. Elle réussit à gagner discrètement les flancs de la fourgonnette noire et s'approcha de la portière du conducteur. La vitre était aux trois quarts baissée. Elle inspira profondément pour rassembler son courage et vint résolument se placer devant la portière, la bombe dirigée vers la vitre ouverte.

— Qui êtes-vous, espèce de… ?

Les yeux sombres du conducteur s'écarquillèrent de surprise. Un éclair de culpabilité traversa son regard, vite remplacé par une lueur de fierté.

— Tu m'as eu, dit David, avec un petit sourire.

Les mains tremblantes, Ariel abaissa la bombe, afin d'éviter d'asperger David par inadvertance. L'idée était tentante, pourtant. Il lui avait fait tellement peur qu'il méritait presque une leçon.

— Qu'est-ce que tu fiches ici ? demanda-t-elle d'un ton accusateur. Tu m'as suivie ?

— J'étais inquiet pour toi, avoua-t-il en ouvrant la portière pour descendre. Ton comportement est tellement étrange ces derniers temps…

Depuis que le fantôme de sa mère était apparu. Malgré le gilet qu'elle portait par-dessus son chemisier, Ariel frissonna.

— Je n'étais pas en train de m'enfuir une nouvelle fois, si c'est ce que tu penses, crut-elle bon de préciser.

— J'avais peur que ce ne soit le cas, répondit David, qui semblait aussi sceptique qu'inquiet. Je craignais de t'avoir mis trop de pression avec ma demande en mariage.

Il n'avait pas vraiment tort. Aussi décida-t-elle qu'il

était temps de faire preuve d'honnêteté envers l'homme qu'elle aimait. Elle pouvait peut-être commencer par l'emmener à Armaya. Peut-être serait-il alors plus facile de lui montrer que de lui expliquer avec des mots. C'était le conseil qu'elle donnait toujours à ses élèves.

— Ce voyage n'a rien à voir avec nous…

Pour l'instant.

— … Je cherche quelqu'un.

— Laisse-moi t'aider, Ariel. Qui cherches-tu ?

Elle soupira longuement, sans que cela soulage en rien la douleur qui lui oppressait la poitrine.

— Ma mère.

C'était en partie pour elle qu'Ariel retournait à Armaya. Elle avait besoin de savoir comment sa mère avait trouvé la mort. S'il s'agissait d'un meurtre, comme elle le craignait, elle devait s'assurer que l'assassin était hors d'état de nuire. Avec un peu de chance, l'homme avait déjà été arrêté et plus rien ne menaçait Ariel et ses sœurs. Pourtant, l'image de sa mère s'imposait à son esprit. Elle la voyait agitant follement les bras, la bouche ouverte en un cri silencieux, comme si elle cherchait à l'avertir de quelque chose.

— Tu m'as dit que tu avais été adoptée, non ?

— C'est la vérité, mais je n'étais pas orpheline pour autant.

Pas encore. Elle avait laissé David croire qu'elle n'avait plus de parents, afin de ne pas avoir à répondre à des questions embarrassantes sur sa famille. Non pas qu'elle ait honte, mais parce qu'il aurait été trop douloureux d'avouer que personne n'avait cherché à la retrouver. Sa mère et ses sœurs n'auraient eu qu'à consulter l'annuaire de Barrett pour retrouver son adresse.

— J'ai été adoptée après avoir été enlevée à ma mère et séparée de mes sœurs.

— Tes sœurs ? s'écria David, stupéfait. Tu as des sœurs ?

— Oui. Une grande et une petite.

Des femmes qu'elle ne reconnaîtrait même pas, si elle les croisait dans la rue. Des étrangères.

— Sais-tu où elles vivent ?

— Non, mais je me souviens de l'endroit où nous habitions, lorsque les services sociaux nous ont emmenées. Une petite ville un peu plus au nord... Si jamais elle existe encore.

David la prit dans ses bras, lui offrant le réconfort dont il avait toujours senti qu'elle avait besoin. Elle percevait les battements de son cœur, sûrs et réguliers contre sa joue. David était son rocher, son point d'ancrage.

— Je viens avec toi, dit-il simplement.

Elle ne voulait pas le perdre. Repoussant ce besoin impérieux qu'elle ressentait de se lover pour toujours au creux de ses bras, elle s'écarta de lui. Ce qu'elle venait de lui révéler était déjà un choc pour lui ; elle le voyait à l'éclat de ses yeux sombres, à la petite crispation de sa mâchoire.

— Il vaut peut-être mieux que j'y aille seule.

— Ariel, laisse-moi entrer un peu dans ta vie…

Si elle avait l'intention de l'épouser un jour, elle devait accepter.

— D'accord, soupira-t-elle.

Pourtant, au fond d'elle-même, elle redoutait secrètement de le perdre, dès qu'il connaîtrait la vérité.

— Pourquoi ne m'as-tu jamais parlé de ton passé avant ? demanda David, en refermant son ordinateur portable qu'il jeta avec insouciance sur la banquette arrière de la fourgonnette.

Ariel s'installa confortablement sur le siège côté passager. Le cuir était souple et doux. Rien à voir avec le vieux skaï craquelé des sièges de sa propre Jeep. Pourtant, lorsqu'ils s'engagèrent de nouveau sur la bretelle menant à l'autoroute, elle ne put s'empêcher de lancer un regard triste vers sa voiture, garée sur le parking de la station-service.

— Ce n'est pas un sujet facile, pour moi, confia-t-elle.

C'était la vérité. Même si elle lui avait déjà donné le nom de sa mère et de ses sœurs, elle taisait encore de nombreux pans de son histoire. David posa la main sur la sienne.

— Cela a dû être très traumatisant pour toi…

D'être arrachée aux personnes qui la comprenaient et l'acceptaient vraiment ? Elle ferma les yeux, envahie par le désespoir qu'elle avait ressenti alors. David lui serra plus fort la main.

Pourquoi n'éprouvait-elle aucun réconfort ? Parce que le contact de sa main sur la sienne évoquait des souvenirs de passion ardente, des images de leurs deux corps unis qui défilaient devant ses yeux ? Les mains de David courant sur sa peau nue, lui caressant les seins, les cuisses. Son pouls s'accéléra. Elle ressentait plus qu'une tension sexuelle; un certain malaise la gagnait, comme lorsqu'elle avait repéré la fourgonnette en train de la suivre. Peut-être n'était-ce pas la crainte de voir David la rejeter qui l'avait poussée à taire son passé. Peut-être avait-elle tout simplement peur de lui. C'était un homme puissant, habitué à obtenir ce qu'il voulait. Et c'était elle qu'il voulait. Etait-ce par amour, comme il l'affirmait chaque jour ?

Ariel n'avait aucune confiance en l'amour. Après toutes les mésaventures qu'elle avait subies, elle ne faisait plus confiance à personne. Pas même à David. Particulièrement pas à David, car les sentiments qu'elle éprouvait pour lui la rendaient encore plus vulnérable.

— Ariel, ça va ?

— J'ai peur, admit-elle, avec plus d'honnêteté qu'elle n'en avait jamais eu envers lui.

— Ne crains rien. Je suis là.

Pour l'instant.

— Je serai toujours là.

Comment pouvait-il répondre à ses pensées ? Le hasard ? Une profonde connaissance de sa personne ? Ou… quelque chose d'autre ?

Lorsqu'elle rouvrit les yeux, elle aperçut une brume

épaisse baignée d'une lueur orangée. Sa mère était-elle revenue pour la conduire à Armaya, ou pour l'empêcher de s'y rendre ? Le village avait sans doute été nommé ainsi en souvenir de la malédiction des Durikken et de ces pouvoirs dont les habitants se méfiaient, pensant qu'il s'agissait de sorcellerie. Ils n'avaient pas entièrement tort. Les ancêtres d'Ariel étaient bel et bien des sorcières. Tout comme elle.

Elle espérait trouver les informations dont elle avait besoin pour retrouver et avertir ses sœurs dans cette petite ville. David l'inquiétait aussi, en raison de ce qu'elle lui avait expliqué. Ce n'était pas beaucoup, mais c'était peut-être déjà trop. Elle libéra sa main pour la glisser sous sa cuisse. Si elle tentait de garder son secret, elle risquait de perdre David. Mais si elle lui racontait la vérité...

Bon sang, pourquoi était-elle à ce point incapable de faire confiance aux autres ?

— Il pourrait très bien s'agir d'une impasse, l'avertit David, le regard concentré sur la route. As-tu envisagé cette possibilité ?

A travers la brume, Ariel contemplait le visage de sa mère : elle avait les yeux dévorés d'angoisse et la bouche grande ouverte, comme pour parler. Ou crier ? Ariel refréna un frisson.

— Je suis prête à tout, assura-t-elle.

— Je veux bien te croire, plaisanta David. Je ne savais pas que tu avais une bombe lacrymogène.

— C'est une bombe au poivre.

— Alors, j'avais une chance de ne pas finir aveugle, dit-il avec bonne humeur.

Elle n'avait pas l'intention de s'excuser pour avoir tenté de se protéger.

— Ainsi, tu m'as suivie parce que tu te faisais du souci pour moi ?

Elle s'en voulait de douter encore de lui, alors qu'il lui avait prouvé maintes fois à quel point il tenait à elle.

— Oui, j'étais inquiet, admit-il de nouveau. Tu ne réponds pas à mes appels, tu te coupes de tout le monde…

— Et naturellement, tu as pensé que j'allais de nouveau me sauver.

— Je ne savais pas ce que tu allais faire, soupira-t-il.

— C'est arrivé une fois ! Une seule ! se défendit-elle.

A vrai dire, il n'était pas au courant des autres fois. Elle s'était souvent enfuie de chez ses familles d'accueil, préférant partir avant qu'on se débarrasse encore d'elle pour l'envoyer dans un foyer ou un hôpital psychiatrique.

— Tu étais dépassée, perdue.

David parlait-il d'Haylee ou bien avait-il encore une fois lu dans ses pensées ?

— Oui…

— J'ai pensé que ma demande en mariage t'avait un peu déstabilisée, expliqua-t-il.

— J'ai été surprise, c'est vrai, répondit-elle, en jetant un œil au diamant qui brillait de mille feux dans la lumière orange.

— Rien ne presse, insista-t-il. Prends tout le temps dont tu as besoin.

Ce n'était pas de temps qu'elle avait besoin ; elle se servait de cette excuse pour éviter de lui dire la vérité. Elle ne pourrait lui donner une réponse tant qu'elle n'aurait pas été franche avec lui.

— Depuis quand me suis-tu ?

— Depuis ta maison.

— Et hier ?

David fit signe que non, mais ses lunettes de soleil dissimulaient ses yeux et elle ne put lire son expression. Une fois de plus, elle eut l'impression qu'elle n'était pas la seule à avoir des secrets.

Etait-ce la même fourgonnette qu'elle avait aperçue dans le parking de la mairie ? Elle n'y avait pas prêté suffisamment attention pour noter la marque et le modèle. De toute façon, elle n'y connaissait rien en voitures. Pourtant, le véhicule était noir comme celui-ci et elle avait eu la désagréable impression que quelqu'un l'observait de l'intérieur, caché derrière les vitres fumées. De nouveau, elle frissonna.

— Je ne te surveille pas, si c'est ce que tu penses, assura-t-il. Je me rendais chez toi pour te parler, lorsque tu es sortie de ton allée en Jeep. Je n'ai pas consciemment décidé de me mettre à te suivre, mais…

— Mais c'est ce que tu as fait. Je ne savais même pas que tu possédais une fourgonnette.

— Elle appartient à la société, expliqua-t-il, en haussant les épaules.

Pourtant, elle n'avait remarqué aucun logo, aucune marque sur la carrosserie. Pourquoi avait-il emprunté ce véhicule, au lieu de prendre sa somptueuse Cadillac ? Par souci de discrétion ? Etait-ce là l'attitude d'un homme inquiet de la voir s'enfuir de nouveau ou celle d'un homme cherchant à savoir discrètement où elle se rendait ?

Le doute lui tordait l'estomac. Elle aurait dû le croire sur parole. Ce n'était pas du genre de David de la suivre partout. Il l'aimait.

— Ça te dit quelque chose ? demanda soudain David.

Quoi ? L'amour et l'attention ? Sans doute que non ; elle en avait trop peu connu dans sa vie.

— De quoi parles-tu ? demanda-t-elle enfin.

— La ville. Nous sommes arrivés.

Elle regarda par la fenêtre. Avec ses rangées de maisonnettes en brique, sagement alignées le long de la grand-route, l'endroit ressemblait à s'y méprendre aux autres bourgades qu'ils avaient traversées depuis qu'ils étaient sortis de l'autoroute.

— Non, ça ne me dit rien.

— Bon, les Cooper que j'ai trouvés sur la liste des contribuables d'Armaya n'habitent pas dans le bourg.

C'était donc ça qu'il avait cherché sur son ordinateur. La liste des contribuables, ainsi que des cartes plus récentes.

— Nous avons encore quelques kilomètres à parcourir.

Cependant, la route à travers bois et champs ne

raviva aucun souvenir dans la mémoire d'Ariel. Ses espoirs devenaient de plus en plus diffus, tout comme le halo orangé qui l'avait guidée jusque dans le nord de l'Etat. Sa mère était morte.

— Cela ne fait rien. Elles ne sont pas ici.

Ses sœurs et elles avaient quitté de force cette petite ville, vingt ans plus tôt. Ce n'était pas à Armaya qu'elle les retrouverait. La seule chose qu'elle trouverait peut-être, c'était le cadavre de sa mère.

— Sans doute que non, acquiesça David. Mais il y aura peut-être quelqu'un en ville qui se souvient de toi ou de tes sœurs et qui pourra nous donner une piste.

C'était bien ce qui l'inquiétait le plus : quelqu'un d'autre avait peut-être déjà retrouvé ses sœurs.

— Pourquoi maintenant, Ariel ? demanda David en se tournant vers elle.

Ses yeux étaient toujours dissimulés derrière des lunettes noires, si bien qu'Ariel ne put savoir s'il posait la question par simple curiosité ou s'il avait autre chose en tête.

— Comment ça ?

Elle n'aimait pas la méfiance dans sa propre voix, alors qu'elle parlait à l'homme qu'elle aimait. David avait toujours été doux et généreux. Pourquoi doutait-elle ainsi de lui ? A cause de l'apparition du fantôme de sa mère ? Ou n'était-ce qu'une excuse pour justifier les doutes qu'elle nourrissait déjà auparavant, mais qu'elle s'était efforcée d'ignorer jusque-là ?

— Pourquoi cherches-tu à retrouver ta mère et tes sœurs maintenant ?

Elle avait commencé à se confier à lui. Mais si elle lui racontait le reste — ses pouvoirs particuliers —, il la prendrait pour une folle. Comme Margaret et tant d'autres avant elle.

— Je dois les retrouver, c'est tout.

— La perte d'Haylee a-t-elle fait remonter tous ces souvenirs ? demanda-t-il, encore plus inquiet.

Ariel poussa un bref soupir. Elle se comportait vraiment de façon ridicule.

— Je ne peux vraiment pas expliquer pourquoi.

Comment lui faire comprendre qu'en réalité elle n'avait justement pas perdu Haylee. D'ailleurs, elle ne savait pas pourquoi la petite fille ne l'avait pas encore quittée. Peut-être sentait-elle qu'Ariel avait besoin d'elle comme point d'ancrage dans la tempête. Haylee était dans un monde meilleur et, chaque fois qu'Ariel l'avait vue, la petite fille semblait en paix.

Contrairement à sa mère, qui restait une âme torturée, même dans la mort. *Oh, mama…*

Ariel espérait trouver sa tombe à Armaya, à supposer que son corps ait été retrouvé. Par précaution, Ariel avait emporté une gerbe de marguerites sauvages ; sa mère et elle en cueillaient de pleines brassées lorsqu'elles étaient à Armaya. Avec un pincement de regret, Ariel se rendit soudain compte qu'elle avait laissé les fleurs dans sa Jeep.

— Ne t'inquiète pas, la rassura David, en engageant

la fourgonnette sur un chemin de terre. Nous allons retrouver ta mère et tes sœurs, où qu'elles soient.

Le véhicule avançait cahin-caha, projetant des graviers de chaque côté du chemin. Soudain, un frisson parcourut Ariel, peut-être à cause de l'air froid qui soufflait des aérations. C'était là. Ils étaient arrivés. Elle revoyait l'emplacement exact de la caravane ce jour-là, dans le champ de maïs derrière la vieille ferme qui tenait à peine debout sur ses fondations de pierre.

— Là ! s'écria-t-elle, avec excitation. Tourne ici.

— Tu reconnais l'endroit ? demanda David, comme s'il doutait qu'elle puisse encore se souvenir de quoi que ce soit, vingt ans plus tard. On dirait pourtant qu'il n'y a personne, ici.

La ferme semblait abandonnée, mais était restée telle qu'Ariel s'en souvenait. Autrefois, la maison était habitée par un vieil homme — grandpa Cooper, son grand-père. Le vieil homme était trop têtu pour entretenir la maison et les terres. *Ils vont augmenter mes impôts, si je le fais.* C'était l'un des rares souvenirs qu'elle conservait du vieillard ronchon. Il était certainement mort, à présent. Il était déjà si vieux, à l'époque, et si effrayant, avec ses airs de squelette ambulant. Ariel le craignait bien plus que tous les fantômes qu'elle avait pu voir.

Sa mère, ses sœurs et elle n'étaient jamais restées longtemps à la ferme, n'y venant que pour de brèves visites. Un autre souvenir revint à la mémoire d'Ariel : des tables de pique-nique éparpillées dans la pâture, de la musique, des gens qui dansaient. La plupart des invités étaient sans doute des amis ou des voisins, mais Ariel se souvenait particulièrement de deux femmes qui ressemblaient beaucoup à sa mère. Ses tantes. Pourquoi aucune d'entre elles n'avait-elle accueilli Ariel et ses sœurs ? Pourquoi personne n'avait tenté de garder les trois filles réunies ? Elle n'aurait aucune réponse, si elle ne posait pas les questions. Il devait bien y avoir quelqu'un pour lui raconter ce qu'elle avait besoin de savoir. Quelqu'un qui pourrait l'aider à retrouver sa mère.

Sur le bord du chemin, des fleurs des champs s'épanouissaient parmi les herbes hautes, leurs pétales d'un blanc éclatant épanouis comme des rayons de lumière. A la recherche d'un peu de réconfort, Ariel porta la main à la petite amulette d'étain qui pendait à son poignet. Malgré la climatisation, le métal était chaud et, lorsqu'elle caressa l'amulette, le halo orangé apparut à travers les nuages, transperçant le mélange de brume et de fumée qui avait soudainement recouvert la ferme.

— On dirait qu'il n'y a plus personne, commenta David, en désignant les fenêtres aveugles de la vieille bâtisse.

Le temps et les intempéries avaient délavé la peinture et blanchi le bois. Ariel n'était pas d'accord avec lui, mais comment lui expliquer que la ferme était loin d'être déserte ? Les esprits étaient restés. Elle n'en avait encore aperçu aucun, mais la brume et la lueur orangée attestaient de leur présence. C'était peut-être ici que sa mère avait trouvé la mort.

— Il y a une voiture garée près de la grange, fit remarquer David, en coupant le moteur. Elle a l'air en état de marche. Il doit y avoir quelqu'un.

Il se tourna vers elle, les yeux brillants d'excitation. Ariel aurait bien aimé ressentir un peu d'enthousiasme, elle aussi, mais elle avait fini par se rendre à l'avis de David et refusait de se faire trop d'illusions. Si les esprits étaient les seuls à habiter les lieux, ils ne pourraient rien faire pour elle. Elle ne parviendrait jamais à entendre ce qu'ils essayaient de lui dire.

Lorsque David sortit de la voiture, elle n'attendit pas qu'il lui ouvre la portière, comme il le faisait toujours. Elle avait des fourmis dans les jambes après cette longue route. Tout en s'étirant, elle coula un regard inquiet vers la ferme.

Une ombre était apparue sur le porche affaissé. Une femme brune avec de grands yeux sombres la regardait. Ariel sursauta, pensant un instant qu'il s'agissait d'une apparition de sa mère. Mais non, la femme était plus âgée et ses traits étaient un peu plus grossiers. Il devait s'agir d'une des tantes d'Ariel.

— Allons voir s'il y a quelqu'un, proposa David en lui prenant la main.

Il s'avança vers la maison, et son regard passa juste au travers de la femme qui semblait les attendre sur le porche. Il ne la voyait pas. Ariel se rendit compte que la femme n'était pas réelle. Plus maintenant. C'était un fantôme.

— Nerveuse ? demanda David. Ne t'inquiète pas. Je suis là, avec toi.

De toute façon, ils n'étaient pas seuls... Le corps de cette femme était-il dans la maison ? Elle n'eut pas à attendre longtemps pour trouver la réponse à sa question. Lorsqu'ils s'avancèrent sur le porche, la porte d'entrée s'ouvrit d'elle-même en grinçant. Malgré la pénombre, Ariel aperçut une paire de jambes qui pendait dans le vide.

— Oh, mon Dieu ! s'écria David.

Il se précipita vers la porte qu'il finit d'ouvrir d'un coup d'épaule. Ariel le retint par le bras lorsqu'il voulut s'approcher de la femme.

— Non, il est déjà trop tard.

Avant même d'avoir vu le regard vitreux, le visage figé, privé de toute couleur, Ariel savait que la femme était morte. Son fantôme s'attardait encore près de son corps, la bouche ouverte comme pour parler, mais Ariel ne saurait jamais ce que cette femme aurait pu lui apprendre sur sa mère et ses sœurs.

— Oh, mon Dieu ! répéta David, les yeux levés vers le corps pendu. Ariel, ça va ?

Non. La peur l'avait saisie à la gorge. Comme David le craignait, cette piste était une impasse.

Pour cette pauvre femme.

Pour Ariel, aussi.

5

Ariel s'assura que le pilier de bois du porche n'était pas vermoulu avant de s'y adosser. Elle regarda la fourgonnette noire s'éloigner dans l'allée pour rejoindre le chemin de terre. David était parti à la recherche d'un peu de réseau pour son téléphone portable. Craignant qu'Armaya ne soit pas couvert par le réseau satellite, il avait insisté pour qu'Ariel vienne avec elle jusqu'au poste de police, mais elle avait prétendu avoir besoin d'air pour rester seule.

Elle avait aussi promis de ne pas quitter le porche. Pourtant, dès que la poussière retomba derrière les pneus de la fourgonnette, elle ouvrit la porte de la maison et contourna le corps pendu de la vieille femme. Finalement, elle ressemblait peut-être plus à sa mère qu'elle ne le pensait, car chaque mensonge lui venait plus facilement que le précédent.

Elle était venue à Armaya dans le dessein de récolter des informations qui l'aideraient à retrouver ses sœurs et n'avait pas l'intention de repartir bredouille. Mieux valait fouiller la maison en l'absence de David. Il ne comprendrait pas pourquoi il devenait encore plus urgent de retrouver ses sœurs, après la mort de cette femme… A moins qu'elle ne lui raconte tout. Mais non, elle n'était pas encore prête à ça.

Elle leva les yeux vers le corps qui se balançait au bout d'une corde attachée à une des poutres apparentes de la cuisine rustique. D'après son âge et ses traits de Gitane, la femme était sans doute une sœur plus âgée de sa mère. Son fantôme n'était pas venu à la rencontre d'Ariel. C'était elle qui avait dû venir à elle. Pourquoi ? Y avait-il quelque chose dans la maison qui la guiderait jusqu'au corps de sa mère ou à ses sœurs ?

Si seulement elle s'était souvenue du nom de la petite ville plus tôt, quand elle avait dix-huit et qu'elle cherchait désespérément sa famille ! Elle avait tellement craint que personne ne veuille d'elle qu'elle avait sans doute inconsciemment refoulé l'information. Le nom n'avait refait surface dans sa mémoire que lorsqu'elle avait compris que ses sœurs étaient menacées.

Tandis qu'elle se dirigeait vers les autres pièces de la maison, le plancher de pin grinça sous ses pieds. Elle jeta de nouveau un regard au cadavre, par-dessus son épaule. Oui, elle avait la certitude que ses sœurs couraient un grave danger.

De la fumée mêlée de brume se déversa dans le couloir et un rai de lumière orange filtra sous la porte d'une des pièces. D'une main tremblante, Ariel tourna le bouton de porte et entra. Des particules de poussière dansaient dans les rayons du soleil qui entraient par une fenêtre sale. Une lourde odeur d'encens et de lavande flottait dans l'air.

— Mama ?

Même si elle était incapable d'entendre ce que les fantômes disaient, Ariel espérait que sa mère la guiderait vers ce qu'elle avait besoin de savoir. Un simple coup d'œil lui suffit à comprendre que quelqu'un était venu avant elle dans cette chambre. On avait ouvert les tiroirs d'un bureau qui occupait un coin de la chambre et des cartons avaient été éventrés, leur contenu éparpillé sur le plancher abîmé.

Ariel se mit à genoux et commença à fouiller parmi les papiers, cherchant le moindre indice qui pourrait la conduire à ses sœurs. Peine perdue. Il n'y avait plus rien à trouver. Le tueur savait-il déjà où se trouvaient Elena et Irina ?

Elle sursauta lorsqu'elle sentit quelque chose lui frôler l'épaule. Pourtant, quand elle se retourna, il n'y avait personne derrière elle. La fumée s'épaissit, puis sa mère apparut dans un halo de flammes, les yeux écarquillés par la peur et la douleur. Une fois encore, sa bouche semblait articuler quelque chose.

— Je ne t'entends pas, mama ! gémit Ariel, en refoulant ses larmes.

Son pouvoir ne lui était d'aucune utilité. Si sa mère ne pouvait l'aider, Ariel ne devait compter que sur elle-même. Baissant les yeux, elle aperçut un petit morceau de carton brillant sur le sol. Une carte postale. Elle la ramassa et la retourna. Au dos était inscrit un message, quelques lignes anodines. Ce n'était pas les mots qui comptaient, mais les symboles dessinés sous la signature de sa mère : une lune, une étoile et un soleil.

Les amulettes.

Instinctivement, elle porta la main au soleil d'étain qui pendait à son poignet, caressant le métal tiède.

— Elle est censée me protéger, se souvint-elle. Oh, j'espère qu'Elena et Irina ont toujours la leur !

Ces petites amulettes suffiraient-elles à éloigner d'elles le tueur ? Elle en doutait. Soudain, le fantôme de sa mère désigna la carte. Ariel la regarda de nouveau, remarquant cette fois le cercle qui avait été tracé autour des symboles. Les amulettes devaient-elles être réunies pour protéger les trois sœurs ?

— Je les retrouverai, mama, promit-elle en glissant la carte postale dans sa poche.

Des sirènes retentirent au loin et elle entendit un crissement de pneus sur le gravier. Par la fenêtre, elle vit la fourgonnette noire apparaître, tandis que la brume et la lueur orange s'estompaient, repartant d'où elles étaient venues. Malgré le retour de David, elle se sentait seule. Vulnérable. Elle avait besoin de ses sœurs, pas simplement pour les protéger, mais pour rester elle-même en vie.

*
* *

— Tourne à gauche, dit Ariel, en posant une main sur la manche de sa veste en cuir.

David acquiesça, manœuvrant la fourgonnette dans l'entrée du cimetière d'Armaya.

— Que cherches-tu ici ? demanda-t-il.

Assez de fantômes. Elle en avait déjà vu trop. En revanche, elle espérait trouver quelques réponses à ses questions.

— Il faut que je voie la concession de ma famille, David. Je dois savoir si ma mère y est...

Enterrée.

David coupa le contact et lui prit la main.

— Elle n'est pas morte, Ariel. En faisant mes recherches sur internet, tout à l'heure, j'ai cherché un certificat de décès à son nom. Je n'ai rien trouvé. A moins qu'elle se soit mariée et ait changé de nom.

Un sourire ironique se dessina sur les lèvres d'Ariel.

— Oh, ça, j'en doute...

Etant donné qu'elle n'avait épousé aucun des pères de ses trois filles, il était peu probable qu'un homme ait un jour réussi à lui passer la bague au doigt. A présent, elle n'en aurait plus jamais l'occasion, pensa Ariel en se mordant la lèvre pour ne pas pleurer.

— Tu ne l'as pas vue depuis longtemps, dit David.

Faux. A l'instant même, Ariel l'apercevait qui flottait parmi les volutes de brumes et de fumée, et la lueur orange qui éclairait doucement les branches d'un chêne.

— D'après l'adjoint du shérif, personne n'a vu ta

mère à Armaya depuis longtemps, poursuivit David. Elle n'est pas ici, Ariel.

Faux encore. Tout comme ce qu'avait dit l'adjoint du shérif, qui était persuadé que sa tante s'était suicidée. Ariel ne l'avait pas contredit, sachant très bien que, faute de preuves, lui et David l'auraient prise pour une folle. Les deux hommes ne savaient pas qu'autrefois les sorcières finissaient sur le bûcher. Ou pendues.

Soudain saisie de terreur, elle comprit enfin ce que tout cela signifiait : la chasse aux sorcières était de nouveau ouverte. Quelqu'un s'était lancé sur leur piste. Un violent frisson la parcourut.

— Ariel, ça va ? s'inquiéta David.

Elle se contenta d'acquiescer, incapable de la moindre parole. Lorsqu'il la prit dans ses bras, elle se blottit contre sa poitrine pour entendre les battements réguliers de son cœur. Elle refusait pourtant de se servir de David, comme sa mère l'avait fait avec des hommes riches : pour se sentir en sécurité. Ariel était plus forte que ça. Et lorsqu'elle aurait retrouvé ses sœurs et aurait réuni les amulettes, elle serait encore plus puissante.

— Je vais bien, affirma-t-elle, en se libérant de son étreinte.

David l'observa longuement, comme pour sonder la véracité de ses propos, avant de redémarrer la fourgonnette.

— Peut-être devrions-nous parler au fossoyeur, proposa-t-il, en s'arrêtant près du mur d'enceinte en pierre. Il faut bien que quelqu'un s'occupe des formalités pour l'enterrement de ta tante.

— Comme tu l'as fait pour Haylee ?

Un muscle tressaillit près de la mâchoire de David.

— Comment l'as-tu appris ?

Sa générosité et ce désir de rester discret étaient ce qui avait séduit Ariel en premier chez David. Ça, ses cheveux blonds et ses yeux bruns. Son cœur se fit un instant plus léger.

— Margaret.

— L'assistante sociale ? Tu l'as vue ?

Ariel observa attentivement son profil. Etait-il vraiment surpris ou faisait-il semblant de l'être, afin qu'Ariel ne soupçonne pas que c'était sa fourgonnette qu'elle avait vue dans le parking, ce jour-là ? Oppressante, la méfiance se glissa de nouveau dans son cœur.

— Je lui ai parlé, expliqua-t-elle simplement. J'essayais d'obtenir des informations sur mes sœurs.

— Elle a refusé de t'aider ?

— Plus exactement, elle ne pouvait rien faire. Pas sans risquer de perdre son emploi, en tout cas. Je n'aurais pas dû m'adresser à elle.

— Non, pas à elle, Ariel. Mais à moi. Je peux t'aider. Tu sais que je peux trouver tout un tas de trucs sur internet.

Il faisait sans doute allusion à des moyens plus détournés que de simples moteurs de recherches classiques. Et moins légaux. Certains des articles de presse que David détestait tant affirmaient qu'il avait été un pirate informatique plutôt doué dans sa jeunesse, et que même le FBI et la CIA étaient venus lui demander conseil. Il avait démenti ces déclarations, affirmant qu'elles étaient exagérées, mais Ariel n'avait aucun doute sur l'étendue de ses compétences. Le cœur lourd, elle se rendit soudain compte que ce n'était qu'une question de temps avant qu'il découvre la vérité sur elle.

En revanche, elle savait qu'il n'avait pas consulté son dossier, contrairement à ce qu'avait suggéré Margaret. Sinon, elle ne porterait pas cette bague. Pourquoi ne l'avait-il pas fait ? Un sentiment de culpabilité l'envahit lorsqu'elle comprit que c'était sans doute parce qu'il lui faisait confiance.

Elle s'efforça de chasser ces réflexions stériles. Elle n'avait pas le temps de s'inquiéter de ces questions, pour l'instant. Le plus important était de retrouver ses sœurs.

— Tu peux accéder à des dossiers d'adoption secrets ?

— Je peux essayer, dit-il en haussant les épaules.

Il était prêt à enfreindre la loi pour elle. Et elle ne parvenait même pas à être entièrement honnête avec lui.

— David…

— Oui, ma chérie ?

— Merci.

Elle ne pouvait en dire plus.

— Ne t'inquiète pas pour l'enterrement, ajouta-t-elle, après quelques secondes. L'adjoint a dit que quelqu'un allait s'occuper de tout pour ma tante. Il a juste oublié de préciser qui…

Parce qu'il ne lui avait pas véritablement fait confiance. Il ne se rappelait pas que Myra Cooper ait eu des enfants. Bien sûr, Ariel était jeune lorsqu'elle avait quitté Armaya. L'adjoint avait longuement discuté avec David, mais était resté distant avec elle, ne donnant que de vagues informations en sa présence. Ariel ravala sa frustration. Le seul moyen de savoir s'il existait encore d'autres Cooper en vie à Armaya était de se rendre à l'enterrement de sa tante, Marie Cooper.

— Veux-tu t'arrêter un instant ? demanda David tandis qu'ils roulaient sur la grand-rue pavée d'Armaya.

Ariel réfléchit un instant. Elle soupçonnait que les habitants seraient encore moins bavards que l'adjoint. Pire encore, peut-être raconteraient-ils à David des choses qu'elle devait lui apprendre elle-même.

Elle le ferait. Bientôt. Ensuite, elle reviendrait à Armaya. Seule.

De nouveau, il éprouvait des difficultés à respirer. La fumée était trop dense autour de lui, lui piquant les yeux, l'aveuglant presque. Pourtant, il distinguait toujours les capuchons qui dissimulaient leurs cheveux et leurs traits. De leurs visages, il ne voyait que les bouches qui souriaient, leurs lèvres rouges et brillantes qui semblaient se moquer. Se moquer de lui.

Il ne s'agissait pas d'un rêve, car il était bel et bien éveillé, assis à son bureau. L'éclat de la lampe parvenait à chasser les ténèbres de la pièce, mais pas celles qui obscurcissaient son esprit. La vision le narguait, torturant sa conscience pour l'avertir de ce qui risquait d'arriver s'il n'agissait pas. De ce qu'il risquait de se produire, malgré tout ce qu'il avait déjà accompli.

Il avait tué deux femmes, mais seule l'une d'entre elles était une sorcière. Lorsqu'elle était morte, brûlée vive, ses souvenirs s'étaient déversés en lui et vivaient à présent dans son esprit. Il avait revécu ses visions. La même chose s'était produite pour son ancêtre, cet homme dont les écrits l'inspiraient tant, le poussant à ne pas oublier son but.

La seconde femme l'avait supplié, jurant qu'elle ne possédait pas le moindre pouvoir et que toutes les femmes Durikken n'étaient pas des sorcières. C'était peut-être pour cela que, contrairement à sa sœur, elle n'avait pas fui — parce qu'elle pensait qu'elle ne risquait rien. Il ne l'avait pas crue… jusqu'à ce qu'il la pende. Alors, au lieu de se sentir plus puissant, il avait ressenti une certaine faiblesse. Il n'était pas un simple assassin, prenant des vies pour le plaisir de tuer. Il avait une mission, comme il l'avait expliqué à ceux qu'il avait recrutés, ces pauvres âmes perdues sur qui il avait un ascendant. Il parvenait à leur faire faire tout ce qu'il désirait. Il pourrait même sans doute les pousser à tuer, s'il devait un jour ne plus être capable d'agir lui-même.

Un éclair de fierté personnelle vint alléger le froid qui habitait son cœur. Il avait formé une alliance pour combattre la sorcellerie. Il avait rencontré d'autres personnes qui, comme lui, abhorraient les sorcières ou avaient été psychologiquement détruites par des diseuses de bonne aventure ou des médiums, et qui cherchaient à se venger. Il les avait manipulés afin de diriger leur colère pour sa propre cause.

Malgré l'avis des médecins, il devenait plus fort. Son corps faiblissait, mais son pouvoir devenait chaque jour plus grand. Pourtant, dans sa tête, le rire des femmes résonnait encore. Il tenait peut-être ses adeptes en son pouvoir, mais pas ces femmes, pas les sorcières. Elles ne seraient à sa merci que lorsqu'elles seraient toutes mortes et que les amulettes seraient en sa possession.

Les amulettes et leur pouvoir.

Ariel se réveilla en sursaut. Elle cligna les yeux pour chasser la brume devant elle, mais celle-ci restait impénétrable et parfumée d'une odeur d'encens et de lavande.

— Mama…

Elle plissa les yeux lorsque le halo orange apparut, mais elle ne put distinguer la silhouette de sa mère. Pourtant, elle savait qu'elle n'était pas loin.

— Je retrouverai mes sœurs, promit-elle encore.

Puisqu'elle ne les avait pas *vues*, elles étaient

certainement encore en vie. Si Ariel pouvait voir les fantômes de personnes inconnues, elle aurait certainement aperçu celui de ses sœurs si celles-ci étaient mortes. Pourtant, lorsqu'elle croisait des fantômes de gens inconnus, c'était par hasard, dans les hôpitaux ou les cimetières. Ils ne venaient pas la chercher. Après toutes ces années, ses sœurs lui étaient devenues étrangères. Elles n'avaient pas cherché à la retrouver de leur vivant, alors pourquoi l'auraient-elles fait, une fois mortes ?

Lorsque la lueur commença à s'estomper, Ariel ouvrit les yeux. Elle était couchée au milieu d'un lit immense avec une tête de lit en cuir noir et des draps de satin noir. Un chandelier pendait du plafond, au-dessus d'elle, reflétant doucement la faible lumière qui filtrait sous la porte. Ariel rejeta les draps et s'aperçut qu'elle portait toujours son jean et sa chemise à carreaux. Elle se leva pour enfiler son pull qui était posé sur une chaise.

Le lit de David. Elle s'y était toujours couchée nue et jamais seule. Le souvenir de certaines nuits passées ici fit naître une boule de chaleur au creux de son ventre et elle se sentit rougir. Troublée, elle tentait de repousser les mèches de cheveux qui tombaient sur son visage, lorsque quelque chose lui griffa la joue. Avec une grimace de douleur, elle s'aperçut que sa bague avait glissé et que le diamant se trouvait à présent tourné vers l'intérieur. Une gouttelette de sang trembla un instant sur un angle de la pierre, avant de glisser sur sa paume. En temps normal, elle ne supportait pas la vue de son propre sang. Peut-être parce qu'elle avait l'impression presque prophétique que son sang coulerait un jour ou l'autre…

Même si elle avait régulièrement tenté de se convaincre que la légende n'était qu'une fable absurde, elle n'y était jamais vraiment arrivé. Il lui suffisait de voir le brouillard, la lumière et le fantôme de quelqu'un pour savoir que sa mère avait dit la vérité.

Trop inquiète pour se sentir mal, elle essuya le sang sur son jean et ouvrit la porte de la chambre. Dans le couloir, de part et d'autre du long tapis oriental, un parquet d'acajou poli brillait à la lumière des minuscules chandeliers qui pendaient du plafond, à intervalles réguliers. Ariel ne se sentait jamais vraiment à l'aise dans l'appartement de David, à cause de sa superficie et de son élégance contemporaine. L'endroit ressemblait plus à une page de magazine de décoration qu'à une maison. Ce jour-là, Ariel se sentait encore oppressée, comme si elle avait été enfermée dans un musée de cire, après la fermeture. Ses pas résonnaient de façon sinistre et elle se sentait trop seule et trop vulnérable.

La brume s'engouffra dans le large couloir et s'épaissit.

— Mama ? chuchota-t-elle.

Aucun fantôme n'apparut. Avait-elle perdu son pouvoir ? Lorsqu'elle était plus jeune et que ses familles d'accueil l'avaient rejetée à cause de sa malédiction, elle avait haï son pouvoir et tout fait pour rester aveugle à la lumière et à la brume. Pourtant, nier ce pouvoir revenait à rejeter son identité même. Cela lui sauverait peut-être la vie de ne plus être une sorcière, mais alors… quel genre de vie mènerait-elle, si elle ne pouvait plus faire ce qu'elle avait toujours fait ? Comment pouvait-elle perdre sans dommage une part si importante d'elle-même ?

Même si son pouvoir la dépassait souvent, comme lorsqu'elle avait aperçu le fantôme d'Haylee ou celui de sa mère, elle ne pouvait s'imaginer vivre sans. Elle ne pouvait envisager de perdre cette connexion avec l'autre monde. Tout comme elle ne pouvait envisager sa vie sans David, après ces semaines d'absence.

— David ? Où es-tu ?

Sa voix résonna à travers le couloir. Elle passa la tête par des portes ouvertes, ne découvrant que des chambres d'amis vides. David était sans doute en bas, soit dans le salon, soit dans les bureaux de son entreprise. Il avait aussi un bureau quelque part à cet étage. Elle continua à vérifier chaque pièce, jusqu'à arriver devant une porte fermée. Elle posa la main sur la poignée et tenta d'ouvrir la porte, en vain.

— David ? appela-t-elle en tapant légèrement contre le bois brut. David, tu es là ?

Aucun bruit de l'autre côté de la porte. Ariel se détournait pour gagner les escaliers, lorsqu'un cliquetis se fit entendre, comme si quelqu'un déverrouillait la porte. David apparut.

— Ariel, ça va ? demanda-t-il en la prenant dans ses bras.

— Non, répondit-elle, le cœur battant.

— Chuuut, murmura-t-il en l'attirant contre lui. Tout va bien, je suis là.

— Pourquoi avais-tu fermé la porte ? ne put-elle s'empêcher de demander.

Serait-elle un jour capable de faire taire sa méfiance et de lui accorder sa confiance et son amour ?

David haussa les épaules.

— Par habitude. Il y a des documents professionnels dans ce bureau et je ne peux permettre que n'importe qui mette la main dessus.

Ariel sourit, rassurée par son explication sensée.

— Et moi, je suis n'importe qui ?

— Non. Toi, tu es tout pour moi, Ariel.

Ariel sentit une douce chaleur l'envahir. Elle ne pouvait pas le perdre. Elle ne serait peut-être jamais capable de faire totalement confiance à quelqu'un, mais son amour pour David était bien plus fort que ses doutes.

— David…

Des doigts puissants lui prirent le menton, avant de glisser vers sa joue. David retira soudain sa main pour la regarder : une traînée de sang la maculait.

— Mais tu saignes ! Que s'est-il passé ? Comment t'es-tu blessée ?

— Ce n'est rien. Juste une éraflure. Je me suis griffée avec la bague.

— Bon sang, soupira-t-il. Ariel…

Elle posa un doigt sur ses lèvres.

— Ne t'inquiète pas. Je vais bien.

Oui, tout allait bien à présent qu'elle était dans ses bras. Pourtant, elle ne se sentait pas nécessairement en sécurité contre lui. Elle ressentait bien d'autres choses. Passion. Chaleur. Et, plus que tout, elle se sentait vivante. A cause de tous ces morts qu'elle voyait depuis des années, rien n'avait plus de valeur à ses yeux que la vie. Et David.

Elle leva les yeux vers lui, hypnotisée par la façon dont la lumière jouait dans ses cheveux, la ligne énergique de sa mâchoire, la minuscule fossette sur son menton, la plénitude masculine de ses lèvres, la force qu'il dégageait. Elle n'avait jamais connu d'homme aussi viril que David Koster.

Même si elle avait eu plusieurs petits amis avant lui, jamais elle n'était tombée aussi rapidement ni aussi profondément amoureuse de quelqu'un auparavant. Elle passe de nouveau un doigt sur ses lèvres et sentit son souffle contre sa peau.

— David…

Il la serra un peu plus contre lui.

— J'aime la façon dont tu prononces mon nom. Je t'aime.

Elle devait lui dire la vérité maintenant, avant qu'il ne la découvre par lui-même.

— David…

Il frissonna à son contact, puis se pencha vers elle pour l'embrasser avec ferveur. Ses lèvres contre les siennes, il l'incita à entrouvrir la bouche et sa langue vint se glisser contre la sienne.

— Ariel, il est tard, haleta-t-il en se reculant un peu.

La nuit était déjà tombée lorsqu'ils étaient rentrés d'Armaya. Elle avait insisté pour récupérer sa Jeep et la ramener chez elle, mais elle était épuisée en arrivant à Barrett. Trop épuisée pour la conversation qu'elle devait avoir avec David. Elle avait décidé d'aller chez lui, avec la ferme intention de tout lui dire, mais elle avait fini par accepter de se reposer un peu.

— Ces dernières semaines ont été éprouvantes pour toi, dit David, dans un souffle, comme s'il cherchait à se convaincre lui-même. Tu devrais vraiment retourner au lit.

— Tu n'as qu'à m'y conduire, répliqua-t-elle en lui passant les bras autour du cou.

Elle ressentit une légère pointe de culpabilité à repousser encore ainsi le moment de vérité. Elle n'était pas comme sa mère, qui s'était servie des hommes pour obtenir argent et protection. Ariel aimait David. Avec un pincement de cœur, elle se dit qu'elle l'aimait peut-être même trop.

— Tes désirs sont des ordres…, murmura David, avec un sourire de loup.

Ses désirs ? Que désirait-elle ? Son amour. Son

pardon, lorsqu'il apprendrait ce qu'elle lui avait caché. Oui, elle avait bien l'intention de lui demander tout ça, de le supplier, si nécessaire. Mais plus tard. Pour l'instant, c'était lui qu'elle voulait.

6

Les yeux de David s'embrasèrent et, d'un geste souple et puissant, il la souleva du sol et l'emporta dans ses bras. Ariel sentait le désir rugir en elle, comme un incendie courant dans ses veines et qui lui nouait l'estomac. Blottie contre sa poitrine, elle se laissa porter jusqu'à la chambre à coucher. D'un coup d'épaule, David força la porte entrouverte, avant de déposer Ariel en douceur sur les draps de satin froissés.

— C'est ta dernière chance, lança-t-il, comme un avertissement. Si ce n'est pas ce que tu veux, tu ferais mieux de me dire de partir tout de suite.

Ariel se redressa sur un coude; sa chemise glissa sur son épaule.

— C'est toi que je veux.

Le brasier se raviva dans les yeux de David.

— Bon sang, tu es tellement belle, articula-t-il d'une voix rauque, en déposant un baiser sur son épaule nue. Tu m'ensorcelles…

Si seulement il savait…

Le souffle de David contre sa peau la fit frissonner de façon incontrôlable.

— Ariel, après tout ce que tu as enduré... Ta tante qui...

— J'ai besoin de toi, l'interrompit-elle. Je te veux. J'ai besoin de me sentir vivante.

Elle avait vu tant de morts, ces derniers temps. Trop de morts. Elle commença à défaire les premiers boutons de la chemise de soie de David et, malgré ses mains tremblantes, elle parvint à écarter les pans de tissu, révélant un torse puissant. L'éclat de la lune qui filtrait à travers les stores soulignait ses muscles sculpturaux.

Ariel s'assit sur le lit pour laisser sa bouche glisser sur son torse, jusqu'à atteindre l'emplacement de son cœur. Elle le sentait battre contre ses lèvres, à coups rapides et sourds. Malgré le désir qui faisait vibrer tout son corps, il refrénait tout geste vers elle. Les mâchoires crispées, il gardait les bras le long du corps.

— Quelle maîtrise ! murmura-t-elle avec une admiration amusée.

Elle-même perdait le contrôle chaque fois qu'il la touchait. Elle voulait perdre pied ; elle avait besoin de perdre tout sens de la réalité, car sa réalité était insensée. Elle avança la main vers son chemisier, puis décida d'ignorer le laçage pour simplement passer le vêtement au-dessus de sa tête. Dessous, il n'y avait plus que son soutien-gorge à balconnets beige et sa peau nue.

— Ariel…, gémit David avec un soupir à peine audible.

— Touche-moi, David, le pressa-t-elle, en s'emparant de sa main pour la poser sur ses seins. Je veux sentir tes doigts sur ma peau.

Un grand sourire éclaira le visage de David.

— Fais-moi confiance, assura-t-il, les yeux pleins d'une promesse sensuelle.

D'un geste simple, il défit l'agrafe entre les deux bonnets du soutien-gorge, libérant les seins d'Ariel qui vinrent se blottir doucement entre ses mains.

Ariel laissa échapper un gémissement plaintif lorsqu'il commença à caresser lentement la peau fine de sa poitrine, suivant le contour de ses seins du bout des doigts. Puis ses caresses se firent plus pressantes et ses pouces s'attardèrent avec une douce insistance sur le bout de ses seins. Ariel se cambra vers lui avec un cri étouffé.

— David !

— Tu l'as cherché, lui rappela-t-il dans un souffle. Tu voulais que je te touche…

Il laissa sa main glisser vers le ventre d'Ariel, puis ses doigts agiles s'attaquèrent à la boutonnière de son jean. D'un seul mouvement rapide, il se leva et lui retira son pantalon. Ariel bascula sur les draps, manquant tomber du lit en même temps.

Lorsque la peau nue de son dos entra en contact avec les draps de satin, elle frissonna de plaisir. Elle n'avait pas compris jusqu'alors l'intérêt de ce tissu qui lui semblait un peu froid et prétentieux. A présent que le désir la faisait brûler d'une fièvre sensuelle, cette idée n'avait plus vraiment de sens.

Pourtant, David dut penser qu'elle avait froid, car il tira le drap sur son corps nu. Avant qu'elle ait pu protester, il commença à la caresser avec le tissu, laissant le satin s'attarder sur le bout sensible de ses seins. Ariel gémit en se tortillant sous le drap, haletante. Elle voulait plus. Répondant à son désir muet, David se pencha vers elle et, posant la bouche sur ses seins, commença à embrasser ses mamelons à travers le tissu soyeux.

Ariel sentait une corde résonner en elle à chaque mouvement de sa bouche sur sa peau, à chaque petit coup de langue ou de dents amorti par le drap.

— David…

Les mains de David quittèrent ses seins et glissèrent sur le satin jusqu'à ses jambes. D'un geste sûr, il lui écarta les genoux, puis fit glisser le tissu sur son mont de Vénus, en de lents va-et-vient.

Ariel serra les dents sous cette caresse insupportable, mais ne put retenir un gémissement.

— David…

— Que veux-tu, Ariel ? demanda-t-il en la regardant ; ses yeux semblaient noirs tant ses pupilles étaient dilatées.

Lorsqu'elle sentit un doigt ganté de satin se glisser en elle, elle frissonna et un spasme de plaisir la parcourut.

— David, je te veux. Maintenant !

— Je suis tout à toi, Ariel, répondit-il, sans pour autant cesser de la tourmenter, laissant la caresse du satin alimenter le feu qui la dévorait.

Ariel gémit de nouveau, perdue au milieu du satin, entièrement à la merci de cette torture sensuelle. Lorsque David repoussa enfin le drap, elle sentit un courant d'air frais courir sur sa peau. Plus rien ne séparait la bouche de David de son corps et elle sentit avec délice ses lèvres reprendre le supplice du satin sur ses seins et entre ses cuisses. Ariel sanglotait sans retenue, à présent, laissant les vagues de plaisir inonder son corps tremblant, la rendant à moitié folle d'extase.

Elle pensait être sur le point de mourir lorsque David se redressa et retira son jean. D'un geste sûr, il lui écarta de nouveau les jambes et la pénétra, avant de commencer des mouvements de bassin lents et mesurés pour l'exciter encore davantage.

Tenant les draps entre ses poings serrés, Ariel se redressa sur le matelas pour venir à sa rencontre et atteindre le dernier sommet avec lui. Elle cria son nom, puis le tint serré contre elle, sanglotant contre son torse.

David frissonna et laissa échapper un gémissement rauque. Puis il roula sur le côté, attirant le corps luisant de sueur d'Ariel tout contre lui.

— Oh, Ariel…, murmura-t-il d'une voix essoufflée.

Les larmes coulaient toujours, inondant son visage sans qu'elle parvienne à les retenir.

— Ça va ? demanda-t-il, en essuyant ses larmes avec inquiétude.

Ariel acquiesça.

— Je ne t'ai pas fait mal, au moins ?

— Non. Tu étais exactement ce dont j'avais besoin.

Pour libérer toutes les émotions qui s'agitaient en elle, pour arrêter de penser et de s'inquiéter. Pour simplement se sentir vivante. Il lui caressa la joue, frôlant la griffure laissée par la bague.

— Je suis désolé que la bague t'ait blessée.

Ariel leva la main droite, chassant ses larmes pour regarder le diamant.

— C'est juste qu'elle est trop…

— Grande ? Dois-je la faire réajuster ? demanda-t-il aussitôt.

— Non, ce n'est pas ce que je voulais dire. L'anneau me va.

— Mais la bague ne convient pas ? demanda David, la mâchoire crispée. Elle ne te plaît pas, c'est ça ?

— Elle est magnifique, David, soupira Ariel.

— Mais ?

Ariel décida d'être honnête.

— C'est trop, David. Elle est trop précieuse.

— Ne t'inquiète pas pour ça, dit David en déposant un baiser sur ses cheveux. Elle est assurée.

Ariel ne put s'empêcher de sourire de l'esprit infiniment pratique de David. Bien sûr, il avait contracté une assurance. Pour lui, la bague était probablement un investissement. Pour elle, c'était un engagement qu'elle n'était pas encore prête à prendre.

— Je ne devrais pas la porter tant que je ne t'ai pas donné de réponse.

— Prends tout le temps que tu veux, Ariel, insista-t-il.

— Mais j'ai mauvaise conscience. Je ne me sens pas à l'aise…

— C'est juste parce que tu n'as pas l'habitude de porter des bagues, dit-il en passant un doigt sur le bracelet qu'elle portait au poignet. C'est le seul bijou que je te connaisse. D'où vient-il ?

Il prit le petit soleil d'étain pour le regarder de plus près.

— Ma mère, parvint à articuler Ariel. Elle nous en a donné un à chacune, le soir où les services sociaux sont venus nous chercher.

Les amulettes étaient censées les protéger. Ariel pria une fois de plus pour que ses sœurs aient gardé la leur.

— Ils lui en ont donné le temps ? demanda-t-il. Elle a pu vous dire au revoir ?

— Non, elle l'avait fait avant.

Avant qu'ils ne surgissent des champs, armés de leurs lampes, comme d'autres hommes avaient dû s'approcher armés des flambeaux pour venir prendre son ancêtre, des siècles plus tôt.

— C'est presque comme si elle les avait sentis venir, dit David, l'air songeur.

C'était exactement ça, mais Ariel ne pouvait parler à David des dons de sa mère sans évoquer les siens. La vérité lui brûlait la gorge, mais les mots refusaient de sortir. Cela faisait tellement longtemps qu'elle gardait son secret, s'en servant pour tenir tout le monde à distance. Ses amants. Ses amis. Elle n'avait jamais été aussi proche de quelqu'un que de David.

Elle refusait de le perdre. Elle n'avait plus que lui au monde, à présent. Dès qu'ils auraient retrouvé ses sœurs, elle lui dirait tout. Peut-être était-elle comme sa mère, après tout. Peut-être se servait-elle de cet homme riche et puissant pour assurer sa protection. Si c'était vrai, alors elle finirait sans doute seule, comme sa mère.

Bien que David ait promis de l'aider à retrouver ses sœurs, Ariel ne pouvait se résoudre à laisser quelqu'un d'autre faire les recherches à sa place. Pas même l'homme qu'elle aimait. Malgré les années écoulées depuis la dernière fois qu'elle les avait vues, le lien existait bel et bien. Elle le sentait vibrer. Elle était prête à tout pour les retrouver et les avertir. Même à assister à un enterrement.

Suivant l'exemple de David, Ariel s'était servie d'internet pour trouver la nécrologie de Marie Cooper, qui indiquait le lieu et la date de la cérémonie. Debout dans un coin discret de la petite maison funéraire rurale d'Armaya, elle jouait distraitement avec l'amulette qui pendait à son poignet. Un souvenir lui revint soudain : sa mère répétait souvent qu'Ariel n'écoutait pas. Myra, qui ne croyait pas à l'autorité et n'avait jamais imposé aucune règle à Ariel et à ses sœurs, ne faisait pas allusion à de la désobéissance. Cela avait certainement quelque chose à voir avec la… malédiction. Ariel se demandait ce qu'elle entendrait, si elle apprenait à écouter.

Peut-être aurait-elle déjà retrouvé ses sœurs, sans avoir besoin de se cacher dans ce recoin du funérarium, avec une mantille noire pour dissimuler ses cheveux roux qui la distinguaient de toutes les autres personnes présentes. Il y avait environ une dizaine d'hommes et de femmes, probablement des gens du village, et aucun n'avait les apparences bohémiennes de sa mère ou de sa tante. La mantille ne suffisait pas pour se fondre dans le décor. Dans une si petite ville, tout le monde se connaissait et les gens présents l'avaient tout de suite repérée. Malgré les efforts qu'ils faisaient pour l'éviter et parler à voix basse, Ariel parvenait à surprendre des bribes de conversations et à entendre leurs chuchotements intrigués sur l'identité de cette étrangère. Elle n'avait jamais eu de mal à entendre les vivants, même lorsque ceux-ci ne le désiraient pas.

— Je ne comprends pas pourquoi Myra n'est pas venue. Marie était quand même sa sœur !

— Une des rares Cooper encore en vie, fit remarquer un vieil homme.

Combien en restait-il ? Ariel devait le savoir. Certains d'entre eux se trouvaient-ils dans l'assistance ?

— Myra était quand même la mieux placée pour *savoir*…

La voix de la femme ne contenait aucune trace de dédain. Ces gens connaissaient les pouvoirs de Myra. Ce n'était donc parce qu'elle avait été rejetée que Myra avait fui Armaya. La peur, peut-être ?

— C'est donc vous, dit la dernière femme qui avait parlé en se tournant vers Ariel. Je n'arrive pas à y croire…

Elle était démasquée. Elle n'avait pourtant pas l'intention de fuir, car elle avait trop de questions à poser. Elle baissa sa mantille, laissant ses cheveux roux couler sur ses épaules. Toutes les têtes se tournèrent vers elle et les conversations s'arrêtèrent. Elle sentit pourtant qu'ils réagissaient plus à la présence d'une étrangère qu'à celle d'une paria. Les membres de sa famille avaient eu dix ans pour tenter de la retrouver, mais personne n'avait fait la moindre tentative pour la sortir des familles d'accueil. Personne ne lui était venu en aide et elle n'avait pas grand espoir que quelqu'un lui tende la main, à présent. Mais, pour ses sœurs, elle se devait d'essayer.

— Tu es la fille de Myra, reprit la femme. La cadette.

— Vous ne connaissez même pas mon prénom…

Cela faisait presque vingt ans et la famille avait toujours gardé ses distances. Il y avait peu de chances que quelqu'un se souvienne de son nom, mais elle ne put s'empêcher de ressentir une pointe de déception.

— Je ne suis pas une Cooper, expliqua la femme.

Juste une voisine. Myra n'est revenue avec ses filles qu'une ou deux fois. Elle ne reste jamais longtemps au même endroit.

Cela n'était plus vrai, à présent. Mais où donc était son corps, si ces gens ne savaient même pas qu'elle était morte ? Ils ne pouvaient apercevoir sa mère qui flottait près de la porte, dans une brume épaisse teintée d'orangé, en compagnie de sa tante qui avait été pendue. Personne ne regardait dans leur direction. Personne ne semblait conscient de leur présence. Personne, à part… Ariel.

La voisine surprit Ariel en lui passant gentiment la main dans les cheveux.

— Je t'ai reconnue à cause de tes cheveux. Ils étaient tellement beaux. C'est toujours le cas, d'ailleurs.

Le compliment n'adoucit en rien la rancœur qu'Ariel éprouvait envers les habitants de cette petite ville. Ses cheveux lui avaient toujours attiré des compliments, que ce soit de la part de ses petits élèves ou de David.

— Y a-t-il des Cooper présents ici, aujourd'hui ? demanda-t-elle d'une voix claire aux gens qui s'étaient approchés pour la regarder.

La voisine jeta un regard alentour, comme si elle cherchait quelqu'un. Si c'était Myra qu'elle cherchait, elle ne la trouverait pas… Pas vivante, en tout cas. Elle fit non de la tête.

— Vous souvenez-vous de mes sœurs ? demanda Ariel, avec une pointe de désespoir dans la voix.

— Cela fait tellement longtemps, dit la femme.

Mais oui. Myra était une amie proche. On se voyait souvent lorsqu'elle venait en ville. Je me souviens de ses filles. La blonde maigrichonne était l'aînée. Et la petite, c'était le portrait craché de ta mère.

— Il faut que je les retrouve. C'est urgent.

Avant qu'elles ne se retrouvent dans un cercueil, comme la femme derrière elle, dont le corps reposait sur du satin blanc, tandis que son esprit flottait dans la brume.

— Tu ne sais pas où sont tes sœurs ?

Apparemment, peu de gens savaient que Myra les avait abandonnées et qu'elles avaient ensuite été adoptées. Ariel sentit des larmes lui monter aux yeux, mais elle refusa de faiblir.

— Non, je l'ignore.

— Je suis sûre que ta mère pourra te le dire.

— Ma mère ne peut plus rien me dire à présent.

Ou, du moins, rien qu'elle puisse entendre et comprendre.

— Je suis sûre que si Myra était ici aujourd'hui…, dit la voisine, sans comprendre.

Ariel se fichait bien de ce que ces gens pouvaient penser d'elle.

— Elle est ici, coupa-t-elle, en désignant le fantôme. Elle est morte.

Un murmure d'effroi parcourut l'assistance. La voisine recula d'un pas, l'air effaré.

— Tu as reçu la malédiction.

Même si ces gens n'étaient pas des Cooper, ils connaissaient leurs pouvoirs.

— Oui, acquiesça Ariel. Et c'est pour ça que je dois retrouver mes sœurs. Quelqu'un ici sait-il où elles se trouvent ?

La voisine hocha la tête avec sympathie.

— Ta mère devinait des tas de choses… avant qu'elles ne se produisent. J'ai grandi avec elle et ses sœurs.

— Vous avez dit « ses sœurs » ?

Ariel se souvint soudain de la photo qu'elle avait aperçue dans la ferme ; le portrait de trois petites filles.

— Où se trouve cette autre sœur ?

— Elle vit ici, à Armaya.

Ariel sentit de nouveau les larmes lui monter aux yeux. Une fois de plus, elle se sentait rejetée. Aucune de ses tantes n'avait voulu d'elle.

— Vous les connaissiez ? chuchota Ariel. Dites-moi…

— Quoi, mon enfant ?

— Pourquoi Marie ou cette autre sœur…

— Sadie.

— Pourquoi ne nous ont-elles pas recueillies, mes sœurs et moi ?

— Je ne savais pas que Myra avait perdu la garde de ses filles. Elle était la seule des trois à pouvoir avoir des enfants. C'est pour cela que leur mère lui avait confié les amulettes.

Le petit soleil d'étain cliqueta contre sa chaîne lorsque Ariel serra sa mantille contre elle. Tout semblait toujours revenir aux amulettes.

— Que savez-vous à leur sujet ?

La voisine frissonna, malgré la chaleur qui régnait dans la pièce.

— Votre mère racontait des histoires horribles de sorcières et de persécution. Certaines appartenaient au passé, d'autres à l'avenir. C'est pour cela qu'elle fuyait. Elle avait toujours tellement peur.

Ariel se souvenait bien de la peur qui habitait son cœur.

— Je dois voir cette autre tante, Sadie.

— Quelqu'un a déjà demandé à la voir, dit la femme.

— Qui ?

— Je ne sais pas. Il a téléphoné, hier soir. J'ai pensé qu'il devait s'agir d'un avocat à la recherche des membres de la famille.

Ariel sentit la panique s'emparer d'elle. Le temps pressait.

— Dites-moi où elle habite !

— Je vais vous indiquer la route. Mais avant... votre mère était mon amie. Je ne l'ai pas vue depuis bien longtemps, mais je la connaissais bien...

Ariel se mordit la lèvre, attendant la suite.

— Si elle vous a abandonnées, reprit-elle enfin d'une voix douce. Je suis sûre que c'était pour votre sécurité.

Ariel se tourna vers le fantôme de sa mère qui flottait près du cercueil de sa sœur. *Mama, nous sommes de nouveau en danger.*

***

Ariel écrasa la pédale de l'accélérateur et la Jeep bondit sur la petite route de campagne défoncée. Elle savait qu'il était dangereux de se rendre ainsi seule chez sa tante, car l'assassin était peut-être encore sur les lieux, en train de l'attendre. Mais elle n'avait pas le temps d'appeler David et, après la réaction qu'avait eue l'adjoint au shérif en découvrant sa tante pendue, elle doutait qu'il prenne la peine de se déplacer.

Ariel gara la Jeep devant un petit bungalow situé un peu à l'écart, aux abords de la ville. Elle fouilla dans son sac à la recherche de sa bombe de défense, puis sortit de la voiture. Une fourgonnette noire métallisée couverte de poussière était déjà garée dans l'allée de gravier.

David ? Ses recherches sur internet l'avaient-elles conduit jusqu'à cette maison ? Etait-ce lui qui avait téléphoné au funérarium ? Au lieu de se sentir rassurée, Ariel sentit la peur envahir son esprit. Elle s'efforça de ravaler ses craintes. Impossible de soupçonner David d'avoir quoi que soit à faire avec la chasse aux sorcières. Il n'était au courant de rien, pour la simple raison qu'elle ne lui avait jamais rien dit.

Il voulait certainement poser quelques questions sur les sœurs d'Ariel, comme elle-même avait eu l'intention de le faire. Un hurlement de sirènes dans le lointain la tira de ses pensées, lui rappelant que le temps pressait et elle se précipita dans la maison.

— David ! appela-t-elle d'une voix paniquée.

La cuisine était vide, à l'exception de quelques

assiettes sales empilées dans l'évier rouillé. Le talon d'une de ses bottes se prit dans le vieux linoléum lorsqu'elle s'avança vers les autres pièces. Quelque part dans la maison, de l'autre côté d'une porte, quelque chose de lourd tomba au sol avec fracas. Les vitres et le plancher tremblèrent.

Sur le pas de la porte de la chambre, Ariel s'arrêta net : David était penché au-dessus du lit et semblait en train de déplacer de lourdes pierres.

— Qu'est-ce que tu fais ici ?

C'est alors seulement qu'elle aperçut, émergeant du tas de pierres, une main qui s'agitait mollement. Il y avait quelqu'un en train de lutter pour survivre sous ce tumulus.

— Oh, mon Dieu !

— Ariel ! appela David, sans même lever les yeux. Elle est toujours en vie. Viens m'aider ! Vite !

Sans réfléchir, Ariel se précipita vers le lit pour commencer à soulever les lourdes pierres.

— Est-ce que nous ne sommes pas en train de lui faire plus de mal qu'autre chose ? demanda-t-elle, en essayant de se remémorer ses leçons de secourisme. Normalement, il ne faudrait pas déplacer quelqu'un victime d'un accident…

Elle comprit soudain qu'il ne pouvait pas s'agir d'un accident. Quelqu'un avait empilé ces pierres sur cette pauvre femme dans l'intention de l'écraser, comme on lapidait les sorcières autrefois.

— Elle ne peut pas respirer, dit David, en déplaçant une pierre particulièrement lourde avec un grognement d'effort. Il faut soulager la pression sur sa poitrine, sinon…

Ses phalanges saignaient, mais il ne s'arrêta pas, même lorsque les secours arrivèrent. Il était bien plus fort, plus grand et plus jeune que les pompiers volontaires vieillissants d'Armaya. Ariel aussi, sans doute, mais David lui intima de sortir.

— Retourne dehors, ordonna-t-il, avant de poser la main sur la pierre qui couvrait sans doute le visage de la vieille femme.

— David…

— Dehors !

Quelque chose dans sa voix la fit reculer. Elle ne fut pas assez rapide, pourtant : avant de tourner les talons, elle eut le temps d'apercevoir brièvement le visage défiguré de sa tante.

— Oh, mon Dieu…

Elle comprit alors qu'elle la reverrait. Bientôt.

— Qu'elle soit maudite ! hurla-t-il avec rage.

La douleur prenait naissance à la base de son crâne et remontait pour lui vriller les tempes, ne lui laissant aucun répit. Comme cette maudite sorcière rousse.

Il s'en était tiré de justesse. C'était la goutte d'eau qui faisait déborder le vase.

Tout comme son ancêtre avec la première sorcière, il l'avait laissée se glisser dans sa tête, dans son cœur.

Elle avait appris tous ses secrets ; elle aurait pu le détruire, comme le reste de sa famille. Il devenait urgent de la détruire avant.

Tremblant de colère, il contempla ses mains, ensanglantées d'avoir déplacé toutes ces pierres. Ignorant le sang qui suintait toujours de ses doigts et la douleur qui engourdissait ses bras, il s'empara de la première chose qui lui tomba sous la main sur son bureau et l'envoya voler à travers la pièce. Le journal relié de cuir de son ancêtre s'écrasa contre le mur avec une telle force que la reliure céda et que quelques pages s'envolèrent. Le vieux parchemin brûlé était aussi fragile que du verre.

— Maudite chienne ! Tu vas crever !

Cette maudite sorcière rousse s'évertuait à contrecarrer ses plans et à détruire son héritage. Il traversa précipitamment le bureau et s'agenouilla pour ramasser les fragiles feuillets de ses doigts enflés et engourdis par la douleur. Les bords brûlés étaient tombés en cendres ; le manuscrit n'était plus qu'une succession de lignes incohérentes.

Il s'efforça de retrouver son calme. Le journal n'avait plus d'importance, à présent. Les souvenirs lui appartenaient. Ils faisaient partie de lui. Jamais il ne les oublierait. Contrairement au reste de sa famille, il ne refuserait pas l'héritage des McGregor. Il ne se détournerait pas de son plan.

Les sorcières allaient toutes mourir.

Il inspira de nouveau profondément, se rappelant

qu'il avait besoin de la rouquine pour retrouver les deux autres. Il lui fallait être patient.

Pourtant, le temps était un luxe qu'il ne pouvait se permettre. Les médecins affirmaient qu'il ne lui restait plus longtemps à vivre. Si seulement il avait découvert le pouvoir des amulettes plus tôt, leurs propriétés de guérison et de protection…

Il secoua la tête et ce simple geste lui arracha une grimace de douleur. Il n'était pas trop tard. Pas pour lui. En revanche, il serait bientôt trop tard pour elles.

Alors, ce serait à lui de rire.

7

Jamais Ariel n'avait vu David aussi furieux.

Lorsqu'il descendit d'un pas rageur l'escalier menant dans le salon, son corps irradiait de tension au point que l'air semblait électrisé, crépitant comme la foudre. Ils étaient rentrés séparément de l'hôpital et David était arrivé quelques minutes avant elle à son penthouse.

Il avait sans doute eu le temps de laisser libre cours à sa colère, en tapant dans un mur ou en se défoulant sur une corbeille à papier, mais son front était encore soucieux et sa mâchoire restait aussi crispée que dans la maison de Sadie Cooper et à l'hôpital. Ariel le suivit dans le salon. Il tenait déjà un carafon de cristal à la main et se servait un verre de whisky lorsqu'elle le rejoignit enfin.

— Elle va s'en sortir, David, dit-elle, en repensant au diagnostic optimiste du jeune médecin, même si elle n'était pas bien sûre d'y croire elle-même. Tu l'as découverte à temps. Sans toi… Ce que je veux savoir, c'est comment tu as fait pour la retrouver et pourquoi tu ne m'as rien dit.

Il but une longue gorgée avant de reposer brutalement le verre, faisant claquer le cristal sur la table de verre.

— J'ai trouvé quelques documents sur internet. Quatre extraits de naissance. Des actes de mariage. Ta tante s'est mariée puis a divorcé.

— Elle ne s'appelait pas Cooper ?

Il lui fit signe que non avant de reprendre son verre.

— Et je ne t'ai rien dit parce que je n'arrivais pas à te joindre.

Ariel se souvint qu'elle avait éteint son portable avant d'entrer dans le funérarium.

— Voilà, tu sais comment j'ai fait. Maintenant, à ton tour.

— Je suis allée à l'enterrement de l'autre femme. Marie.

Elle n'arrivait pas à les appeler ses tantes, ne les ayant jamais connues. Tout comme elle ne connaissait pas ses sœurs. Que représentaient-elles dans sa vie, à présent ?

— C'est là que j'ai découvert qu'il restait encore une Cooper en vie.

En plus d'elle. Ses sœurs n'étaient plus des Cooper. Si seulement elle avait pu connaître leur nom de famille ! Les doigts de David se crispèrent avec tant de force sur son verre que ses articulations blanchirent.

— Tu as pris un gros risque, Ariel. Comme avec Haylee.

— C'est pour ça que tu es en colère ?

Elle le savait et la culpabilité la rongeait. Elle ne ferait jamais rien d'autre que semer le trouble dans sa vie et attirer sur lui l'attention des médias qu'il détestait tant. Il ne faisait aucun doute que quelqu'un de l'hôpital avait déjà contacté un journaliste — l'histoire était trop sensationnelle pour ne pas être divulguée. Lorsqu'on découvrirait que David Koster avait été le premier sur les lieux du crime, les journalistes se jetteraient sur lui pour prendre d'assaut les Tours et tenir un long siège. Elle joua un instant avec la bague, envisageant brièvement de l'enlever pour la lui rendre.

— Bien sûr que je suis en colère ! explosa David.

Ariel se sentit de nouveau coupable de l'avoir ainsi inquiété. Mais pas pour ce qu'elle avait fait.

— Je ne vais pas m'excuser d'avoir essayé de retrouver mes sœurs.

— Tu me prends pour un imbécile, Ariel ? demanda-t-il brusquement, en levant vers elles des yeux furibonds.

Pour la première fois, Ariel s'inquiéta de le voir ainsi en colère. Son cœur se mit à battre plus vite.

— David...

— Tu as eu des années pour chercher tes sœurs. Pourquoi maintenant ?

Il laissa échapper un petit rire moqueur et reprit sans attendre sa réponse :

— J'ai d'abord pensé que cela avait quelque chose à voir avec ma demande en mariage. Que tu voulais les retrouver avant de me donner une réponse.

Il rit de nouveau avec amertume.

— David…

Sans crier gare, il jeta son verre avec force contre le manteau de la cheminée.

— Au nom du ciel, dis-moi ce qui se passe, Ariel !

Elle sentit toute vie la quitter. Le moment était venu pour elle de parler, mais elle ne savait par où commencer.

— D'abord, nous retrouvons ta première tante pendue, reprit-il d'une voix tremblante. Et crois-moi, ça n'avait rien d'un accident.

— Co… comment le sais-tu ?

— Il n'y avait aucune chaise renversée à côté d'elle. Rien dans la pièce qui laisse à penser qu'elle ait pu se suicider.

Il fit un geste vers le plafond, avant de poursuivre son explication :

— Comment veux-tu te pendre à une poutre sans grimper d'abord sur une chaise ?

Logique. Il était toujours tellement logique. Il ne comprendrait jamais ce qu'elle devait pourtant lui dire.

— Ensuite, ton autre tante…, soupira-t-il. Quelqu'un l'a ensevelie sous une pile de pierres. Quelqu'un a tenté de l'enterrer… vivante.

— Mais tu l'as sauvée, intervint Ariel, sans être sûre que la vieille femme survivrait à un tel traumatisme, une telle torture.

Sans l'arrivée de David…

Elle avait besoin de lui pour sauver ses sœurs. Il

ne pouvait pas la rejeter maintenant, pas comme l'avaient fait tous les autres. Il avait dit qu'il l'aimait. Tant d'autres avaient affirmé la même chose avant lui, cela dit…

David se passa une main tremblante dans les cheveux. Ses doigts tachés de sang maculèrent d'une traînée rougeâtre son front et la naissance de ses cheveux blonds.

— Elle est dans le coma, Ariel. Les médecins ne sont même pas sûrs qu'elle en sortira un jour.

Le cerveau de sa tante avait été privé d'oxygène pendant trop longtemps et ses côtes cassées lui avaient perforé les poumons. Ariel se frictionna pensivement les bras, imaginant avec peine l'horreur que sa tante avait endurée. Elle ne serait peut-être jamais en mesure de leur dire qui avait tenté de la tuer.

Ariel inspira profondément et commença son histoire.

— Mes deux tantes n'étaient pas les premières…

David fronça les sourcils et les traces de sang sur son front se plissèrent.

— Quoi ? s'écria-t-il avec stupeur.

Elle lui raconta ce qui s'était passé trois cent cinquante ans plus tôt, le début de la vendetta et les prémices de la chasse aux sorcières. David haussa les épaules. Son pull en cachemire noir était maculé de sang et de boue.

— C'est une légende, Ariel. Tu ne sais pas si c'est la vérité ou du simple folklore, transmis de génération en génération dans ta famille.

Toujours cette logique implacable. Il ne comprendrait jamais.

— Les meurtres ont recommencé, insista-t-elle. De cette génération-là, c'est ma mère qui est morte la première.

— Je croyais que tu ne l'avais pas vue…

— Je ne l'ai pas vue… vivante.

— Ariel, dit David d'une voix étonnamment calme et posée, en l'observant avec attention. Qu'es-tu en train d'essayer de me dire ?

Ariel inspira de nouveau profondément pour se donner du courage.

— Je ne l'avais pas revue depuis plus de vingt ans… depuis que les services sociaux nous ont emmenées. Jusqu'à cette nuit où tu m'as demandée en mariage.

— Ariel, tu viens de me dire que tu ne l'avais pas revue. Ça n'a ni queue ni tête…

Elle lui faisait peur. Elle voyait cette pointe de malaise apeuré qui frémissait dans les profondeurs de ses yeux.

— Je ne suis pas folle, se défendit-elle aussitôt. Même si c'est ce que pensent la plupart des gens qui ne connaissent pas la vérité…

— Quelle est cette vérité, Ariel ? demanda David dans un souffle.

Quelque chose dans la voix de David attira l'attention d'Ariel ; elle observa soigneusement son beau visage et son pouls s'emballa lorsqu'elle comprit.

— Tu la connais déjà.

A présent, c'était à elle d'avoir peur…

— Bien sûr, tu es au courant, poursuivit-elle. C'est un jeu d'enfant pour toi de trouver ce genre d'informations secrètes sur ton ordinateur. A moins que tu n'aies forcé les bureaux des services sociaux pour avoir accès à mon dossier ?

Margaret ne lui avait-elle pas dit que quelqu'un avait consulté son dossier ? Avait-elle raison lorsqu'elle avait suggéré que n'importe quel homme aussi riche, puissant et prudent que David s'informerait sur le passé de la femme qu'il espérait épouser ? David la regarda avec une expression d'incompréhension sur le visage.

— Je n'ai jamais forcé l'entrée d'un bureau. Tu m'as demandé de retrouver tes sœurs. J'ai consulté quelques dossiers, c'est tout.

C'était après avoir retrouvé Marie.

— Mais tu n'as pas consulté les dossiers d'adoption de mes sœurs.

Sinon, il lui en aurait parlé.

— Impossible d'y accéder. Ils sont mieux protégés que…

— … que le mien, acheva-t-elle pour lui.

Elle connaissait par cœur le contenu de son propre dossier, tout ce qu'on avait pu dire ou écrire un jour sur l'enfant qu'elle avait été. Des larmes amères lui brûlaient les yeux et elle les laissa couler sur ses joues, incapable de les retenir plus longtemps.

— Alors, quelle est la vérité, Ariel ? demanda-t-il encore.

— La vérité, c'est que je t'aime.

C'était la première fois qu'elle lui déclarait ainsi son amour. La croirait-il ? Ou penserait-il qu'elle était comme sa mère et que seul l'argent l'intéressait ? David ignora sa déclaration, la balayant d'un geste rageur de la main.

— Pourquoi ne m'as-tu pas fait confiance, Ariel ? Pourquoi ne m'as-tu pas parlé de ton passé plus tôt ?

Ariel haussa vaguement les épaules, mais ce simple geste fut douloureux. Comme David, elle avait les mains égratignées et du sang suintait de ses phalanges enflées. Souvenirs des efforts désespérés qu'ils avaient fournis pour libérer sa tante. Elle pria en silence pour que la vieille femme survive. Et pour que David comprenne.

— Tu as lu mon dossier… Tu sais pourquoi je ne t'ai rien dit. Chaque fois que j'ai parlé de ça à quelqu'un, on a cherché à se débarrasser de moi.

Son regard noir s'adoucit et il tendit la main vers elle.

— Ariel…

Elle fit un bond en arrière ; sa pitié l'atteignit comme une gifle. Elle releva le menton, sentant la colère monter en elle.

— Ne fais pas ça, l'avertit-elle avec une fureur contenue. Je t'interdis de t'apitoyer sur moi, de me traiter comme une pauvre petite orpheline folle et abandonnée de tous.

— Ariel…

— Je ne veux pas de ta pitié. Et je ne suis pas folle !

Elle éclata d'un rire frisant l'hystérie.

— Mon Dieu, si seulement je pouvais être folle ! Ce serait trop beau ! Tout cela ne serait pas vrai, alors. Je ne serais pas réellement capable de voir des fantômes.

David déglutit avec peine.

— Explique-moi.

— J'aurais dû t'en parler avant, soupira-t-elle. Je voulais le faire, mais j'avais peur.

— Que je te quitte ?

— Que tu ne comprennes pas. C'est tellement incroyable. Je ne m'attends pas à ce que tu…

— C'est comme ça que tu as su qu'Haylee était morte ?

— Oui. J'ai vu son fantôme. Elle est venue à l'école, ce jour-là, comme tous les jours. Je la vois encore.

La dernière fois, c'était près de la tombe de la fillette. Elle ne l'avait pas revue depuis.

— Peut-être sent-elle que je suis en danger. C'est peut-être pour ça qu'elle reste près de moi. En général, les fantômes m'apparaissent juste après leur mort, lorsqu'ils sont pris entre ce monde-ci et l'au-delà. Pourtant, je ne les aide même pas à traverser cette épreuve. En fait, je ne fais pas grand-chose, à part les voir.

Elle poussa un soupir de découragement.

— Tu es en danger ? demanda David, la mâchoire crispée.

— Je t'ai raconté la légende, lui rappela-t-elle. Tu ne

comprends pas ? La pendaison, les pierres. Quelqu'un a entrepris une chasse aux sorcières !

— Ariel, c'est…

— Quoi, David ? Dément ? demanda-t-elle d'une voix un peu trop aiguë. Je t'ai dit que j'avais vu ma mère.

Et de nouveau, elle l'aperçut, car la pièce s'était emplie d'une brume teintée d'orange.

— Elle est morte. Quelqu'un l'a tuée, elle aussi. Comme sa sœur.

— Je n'ai trouvé aucun acte de décès la concernant, cela signifierait donc que son corps n'a pas encore été retrouvé ?

— C'est ça, répliqua-t-elle avec colère. Mais peu importe. Je sais qu'elle est morte.

Elle soupira de nouveau, avant de lui poser la question qui lui brûlait les lèvres.

— Tu me crois ?

David fit un pas vers la cheminée. Des éclats du verre qu'il avait brisé jonchaient le sol, reflétant l'éclat des flammes.

— Bon sang, Ariel, on est au XXIe siècle. Ce que tu me racontes est…

— C'est vrai. C'est réel. Ma mère a vécu toute sa vie dans la peur. Je crois même que c'est pour ça qu'elle a renoncé à nous. Elle voulait nous protéger à tout prix.

Du moins l'espérait-elle. Comment en être sûre, puisqu'elle ne parvenait pas à entendre les mots que le fantôme de sa mère s'évertuait à articuler ? Si seulement Ariel avait pu la comprendre !

— Donc tu soupçonnes quelqu'un de cette autre famille… Comment s'appelaient-ils, déjà ?

— Les McGregor.

Malgré les années, la légende était d'une clarté étonnante dans sa tête. Etait-ce parce qu'elle avait une bonne mémoire ou, comme l'avait affirmé sa mère, parce que l'amulette l'aidait à ne pas oublier ? Ariel se rendit compte soudain que, depuis le début de la conversation, elle caressait sans y penser le petit soleil d'étain

— Tu veux dire qu'un McGregor a remis cette vendetta au goût du jour ? Qu'il voudrait se venger des Cooper ?

— Des Durikken. Nous étions des femmes Durikken, à l'époque.

— Il y a trois cent cinquante ans ?

Son ton contenait une pointe d'ironie. Ariel releva fièrement la tête.

— Oui, il y a trois cent cinquante ans.

— Mais Ariel, pourquoi maintenant ? Si cette vendetta dure depuis toujours, pourquoi n'es-tu pas déjà morte ?

— Je te l'ai expliqué : ma mère nous a abandonnées…

— Mais tes tantes ? Elles sont restées à Armaya et personne n'a cherché à leur faire de mal… jusqu'à ces derniers jours. Et ta grand-mère ? Et pendant que nous y sommes, qu'est-il advenu de la première Elena ?

— Je ne sais pas ! cria Ariel. Les amulettes… c'est ce qui a protégé la première Elena. Elle a réussi à s'enfuir. Quant aux autres, je ne sais pas ce qui leur est arrivé. Peut-être qu'aucun McGregor n'a été assez fou pour assassiner qui que ce soit… jusqu'à maintenant.

David secoua la tête.

— Alors, tu ne me crois pas ? demanda-t-elle d'un ton désespéré.

Avec un soupir, il se passa de nouveau la main dans les cheveux.

— Je ne sais pas ce que je dois penser de tout ça…

Ariel se crispa, devinant qu'il ne parlait pas juste de la malédiction.

— David…

— Tu aurais dû m'en parler plus tôt.

— Je ne pouvais pas prendre ce risque. Je ne voulais pas perdre ce que nous avions.

Elle espérait que cela existait encore.

— Pourquoi n'avais-tu pas confiance en moi ? lui reprocha-t-il, la voix tremblante. Pourquoi as-tu pensé que nous n'étions pas assez forts…

— Est-ce le cas ?

En trois enjambées, il fut à ses côtés et se mit à lui caresser le visage d'un geste qu'elle connaissait bien. Du bout du pouce, il chassa les larmes qui coulaient sur ses joues.

— Ne sais-tu pas combien j'ai besoin de toi dans ma vie ? Combien je t'aime ?

Elle le regarda droit dans les yeux, guettant la moindre trace de cette pitié qu'elle redoutait tant.

— Maintenant, tu penses que je suis folle.

— Non, Ariel, répondit-il avec une grimace douloureuse. Ce n'est pas toi qui es folle…

— C'est toi, c'est ça ? Pourquoi ? Parce que tu as continué à m'aimer après avoir appris mon secret ?

Elle osait à peine imaginer ce qu'il avait dû penser en lisant son dossier.

— Je ne suis pas comme ma mère, insista-t-elle. Je t'aime pour ce que tu es.

— Pas pour mon argent.

— Avoue que tu t'es posé la question…

David partit d'un petit rire las.

— En fait, non. Jamais. Tu n'es pas le genre de femme à te soucier des choses matérielles. Bon sang ! Ce serait tellement plus simple pour moi, sinon… Au moins, je serais sûre que tu ne partirais jamais.

— Jamais je ne te quitterai, David, s'empressa-t-elle de dire en lui passant les bras autour du cou.

— Peut-être pas de ton plein gré…, soupira-t-il.

Ainsi donc, il la croyait. Il comprenait que la chasse aux sorcières avait recommencé et que quelqu'un cherchait à la tuer. Ariel se raidit ; elle n'avait plus le temps de céder à la peur.

— C'est pour cela que nous devons trouver mes sœurs, David. Avant que quelque chose de grave ne leur arrive.

— Nous les retrouverons.

Elle avait peine à croire qu'il voulait encore l'aider et qu'il ne l'avait pas rejetée. Se pouvait-il que, pour la première fois dans sa vie, quelqu'un l'accepte telle qu'elle était ?

— Rien de grave n'arrivera à tes sœurs, dit-il pour la rassurer.

Comment pouvait-il en être aussi sûr ?

— Il est peut-être déjà trop tard.

— Si c'était le cas, tu le saurais, Ariel. Tu les aurais *vues*.

Elle sentit une pointe d'espoir naître en elle, pas seulement pour ses sœurs, mais aussi pour son avenir avec David.

— Tu comprends vraiment que je peux voir les gens qui viennent de mourir ?

Le regard de David s'assombrit.

— Nous vivons tous avec des fantômes.

Pour la seconde fois en quelques jours, Ariel se réveilla seule et tout habillée dans le lit de David. Il avait semblé accepter tout ce qu'elle lui avait raconté sur elle-même, mais il ne l'avait pas touchée, la veille au soir. Les yeux pleins d'une tendre compassion, il lui avait gentiment demandé d'aller se coucher.

Naïvement, elle avait pensé qu'il la rejoindrait dès qu'il aurait éteint les lumières de l'appartement, mais elle s'aperçut que les draps de l'autre côté du lit n'étaient pas froissés. De son côté, en revanche, les draps s'étaient enroulés autour de ses jambes, comme après un sommeil agité. Elle ne se souvenait pas d'avoir rêvé, mais elle avait l'impression d'avoir couru dans son sommeil, peut-être pour échapper à son assassin.

D'une main tremblante, elle repoussa les mèches de cheveux collées par la sueur qui lui barraient le visage. Il lui fallut quelques secondes pour déchiffrer les chiffres rouges du radio-réveil : 2 heures du matin. Où était donc David ? Repoussant les draps, elle se leva et se dirigea vers la porte. S'il ne parvenait pas à accepter la vérité, elle préférait encore partir plutôt que dormir sans lui dans son lit.

Le couloir était plein d'ombres, projetées par la faible lumière qui tombait des chandeliers. Elle jeta un œil dans les chambres d'amis pour s'assurer qu'il n'avait pas dormi dans un des lits, mais les pièces étaient vides.

Il ne restait plus que son bureau à cet étage. Sa main tremblait légèrement lorsqu'elle l'approcha de la poignée. Elle s'apprêtait à ouvrir lorsqu'elle perçut un murmure ténu à travers le panneau de bois brut. Deux hommes étaient en train de se disputer. L'une des voix était rauque, l'autre profonde. Ty et David.

David avait-il appelé son ami au beau milieu de la nuit pour lui demander de venir ? En tout cas, Ty était venu. Une fois de plus, la nature de leur amitié la laissa sans voix. Elle-même n'avait jamais été capable de faire confiance à quiconque de cette façon ; de fait, elle n'avait jamais connu une amitié aussi forte que celle des deux hommes. Mais pourquoi la colère était-elle aussi palpable dans leur voix ?

— Bon sang, David. Qu'est-ce que c'est que cette histoire ? demandait Ty.

— Tu n'as pas besoin de connaître les détails, pour l'instant, insistait David d'une voix presque suppliante.

Il le faisait sans doute par respect pour Ariel, afin de protéger le secret qu'elle avait gardé pendant si longtemps. Ariel se sentit d'abord émue, puis une vague de culpabilité s'abattit sur elle quand elle se rendit compte qu'elle violait la vie privée de David. Elle hésita devant la porte, ne sachant trop si elle devait partir sur la pointe des pieds ou bien frapper et entrer.

— Tu veux dire que tu crois ce que t'a dit Ariel ? demanda soudain Ty. Tu penses vraiment qu'elle peut voir les morts ?

A la mention de son nom, Ariel tendit l'oreille. David n'avait donc pas gardé son secret. A vrai dire, elle aurait pu s'attendre que David le partage avec son meilleur ami. Elle retint son souffle, guettant la réponse de David. Elle savait que celui-ci serait plus honnête avec Ty qu'avec elle. Pourtant, David se contenta de soupirer avec lassitude.

— Pour l'instant, tout ce qui m'importe, c'est qu'elle ne finisse pas comme sa tante. Je dois la protéger.

— Bien sûr. Je ferai ce que tu voudras.

— Bien. Je te remercie, tu me rends un fier service.

— Tu sais bien qu'on ne sera jamais quittes, tous

les deux. Jamais je ne pourrai m'acquitter de ma dette envers toi…

De quelle dette parlait-il ? Ariel se pencha pour coller l'oreille contre la porte. Le bois craqua. Elle sursauta, inquiète que sa présence indiscrète n'ait été découverte, mais trop curieuse pour s'éloigner. Les deux hommes parlaient d'elle ; elle avait le droit de savoir ce qu'ils disaient.

— J'ai besoin d'autre chose, poursuivit David, d'une voix si solennelle qu'Ariel en eut la chair de poule.

— Tu peux me demander ce que tu veux. Tu le sais.

— Je veux un revolver.

Ariel entendit Ty pousser un petit gloussement amusé.

— Venant de toi, ça m'étonne. Je croyais que tu détestais les armes à feu…

Ty s'interrompit un instant, avant de reprendre d'une voix inquiète :

— Ne me dis pas que c'est sérieux !

— La situation est grave, Ty.

Ariel ne se sentit pas rassurée d'entendre que David avait accepté l'idée de la chasse aux sorcières. Il cherchait à s'armer et elle détestait l'idée que c'était à cause d'elle qu'il avait pris cette décision. Elle n'avait fait qu'amener chaos et danger dans la vie de l'homme qu'elle aimait. Il ne méritait pas cela.

— Mais, David…, protesta Ty.

— J'ai besoin d'une arme. Je veux que tu t'en procures une pour moi le plus vite possible.

— Bon sang, mais que se passe-t-il exactement ?

Cette fois-ci, Ariel n'attendit pas la réponse. Elle s'éloigna de la porte et s'engagea dans l'escalier, retenant son souffle chaque fois qu'une des marches grinçait. Les portes de l'ascenseur étaient ouvertes. Ariel traversa le salon, attrapant au passage son sac à main, et s'engouffra dans la cabine.

— Pardonne-moi, David, chuchota-t-elle. Je suis désolée.

Elle ne s'excusait pas de fuir ainsi en pleine nuit, elle regrettait seulement de ne pas l'avoir fait plus tôt.

Elena Jones-Phillips se réveilla en sursaut, la respiration haletante. Elle s'assit dans son lit et tendit la main vers son mari pour se rassurer, mais l'autre côté du lit était vide, comme cela arrivait souvent. Elle se souvint alors qu'il était parti en voyage d'affaires. A cause de son patron, ce genre de voyage à l'autre bout du pays devenait de plus en plus fréquent. Elena oublia pourtant bien vite son mari et le patron tyrannique qu'il avait.

Impossible de chasser le souvenir de son rêve. Oui, un simple rêve. Un cauchemar, tout au plus. Elle alluma la lampe de chevet Tiffany posée près du lit et une douce lumière dorée baigna la pièce, chassant les ténèbres.

Elena se massa les tempes pour apaiser la douleur qu'elle sentait battre et oublier ce qu'elle avait vu. C'était un simple rêve. Rien de tout cela n'était vrai.

Les conséquences d'une imagination débordante, de trop de stress. Et d'un excès de caféine.

Pourtant, bien qu'elle fût réveillée, elle revoyait encore les images. Comme pour certains de ses autres rêves, il s'agissait d'un meurtre. Sans entendre le moindre grondement de tonnerre, elle voyait des éclairs déchirer l'écran de son esprit, là où se déroulait le meurtre.

Une femme courait, ses longs cheveux roux flottant derrière elle, la bouche ouverte en un cri déchirant, jusqu'à ce qu'une main la réduise brutalement au silence. Elena avait beau se rejouer la scène dans sa tête, la femme ne s'en tirait jamais. Elle ne parvenait pas à lui échapper. L'homme finissait toujours par lui passer une corde autour du cou, éraflant la peau blanche en serrant le nœud, avant de lancer l'autre bout de la corde par-dessus une poutre. De l'homme, Elena ne voyait que les bras, car son visage était toujours dissimulé dans la pénombre. Impossible de l'identifier. Ensuite, il tirait sur la corde, soulevant la femme jusqu'à ce que ses pieds pendent dans le vide et que le nœud lui coupe la respiration. Les yeux bleus de la femme prenaient alors une teinte vitreuse.

— Non ! gémit Elena, en se débattant comme si c'était elle que la corde empêchait de respirer. Non, je vous en prie…

Elle ne rêvait pourtant pas de meurtres d'habitude. Mais ces derniers temps… Il lui arrivait de rêver de choses anodines, et elle parvenait parfois à anticiper ce que son mari ferait quelques jours plus tard. C'était un homme simple, terriblement prévisible.

En revanche, le cycle des rêves n'avait rien de prévisible. Elle ne savait jamais quand ni de quoi elle allait rêver.

Elle voulait à tout prix croire que cette femme lui était inconnue ; qu'elle était une étrangère sans le moindre lien avec elle. Pourtant, malgré les vingt ans qui s'étaient écoulés, Elena retrouvait dans cette femme adulte les traits de l'enfant qu'elle avait connue.

Ariel. Même dans la mort, son visage restait d'une beauté époustouflante.

8

Ariel retint sa respiration et se glissa sous le ruban jaune tendu par la police pour interdire l'accès à la maison. Lorsqu'elle pénétra dans la chambre, elle détourna les yeux des lourdes pierres qui jonchaient le sol. Une latte oscilla sous son pied, envoyant rouler une pierre sur le chêne du plancher.

Ariel sursauta. Elle était sans doute en train d'enfreindre plusieurs lois, mais elle préférait ne pas y penser. La maison de cette femme recelait peut-être un indice qui la mènerait jusqu'à ses sœurs et Ariel était déterminée à les retrouver. Peu importait la loi.

La brume qui emplissait la pièce la préoccupait plus, en revanche. Une lumière brillait faiblement, sans pour autant parvenir à éclairer le fantôme de la femme défigurée qui flottait dans les ténèbres. Comme Ariel l'avait redouté, le jeune médecin avait été un peu trop optimiste. Sadie Cooper n'avait pas passé la nuit.

Contournant le lit, Ariel se dirigea vers le bureau

placé dans l'un des coins de la petite chambre. Comme dans la maison de Marie, les tiroirs avaient été ouverts et quelqu'un avait fouillé leur contenu. Des cartes postales de Myra traînaient sur le sous-main et en dessous du bureau. Sur chacune, on apercevait les trois symboles réunis dans un cercle.

Qu'avait exactement voulu dire Myra en entourant ainsi l'étoile, la lune et le soleil en dessous de sa signature ? Fallait-il réunir les trois amulettes ou les trois filles ? En vingt ans, leur mère n'avait jamais tenté de les réunir. A présent, les choses étaient différentes ; le danger guettait. Etait-ce cela que sa mère cherchait à lui faire comprendre ?

Comme dans la maison de Marie, les seules choses intéressantes qu'Ariel trouva furent les cartes postales. Les autres papiers étaient soit des prospectus, soit des factures. David avait déniché plus d'informations en cherchant en ligne des actes de naissance ou de mariage. Myra, elle, n'avait jamais été mariée et ses filles étaient officiellement « de père inconnu ». Toutes les pistes se terminaient en impasse. Pour les victimes aussi.

Ariel se tourna vers le lit aux draps tachés de sang et de terre. Comme chaque fois qu'elle avait besoin d'un peu de réconfort, elle toucha le petit soleil qui pendait à son poignet. Le métal lui réchauffa les doigts et apaisa ses nerfs. Le pouvoir des amulettes était-il juste sentimental ?

Elle s'avançait vers le lit en réfléchissant, lorsqu'une

seconde pierre roula. Le plancher gémit de nouveau de façon inquiétante. Le poids des pierres avait dû fatiguer les solives. Ariel se recula juste à temps. Une planche se brisa sous le poids de la pierre et une partie du plancher s'effondra, laissant apparaître un trou. Les pierres roulèrent vers le centre, agrandissant l'espace, et certaines tombèrent à grand bruit dans la cave. Un nuage de poussière s'éleva et chatouilla le nez d'Ariel. Elle recula encore d'un pas, mais son pied passa au travers du plancher. Craignant de se retrouver au sous-sol, elle se figea sur place ; la poussière lui brûlait les poumons, mais elle retint sa respiration et serra la petite amulette avec ferveur.

Finalement, la poussière retomba et le plancher cessa de gémir. Seule une planche s'était brisée. Ariel soupira, se demandant si seule la chance l'avait protégée d'une chute douloureuse ou si l'amulette y était pour quelque chose. Les paroles de sa mère résonnèrent dans sa tête : *les amulettes te protégeront.*

Après avoir libéré son pied, Ariel s'avança avec précaution vers la petite table de chevet. Dans le tiroir, elle trouva un carnet d'adresses, mais la seule Cooper inscrite était Marie. Ils étaient tous partis. Cette génération de Cooper avait disparu. Les mains tremblantes, Ariel s'empara d'un cadre contenant trois photos, identique à celui qu'elle avait vu chez Marie. Sur les photos, on voyait trois petites filles aux cheveux noirs. La brume s'épaissit autour d'Ariel, comme pour la protéger de l'extérieur. Quelque part dans la maison, le plancher gémit de nouveau. Ariel n'était pas seule avec ses fantômes. Il y avait quelqu'un dans la maison. Quelqu'un de bien vivant.

Tenant toujours le cadre à la main, elle contourna rapidement le trou dans le plancher et se cacha derrière la porte de la chambre. Le cœur battant, elle sortit sa bombe de défense de la poche de son pantalon. Malgré sa récente expérience avec le plancher, elle ne se fiait pas suffisamment au pouvoir de l'amulette pour s'en remettre uniquement à elle. Peut-être, lorsqu'elle aurait retrouvé ses sœurs et les autres amulettes... Mais seule, elle se sentait impuissante et comprenait confusément qu'elle devait les retrouver pour combattre le tueur.

Etait-ce lui qui se déplaçait dans la maison ? Pourquoi serait-il revenu sur les lieux du crime ? A moins qu'il n'ait suivi Ariel. Des bruits de pas étouffés se rapprochèrent de la chambre. Retenant son souffle, elle se mordit la lèvre, prête à bondir.

Soudain, une voix rauque se fit entendre :

— Ariel...

Il l'avait suivie ! Elle assura sa prise sur sa bombe de défense, espérant que celle-ci lui permettrait de gagner quelques précieuses secondes pour s'enfuir. Elle n'avait pas l'intention de subir le même sort que ses ancêtres sans protester.

L'homme appela de nouveau :

— Ariel ?

La vague de soulagement qui l'envahit fut si intense que ses jambes flageolèrent.

— Ty ! s'écria-t-elle en se retenant à la porte.

Une main puissante apparut sur la tranche de la porte et la tira en arrière.

— Qu'est-ce que tu… ?

Les yeux écarquillés, il regarda ce qu'elle tenait à la main.

— Avec quoi allais-tu me frapper ? Le cadre ou la bombe ?

Sentant toute sa tension retomber d'un seul coup, Ariel parvint à lui adresser un petit sourire.

— J'ai fait avec les moyens du bord…

— Tu es maligne, répondit-il simplement en lui tendant la main pour l'aider à se relever.

Ariel rangea la bombe dans sa poche avant d'accepter son aide.

— Pas si maligne que ça, puisque je n'avais même pas remarqué que tu me suivais.

— David me l'a demandé, expliqua-t-il sans oser la regarder.

C'était donc le premier service que David avait demandé à son ami. Avant l'arme.

— C'est lui qui est malin, car il n'est pas très doué pour la filature.

Ty lui jeta un rapide coup d'œil avant de regarder le trou dans le plancher et les pierres qui jonchaient encore la pièce.

— Il s'inquiète pour toi.

De quoi se préoccupait-il donc ? De sa sécurité ou de sa santé mentale ?

— Je suis une grande fille, assura-t-elle.

Cela faisait vingt ans qu'elle s'occupait d'elle-même.

— Tu sais bien qu'une bombe au poivre ne sert à rien contre un tueur fou ! Regarde cet endroit ! s'écria-t-il en désignant le lit taché de sang. Ce type est un taré et il a déjà tué deux femmes...

— Trois, corrigea-t-elle en lui tendant le cadre où trois petites filles souriaient. Trois sœurs.

— Tu es sûre que ta mère est morte ? demanda Ty, après avoir jeté un regard aux photos.

Ariel n'avait pas envie d'avouer qu'elle avait surpris la conversation entre les deux hommes. Lorsque David lui avait téléphoné le lendemain matin, elle n'avait rien dit non plus, se contentant d'expliquer qu'elle avait quitté les Tours en plein milieu de la nuit parce qu'elle avait ressenti le besoin d'être seule.

— J'imagine que David t'a tout raconté, puisqu'il t'a demandé de me suivre.

Pourquoi avait-elle la certitude que Ty n'aurait pas la même franchise à son égard ? Que cachait-il ? Etait-ce simplement sa méfiance naturelle qui lui faisait croire qu'il avait un secret ?

Soudain, elle se souvint des paroles de Ty, cette nuit-là. Il avait dit qu'il était redevable envers David. Cela pouvait être en rapport avec un tas de choses, car Ty était venu vivre dans la famille de David après la mort de son père. Ariel s'efforça de repousser les doutes qui lui rongeaient le cœur.

— Alors, qu'en penses-tu, Ty ? demanda-t-elle pour le pousser à rompre le silence pesant qui s'était installé.

— Ariel…

De nouveau, il détourna le regard, se concentrant soudain sur les photos.

— Tu crois que je suis folle. Je suis sûre que David le pense aussi. Il n'ose pas me l'avouer, parce qu'il est trop gentil…

— Parce qu'il t'aime, l'interrompit Ty, d'un ton presque déçu.

Il pensait sans doute que David aussi avait perdu la raison.

— Mais me croit-il, lui ?

— Il m'a demandé de te suivre, répondit Ty. Il pense que tu es peut-être en danger.

Peut-être. Ariel se mordit la lèvre pour cacher sa déception. Etait-ce la seule raison qui avait poussé David à demander un revolver à Ty ? S'il ne croyait pas à la chasse aux sorcières, il ne croyait pas au reste non plus.

— Je t'assure que je peux vraiment voir des fantômes. Je ne suis pas folle.

— Ariel, je n'ai pas dit…

— Ce n'était pas nécessaire, soupira-t-elle.

Il n'essaya même pas de discuter.

— David m'a appelé il y a quelques minutes, dit-il simplement. Ta tante est morte ce matin.

— Je suis au courant.

— L'hôpital t'a appelée aussi ?

— Pas besoin, Ty, répondit-elle avec petit sourire moqueur. Je suis au courant quand les gens meurent.

Une fois de plus, il ignora sa remarque.

— C'est pour ça que tu es venue ?

— Oui, j'espérais trouver quelque chose qui me conduirait jusqu'à mes sœurs.

Elle serra plus fort le cadre en métal contenant les photos des trois fillettes.

— Nous sommes les seules Cooper encore en vie. Trois sœurs, aussi.

— David dit que tu ne les as pas vues depuis vingt ans.

Elle sentit des larmes lui piquer les yeux, mais les refoula.

— Je dois les retrouver, Ty.

Une main ferme se posa sur son épaule pour lui offrir un peu de réconfort.

— On va y arriver.

— Comment peux-tu en être aussi sûr ?

— David y travaille. Il obtient toujours ce qu'il veut.

Ariel frissonna. Le commentaire ressemblait plus à un avertissement qu'à un compliment.

— Ty…

Il ne leva pas les yeux vers elle, absorbé par la contemplation de la main d'Ariel où le diamant brillait dans le soleil de l'après-midi.

— Il ne m'a pas parlé de vos fiançailles… Félicitations.

Avec un air coupable, elle baissa les yeux vers la

bague ; elle n'avait toujours pas donné sa réponse à David.

— Ce n'est pas officiel.

— Tu portes sa bague, pourtant.

— C'est vrai, mais je n'ai pas dit oui.

— Pas encore, dit-il en levant les yeux vers elle. Ça ne saurait tarder.

Ses yeux avaient pris une teinte plus foncée, plus dure.

— La décision ne m'appartient plus à présent, Ty.

— Comment ça ?

— David sait la vérité sur moi maintenant, murmura-t-elle, au bord des larmes. Il pourrait bien changer d'avis.

L'esquisse d'un sourire se dessina sur la bouche de Ty.

— On peut toujours rêver…

Elle avait souvent pensé que Ty ne la trouvait pas assez bien pour son ami. Pourtant, son dernier commentaire ne cachait-il pas quelque chose de plus personnel ? Ty eut un petit rire avant de poursuivre :

— Aucun risque. Pas avec tout ce qu'il est prêt à faire pour toi.

— Il m'aide à retrouver mes sœurs, dit Ariel, refusant d'admettre qu'elle était au courant pour le revolver.

— Oui. D'ailleurs, que peux-tu m'apprendre sur elles ?

— Mes sœurs ? Je ne sais pas grand-chose. Je ne les connais plus, à présent. Nous étions si jeunes.

— Possèdent-elles aussi des…

Il s'éclaircit la gorge avant de chuchoter :

— … des dons ?

— Je ne sais pas. Lorsque nous étions petites, elles n'en ont jamais parlé.

Enfant, elle n'avait jamais raconté à ses sœurs qu'elle avait vu le fantôme de leur grand-mère. Ni à sa mère, d'ailleurs. Elle n'était pas certaine de ce qui était réel ou pas, à cause de toutes les mascarades que sa mère mettait en place pour ses clients.

Elle caressa du doigt le visage de la petite fille du milieu sur la photo. Sa mère aussi était celle du milieu, comme Ariel.

— Ma mère était la seule à posséder des dons. Peut-être suis-je la seule également. Si c'était le cas, mes sœurs n'auraient aucun moyen d'être averties du danger qui les guette avant que je ne les retrouve…

Si le tueur n'arrivait pas le premier.

Ty la regardait d'un air stupéfait.

— Tu ne me crois pas, accusa-t-elle, en refoulant la frustration qui l'étouffait.

Combien de personnes, à la télévision, se vantaient de posséder des dons semblables ? Pourtant, personne ne semblait prêt à accepter qu'elle les possède. N'était-elle pas assez célèbre pour cela ?

— Non, Ariel, ce n'est pas ça.

— Alors quoi ?

— D'un point de vue policier, je serais d'avis de concentrer les recherches sur celui qui les menace plutôt que sur tes sœurs. Il est plus facile de retrouver une personne que deux.

— Tu penses que je ne devrais pas chercher Elena et Irina ?

— Cela n'est peut-être pas utile…

— Parce que tu penses qu'aucune de nous trois n'est en danger ?

— Ce serait idiot de ma part de penser une chose pareille.

Ty était tout sauf un idiot.

— Je pense juste que tu cherches les mauvaises personnes. Un flic ne cherche pas les prochaines victimes. Il enquête pour trouver la personne suspectée des crimes déjà commis.

Ariel frissonna. L'idée que ses sœurs et elle étaient des victimes était particulièrement désagréable.

— Tu dois trouver le tueur, expliqua Ty.

Ariel sentit son pouls s'accélérer en entendant une clé tourner dans la serrure de la porte d'entrée. Elle ne craignait pas que le tueur l'ait retrouvée. Non, c'était David qu'elle redoutait de voir.

Des bruits de pas se firent entendre dans l'entrée, puis derrière Ariel dans le salon, où elle s'était installée dans son fauteuil préféré, son ordinateur portable sur les genoux. Un souffle chaud vint lui caresser la nuque, à la naissance de ses cheveux relevés en queue-de-cheval. Elle ferma les yeux en sentant un léger baiser se poser sur la joue. Un frisson la parcourut au contact délicieux des lèvres sur sa peau.

Il lui était impossible de rester insensible et distante, comme elle avait eu l'intention de le faire. Elle voulait tout faire pour lui simplifier la vie.

— David…

— Tu es en colère contre moi, dit-il.

Elle s'efforça de ressentir de la colère ou, au moins, de l'indignation.

— Je devrais l'être.

— Avec tous ces événements, soupira-t-il, je voulais m'assurer que tu étais en sécurité. Mais je sais à quel point tu tiens à ton indépendance.

Ce n'était pas vraiment un choix. Jamais elle n'avait pu compter sur personne. Elle baissa les yeux vers le diamant qui ornait sa main. Pouvait-elle enfin croire le contraire, à présent ? Elle ferma les yeux pour ne plus voir David ni la bague. Elle ne voulait pas l'impliquer plus qu'il ne l'était déjà.

— J'ai demandé à Ty de te suivre, parce que je ne voulais prendre aucun risque, expliqua-t-il.

— Au cas où il y aurait *vraiment* quelqu'un qui cherche à me faire du mal ? demanda-t-elle, puisant dans ses vieilles rancœurs pour prendre un ton plus dur encore.

David secoua la tête, lui caressant le visage de ses mèches blondes.

— Je ne veux pas me battre avec toi. Tu ne réussiras pas à me repousser cette fois-ci.

— Ce serait pourtant un grand service que je te rendrais.

Il posa les deux mains sur ses épaules, pressant sa joue contre la sienne.

— Tu ne te débarrasseras pas de moi aussi facilement.

Elle, non. Mais le tueur ? Tenterait-il de se débarrasser de David, si celui-ci continuait à lui mettre des bâtons dans les roues ? C'était un risque qu'elle n'était pas prête à prendre. Pas avec David.

— Quelle chance avons-nous, toi et moi, si tu ne me crois pas ?

— Le problème n'est pas que je te croie ou non, mais tu ne sais pas toi-même ce qui s'est vraiment passé. Quelqu'un a pu tuer tes deux tantes pour une tout autre raison. Pour la terre. Pour l'argent. Qui sait ?

— C'est pour ça que je dois le ou la trouver.

— *La* trouver ?

— Oui, ce descendant des McGregor peut tout aussi bien être une femme.

Elle avait pourtant écarté cette possibilité à cause de la force physique nécessaire pour pendre sa première tante et transporter toutes ces pierres sur le corps de la seconde.

— C'est donc ce que tu veux faire, dit-il, en jetant un regard vers l'écran de son ordinateur. Tu cherches les McGregor ?

— J'essaie.

Elle en avait trouvé tant qu'elle ne savait pas par où commencer pour cibler ses recherches.

— Pourquoi ne m'as-tu pas demandé de t'aider ?

Elle refusait de faire encore souffrir David en le repoussant une fois de plus. De nouveau, elle déforma la vérité.

— Tu travailles déjà à retrouver mes sœurs.

David poussa un soupir de rage impuissante.

— Je n'arrive pas à accéder à leurs dossiers. Je suis désolé.

— Moi aussi.

Elle voulait retrouver ses sœurs, mais pas simplement pour les avertir. Après la réaction de David apprenant son passé, elle se sentait prête à risquer une rencontre. Elle se sentait plus forte qu'elle ne l'était à dix-huit ans, lorsqu'elle avait cherché à les retrouver pour la première fois.

— Je n'ai pas l'intention d'abandonner, Ariel.

Parlait-il de ses recherches ou de leur relation ? Elle devait lui donner une réponse à sa demande en mariage. Celle qui lui venait spontanément était « oui », mais elle ne parvenait pas à articuler ce simple mot. Non seulement elle sentait que cela aurait été malhonnête envers lui, mais elle craignait aussi qu'il ait changé d'avis. Peut-être n'était-elle pas aussi forte, après tout.

Il s'assit à côté d'elle et lui passa un bras autour des épaules. Quelque chose le gênait et, passant la main derrière son dos, il sortit un dossier d'entre les coussins.

— Qu'est-ce que c'est ?

— Tu l'as déjà vu. C'est mon dossier.

— Tu l'as depuis longtemps, dirait-on, constata-t-il en retournant dans ses mains la chemise beige.

— Très longtemps.

— Tu as déjà tenté de retrouver tes sœurs auparavant ?

— Oui.

— Pourquoi as-tu abandonné ?

Lui prenant le dossier des mains, elle se mit à feuilleter distraitement son contenu.

— Il n'y a rien là-dedans qui puisse m'aider à les retrouver.

Les documents ne parlaient que d'elle, de son enfance. De sa solitude.

— Je dois avouer que cette histoire de chasse aux sorcières me laisse plus que perplexe, cela dit. La famille McGregor a pu s'éteindre depuis longtemps.

C'était ce qui risquait d'arriver aux Cooper, si quelqu'un continuait à les éliminer un par un.

— Alors, qui a tué ces femmes ?

— Je ne sais pas... Un autre ennemi, peut-être quelqu'un qui se sert de la vendetta pour déguiser son mobile.

— David... Je n'avais jamais revu ma mère et je ne me souviens pas de mes tantes. Je ne sais pas qui pourraient être leurs ennemis.

— Nous allons les chercher.

Ariel lui tendit son ordinateur.

— Tiens, je te laisse chercher.

Elle se leva pour s'étirer, tenant toujours son dossier.

Cela faisait longtemps qu'elle ne l'avait pas lu, mais elle se sentait plus forte à présent. Elle feuilleta les divers documents, jusqu'à trouver celui qu'elle cherchait : la plainte qui avait été déposée contre sa mère et qui l'accusait d'être inapte à élever ses filles. Seul un ennemi pouvait déposer une plainte pareille.

— Thora Jones.

— Quoi ? demanda David en levant les yeux de l'écran.

— C'était une ennemie de ma mère.

— Mais encore ?

— C'était peut-être la femme d'un des hommes que ma mère a séduits. Ou une cliente escroquée pendant une séance.

— Je ne comprends pas…

— En plus de voir des morts, j'ai joué les fantômes pour ma mère, à l'occasion, expliqua Ariel avec un rire amer. Malgré ses talents véritables, il lui arrivait souvent de tromper les gens. Elle affirmait leur rendre service ; elle prétendait qu'il valait mieux mentir parfois que de dire la vérité. Un vieux proverbe gitan.

— Te souviens-tu de Thora Jones ?

— Non. Mais je n'avais que neuf ans ; je ne me souviens pas de tout.

— Tu n'as pas oublié la légende.

— C'était le genre d'histoire qui marquait une enfant. J'en ai fait des cauchemars pendant des années.

Combien de fois s'était-elle réveillée en hurlant, tremblante dans son lit, sans personne pour la consoler ?

— Ariel…

— Non ! s'écria-t-elle, en levant fièrement le menton. Pas de pitié. Surtout pas venant de toi.

David s'efforça de sourire.

— Thora Jones, reprit-il pour changer de sujet.

Il répéta plusieurs fois le nom, l'air perplexe.

— Ça te dit quelque chose ?

— As-tu une adresse dans le dossier ?

Ariel parcourut de nouveau la plainte et un mauvais pressentiment l'étreignit lorsqu'elle découvrit les coordonnées de la femme.

— Elle habite ici, à Barrett.

— Je me disais bien que ce nom m'était familier.

— Et si c'était une McGregor, David ?

— Ariel, elle a déposé cette plainte il y a vingt ans. Comme tu l'as dit toi-même, elle pouvait avoir mille raisons pour douter de la capacité de ta mère à élever ses enfants.

— Tu penses que c'était une mauvaise mère, toi aussi, c'est ça ?

Une lueur de compassion passa dans le regard de David.

— Ce que tu viens de me raconter sur les séances et les hommes… ça ne semblait pas l'environnement idéal pour des enfants.

— Non, c'est vrai, admit-elle, avec regret. C'était pourtant bien mieux que ce j'ai connu par la suite.

Même si Thora Jones n'était pas une McGregor, Ariel avait bien envie de dire deux mots à cette femme qui avait détruit sa seule véritable famille. Elle prit son sac près du canapé et se mit à chercher ses clés de voiture.

— J'espère qu'elle vit toujours à la même adresse...

— Il n'est pas question que tu y ailles toute seule, intervint David, en lui saisissant la main. Je ne te laisserai pas me tenir encore une fois à l'écart, Ariel.

Ses doigts étaient chauds et ses paroles se fondirent en elle. Elle leva les yeux vers lui, apercevant son propre reflet dans les deux pupilles sombres. Il se pencha vers elle et ses lèvres frôlèrent les siennes une première fois, puis une deuxième, avec juste assez d'ardeur pour lui couper le souffle.

— David, c'est sans doute une vieille dame, aujourd'hui. Je ne risque rien.

— Je viens avec toi, répéta-t-il, sans tenir compte de ses protestations.

Lorsqu'ils sonnèrent à l'Interphone installé près des grandes grilles en fer forgé de la résidence, Ariel se sentit soulagée de ne pas être seule. Elle avait beau être devenue plus forte, elle ne se sentait pas très sûre d'elle.

Regardant à travers le pare-brise de la voiture de David, elle se rendit compte que l'énorme bâtisse de brique ne ressemblait pas du tout à une résidence de particulier. La structure imposante et le jardin entièrement clos lui faisaient plus penser au sanatorium dans lequel on l'avait de temps en temps enfermée au cours de son enfance.

— Tu es sûre que c'est ici ? demanda-t-elle.

— Oui, la résidence Jones. Dire que tu trouves mon appartement impersonnel !

Elle ne le lui avait jamais avoué, en réalité. Comment faisait-il pour la connaître aussi bien ?

— Il y a vraiment des gens qui habitent ici ?

— Tu dois être la seule personne de Barrett à ne pas connaître la résidence des Jones, dit David en éclatant de rire. L'argent des autres t'importe peu, comme d'habitude.

C'était peut-être ce détail qui la rendait complètement folle à ses yeux, plus que les fantômes qu'elle voyait.

— Tu as changé d'avis ? demanda-t-il soudain.

Elle fit signe que non, bien déterminée à affronter la femme qui était à l'origine de ce cauchemar.

— Avez-vous rendez-vous ? coassa une voix dans l'Interphone.

— Je suis David Koster, répondit-il simplement, sans confirmer ou infirmer le prétendu rendez-vous.

Grâce à sa position à Barrett, où qu'il se rende, il n'avait pas besoin de rendez-vous. Comme par magie, les grilles en fer forgé s'ouvrirent. Ariel se rendit compte de nouveau que David avait bien fait de venir avec elle. Sans lui, elle serait sans doute restée devant le portail. Lorsque David avança la voiture jusqu'à l'imposante porte d'entrée de chêne et de cuivre, elle le prit par le bras.

— David, je voudrais que tu restes ici. J'ai besoin de gérer ça toute seule.

Il la regarda d'un air peiné.

— Me laisseras-tu un jour t'aider, Ariel ?

Elle savait ce qu'il demandait : lui ferait-elle un jour confiance ? Elle ne connaissait pas la réponse à cette question, mais elle pouvait au moins essayer d'être honnête avec lui.

— David, je t'ai ouvert mon cœur comme à personne d'autre avant.

Un petit sourire se dessina sur les lèvres de David et il lui posa une main sur la joue.

— Tu sais bien que j'aime faire mieux que les autres.

— David…

Il reposa la main sur le volant.

— D'accord, je reste ici. Mais toi, tu restes dehors afin que je puisse garder un œil sur toi et m'assurer qu'il n'y a aucun problème.

Elle ne risquait sans doute rien physiquement, mais elle était moins sûre de sortir psychologiquement indemne de sa rencontre avec la femme qu'elle soupçonnait d'avoir détruit sa vie. Les mains moites, elle se débattit un instant avec la poignée de la portière avant de sortir de la voiture. Ses bottes claquèrent de façon irrégulière sur l'allée de galets quand elle s'avança vers la porte d'un pas hésitant. Elle ne vit aucun bouton de sonnette, juste un heurtoir de vieux cuivre qui avait la forme d'une tête de cerf. Il devait y avoir une caméra de surveillance cachée quelque part, car à peine avait-elle frappé que la porte s'ouvrit.

La femme blonde qui apparut sembla hésiter un instant, comme éblouie par la lumière vive du dehors.

— Vous n'êtes pas David Koster.

— Et vous n'êtes pas Thora Jones.

Elle était bien trop jeune pour être la femme qui avait accusé Myra d'être incapable d'élever ses enfants vingt ans plus tôt. Elle n'était sans doute qu'une adolescente, à l'époque. Ariel sentit son cœur battre à coups redoublés. Etait-ce possible ? Ces cheveux blonds. Ces yeux d'un bleu de givre incroyable, presque surnaturel. Elle tenta de retrouver dans ce visage adulte les traits de l'enfant qu'elle avait connue.

Cette femme était-elle réellement sa grande sœur ? Malgré une ressemblance physique troublante, elle n'avait plus rien du charme sauvage dont Ariel se souvenait. Elle était devenue une étrangère. Elle semblait à sa place dans cette maison froide et impersonnelle, vêtue de son chemisier gris et de son pantalon de lin blanc. Impossible de la confondre avec la femme de ménage, avec ses boucles d'oreilles en diamant, son rang de perles et son petit air de supériorité.

— Thora est ma grand-mère. Elle n'est pas disponible pour l'instant, dit la femme en se reculant comme pour lui refermer la porte au nez.

— Vous êtes Elena Cooper.

Les mots avaient jailli comme une accusation. La

femme releva brusquement la tête et regarda Ariel de haut.

— Je m'appelle Elena Jones-Phillips.

Le nom de famille importait peu. Ariel venait de retrouver l'une de ses sœurs.

9

Une grande tristesse envahit brusquement Ariel. Ainsi, tandis qu'elle grandissait parmi des étrangers, Elena connaissait le bonheur d'un vrai foyer, grâce à la femme qui avait dénoncé leur mère aux services sociaux… Et au lieu de combattre l'accusation de Thora Jones, Myra avait déposé les armes et renoncé à ses filles. Elle les avait abandonnées.

Ariel sentit ses genoux faiblir. Elle avait peine à croire que après toutes ces années, elle avait retrouvé sa sœur presque par hasard.

— Et vous êtes ? demanda Elena, avec un trémolo dans la voix, comme si elle redoutait la réponse.

— Tu sais bien qui je suis, dit Ariel, comprenant que le temps d'hésitation marqué par la jeune femme lorsqu'elle avait ouvert la porte n'avait rien à voir avec l'éclat du soleil.

Elena l'avait reconnue et à présent elle était sous le choc. Comme Ariel l'avait envisagé lorsqu'elle avait dix-huit ans, ses sœurs — celle-ci du moins — ne semblaient guère émues de la revoir. Le cœur déchiré, elle livra une bataille muette pour retrouver son souffle… et sauver son orgueil.

— Heureusement que je n'espérais pas des retrouvailles émouvantes.

— Dans ce cas pourquoi es-tu ici ?

— Pour te mettre en garde.

Elena cligna plusieurs fois les yeux.

— Contre quoi ?

— La malédiction.

Un sourire méprisant naquit sur le visage d'Elena.

— Voyons, tu parles des radotages d'une femme instable, commença-t-elle avec fermeté. Rien de tout cela n'était vrai. Ce n'était que le fruit de ses délires d'alcoolique et de droguée. La malédiction, la vengeance, les pouvoirs… Tout était inventé.

— C'est ce que j'ai cru, parfois, soupira Ariel, en se souvenant des cauchemars qui la laissaient trempée de sueur au réveil. Mais je n'avais qu'à regarder ceci…

Elle leva le poignet pour montrer la petite amulette de métal. Elena, elle, ne portait qu'une élégante montre en or.

— Cela fait vingt ans…, dit Elena avec un sourire froid et dur. J'ai tout oublié de ma vie d'avant. Rien de tout cela n'a d'importance à mes yeux, à présent. Rien… ni personne.

Ariel s'efforça de garder son calme. Il ne restait rien de la petite fille qu'elle avait connue dans cette femme froide et hautaine. Pourtant, au nom de l'amour qui les avait autrefois unies, elle devait l'avertir.

— Oui ? Eh bien, il semble que quelqu'un ne nous ait pas oubliées, lui. Nous sommes les dernières Cooper à être encore en vie. Les autres ont toutes été assassinées.

Elena poussa un gémissement surpris.

— Irina ?

— Je ne sais pas.

— Mama ?

Ariel se contenta de hocher la tête. Elle sentait les larmes lui brûler les yeux, mais refusait de les laisser couler devant cette étrangère. Les fantômes pouvaient-ils pleurer ? Leur mère flottait doucement à leur côté, enveloppée de brume et de lumière, et Ariel crut apercevoir une larme étincelante sur sa joue translucide. Ariel s'était habituée à voir leur mère apparaître ainsi, mais elle guetta la réaction d'Elena. Celle-ci déglutit avec peine en entendant la nouvelle, mais ne montra aucun signe de panique. Elle ne voyait apparemment pas leur mère.

— Quand a eu lieu l'enterrement ?

— Il n'a pas encore eu lieu… Personne n'a retrouvé le corps.

— Mais comment sais-tu… ? demanda sa sœur, perplexe.

— Je les vois… tous… Tous ceux qui sont morts, balbutia Ariel en baissant la tête.

— Non, c'est impossible. Tu es comme maman. Soit

tu inventes, soit c'est ton imagination qui te joue des tours. Je ne veux pas revivre ça et recommencer à me demander ce qui est vrai ou pas. Il n'y a pas de place pour ce genre de délires dans mon existence actuelle.

Malgré toutes les rebuffades qu'Ariel avait pu endurer dans sa vie, les paroles de sa sœur l'atteignirent en pleine poitrine, comme si Elena venait de lui broyer le cœur. Elle ferma les yeux, refoulant de nouveau les larmes qu'elle était trop fière pour verser.

— Je ne me trompais pas en imaginant ce genre de réaction de ta part.

— Tu es simplement venue pour m'avertir, rappela sa sœur en reniflant avec mépris. Ça s'est passé il y a si longtemps. J'ai oublié comment elle s'y prenait pour tromper les gens. Leur promettait-elle d'éloigner les mauvais esprits contre de l'argent ? C'est ça ce que tu veux de moi ? De l'argent ?

Ariel sentit que sa main la démangeait et se retint de ne pas gifler le beau visage de sa sœur.

— Ton argent ne m'intéresse pas.

Elena tendit le cou pour regarder par-dessus l'épaule d'Ariel vers la Cadillac noire. David n'avait pas vraiment tenu sa promesse et n'était pas resté au volant de sa voiture. Il était appuyé contre la portière du conducteur, les bras croisés sur son torse musclé. Ses yeux étaient dissimulés derrière des lunettes noires et une brise printanière jouait dans ses cheveux blonds.

— David Koster. Je comprends que mon argent

ne t'intéresse pas. Maman t'a bien élevée, à ce que je vois. Tu es exactement comme elle.

Ariel laissa l'insulte glisser sur elle.

— Peut-être. Comment savoir ? Je ne l'avais pas vue depuis vingt ans, lorsque son fantôme m'est apparu.

Elena se mordit la lèvre inférieure, soit pour ne pas rire des paroles d'Ariel, soit pour tenter de retenir la question qu'elle brûlait de poser.

— Tu n'es jamais retournée la voir… après cette nuit-là ?

— Non. Irina non plus. Elle a été adoptée, tandis que moi, j'étais trimballée de familles d'accueil en foyers jusqu'à mes dix-huit ans.

Elle leva les yeux vers la maison et émit un sifflement admiratif.

— On dirait que tu as connu un meilleur sort que le mien…

— Si ce n'est pas mon argent qui t'intéresse, alors que veux-tu de moi ? demanda Elena en redressant fièrement les épaules.

— Ton aide. Je dois retrouver Irina.

— Pour l'avertir, elle aussi. Pour venir semer le trouble dans sa vie ? Pour lui faire peur ?

Les questions avaient fusé l'une à la suite de l'autre, mais le visage d'Elena était demeuré impassible.

— Pour lui sauver la vie. S'il n'est pas déjà trop tard. As-tu la moindre idée de l'identité de ses parents adoptifs ? A moins qu'elle n'ait retrouvé sa famille paternelle. Sais-tu qui était son père ?

— Non.

— Ah, oui, c'est vrai. Tu as tout oublié.

Ariel décida d'enfouir sa douleur au plus profond d'elle-même.

— Tu ferais bien d'en faire autant, lui conseilla Elena. Va de l'avant. Oublie le passé.

— Non, c'est impossible pour moi. Il y a ce tueur qui refuse de me laisser en paix.

Le visage d'Elena se ferma encore, incrédule.

— Je ne peux rien pour toi, alors.

Reculant d'un pas, elle fit mine de fermer la porte, mais Ariel posa sa main à plat sur le bois pour l'en empêcher.

— Si, tu peux m'aider.

— Je n'ai aucun pouvoir. C'est mama qui avait tout inventé. Ce n'était pas vrai, Ariel. Tu as beau essayer d'y croire de toutes tes forces, rien de cette vie passée n'était vrai.

Ariel faillit se laisser persuader, sentant que le lien qu'elle croyait avoir tissé avec ses sœurs s'était rompu. S'il avait jamais existé.

— Comme tu voudras. Mais avant, j'ai besoin de quelque chose…

L'image des cartes postales avec l'étoile, la lune et le soleil réunis dans un cercle, lui traversa l'esprit. Elle manquait de preuves, mais elle sentait confusément que les trois amulettes — et les trois sœurs — devaient être réunies pour parvenir à vaincre la malédiction et le tueur.

— D'accord, soupira Elena. Combien veux-tu ?

— Pour la dernière fois, je me fiche de ton argent ! C'est l'amulette que je veux. L'étoile.

— Dans ce cas, je suis désolée. C'est impossible.

— Tu ne veux pas me la donner ?

— Cela fait bien longtemps que je n'ai plus cette babiole.

Babiole. Pour elle, ce n'était qu'une breloque sans valeur. Ariel, elle, l'avait toujours considérée comme un précieux héritage familial.

— Tu ne l'as plus ?

— Je l'ai perdue il y a bien longtemps, admit Elena en refermant brutalement la porte.

Ariel baissa la tête devant la porte close. Ainsi le sort en était jeté. Si elle ne parvenait pas à réunir toutes les amulettes, elle était perdue. Le destin, la vendetta s'abattraient sur elle et sur ses sœurs. Le tueur remporterait la partie.

David laissa Ariel s'installer sur l'un des canapés de cuir, tandis qu'il allumait un feu dans la cheminée de marbre. Bientôt, les flammes crépitèrent joyeusement, sans pour autant parvenir à réchauffer Ariel qui ne cessait de trembler.

— Tu frissonnes, dit David en lui passant un bras autour des épaules.

— Je crois que je vais avoir du mal à me réchauffer

après une rencontre pareille, plaisanta Ariel pour tenter de défaire le nœud qui lui tordait le ventre.

— Ça s'est si mal passé que ça ? demanda David.

— Ma sœur n'a pas de cœur, David.

David hocha la tête sans rien dire. Ariel lui avait raconté sur le chemin du retour qu'elle avait retrouvé Elena.

— Je ne la connais pas personnellement, dit David, mais il me semble avoir entendu dire que Thora avait une petite-fille qui s'appelait Elle. Thora Jones n'est pas connue pour sa chaleur et sa bienveillance. Elle a la réputation d'être une femme froide et sans scrupules.

— Alors, sa petite-fille lui ressemble.

— Je suis sûr que certaines personnes pensent la même chose de moi. Il ne faut pas croire tout ce qu'on raconte.

— Elle rejette la vérité ! s'exclama Ariel avec amertume. Elle pense que la légende n'est qu'une invention et qu'aucune de nous ne possède de pouvoirs.

David ne répondit rien. Sans doute était-il d'accord avec Elena, pensa Ariel. Au moins, ne lui avait-il pas fermé sa porte.

— Elle ne veut rien avoir à faire avec moi, David.

David lui caressa la joue, balayant les larmes qui coulaient sans qu'elle s'en rende compte.

— Peut-être a-t-elle simplement peur.

— De quoi ? Elle ne pense pas courir le moindre danger !

Cela la rendait d'autant plus vulnérable, car elle ne

se tiendrait pas sur ses gardes. De plus, sans l'amulette, elle ne serait pas en mesure de se protéger.

— Elle croit sans doute que tu la détestes.

Ariel fit la grimace.

— C'est faux, même si elle n'a pas fait beaucoup d'efforts.

— Elle pense peut-être que c'est inutile, que tu lui en veux à cause de ce que sa grand-mère paternelle a fait à votre mère.

Ariel serra les poings. Elle aurait préféré rencontrer Thora Jones en personne pour lui dire sa façon de penser. Mais comment en vouloir à cette femme d'avoir voulu sauver sa petite-fille de la vie de vagabondage que leur mère leur faisait vivre ? Aucun enfant n'aurait dû connaître cela.

— Elena n'avait que douze ans quand on nous a placées. Si elle avait rencontré sa grand-mère paternelle auparavant, ce devait être avant ma naissance. Elle n'est pas responsable des actes de cette femme. Elena n'était qu'une enfant.

— Tout comme toi et Irina.

C'était la dernière fois qu'elle avait eu l'impression d'être encore une enfant. Dans la petite caravane, lorsque leur mère leur avait remis une amulette à chacune. Ariel toucha le petit soleil d'étain. Elle ne concevait même pas de ne pas le porter.

— Non, David, tu as tort. Elena ne craint pas que je l'accuse de tout. Simplement, elle ne veut pas de moi dans sa vie. Elle ne veut pas se souvenir d'où elle vient. Je n'arrive pas à croire qu'elle…

— Quoi ?

— Elle a perdu son amulette.

Ou l'avait jetée.

Et Irina ? Elle était si jeune lorsque mama leur avait confié les amulettes. Elle aussi avait sans doute perdu la sienne depuis longtemps. Le bijou avait disparu. Comme Irina elle-même. Peut-être pour l'éternité.

— A t'entendre, on dirait que c'est une question de vie ou de mort, fit remarquer David, les sourcils froncés.

Ariel sentit l'air de la pièce lui brûler les poumons. Une lueur orangée apparut dans un coin, noyée dans une brume épaisse qui tourbillonnait autour du fantôme de sa mère. Les yeux noirs de la femme étaient écarquillés de terreur et elle semblait sangloter. Ariel avait pris l'habitude de la voir et ne réagit même pas à l'apparition.

— C'est peut-être le cas. Mama nous a dit que les amulettes nous protégeraient. Chez Marie et Sadie, j'ai retrouvé des cartes postales envoyées par ma mère. Elle signait toujours en dessinant les symboles des trois amulettes entourés d'un cercle, sous son nom. C'est important, David. Et je suis sans doute la dernière à avoir encore la mienne.

Serait-elle la seule à survivre ? Sans la protection de l'amulette, aurait-elle déjà été tuée depuis longtemps ? C'était elle que le tueur avait eu le moins de mal à retrouver.

David tendit la main vers son poignet, afin d'inspecter le petit soleil de plus près.

— Donne-le-moi, Ariel.

— Quoi ? Pour quoi faire ? s'écria aussitôt Ariel, terrifiée.

— Je vais le porter à un laboratoire pour le faire analyser. On verra bien s'il a quelque chose de spécial.

Il ne comprenait que ce qui était logique et rationnel ; comment dans ce cas aurait-il pu l'accepter pour ce qu'elle était vraiment ?

— David, le pouvoir de cette amulette n'est pas mesurable dans un laboratoire…

— Il existe des experts dans ce domaine, Ariel. Des espèces de parapsychologues qui savent comment mesurer ce genre de trucs.

— Ce genre de trucs ? répéta Ariel avec petit sourire, touchée de voir les efforts qu'il faisait pour la comprendre et l'aider.

— Je ne sais pas trop quel est le terme exact, se reprit David, un peu vexé. Mais je suis sûr que je peux me mettre en contact avec ces gens et…

Ariel lui posa un doigt sur la bouche.

— Chut. J'apprécie tout ce que tu fais pour moi, mais tant que nous n'aurons pas attrapé le tueur, il est hors de question que j'enlève mon amulette.

— Tu n'en as pas besoin, Ariel, dit-il d'un air sombre. Je suis là pour te protéger.

Avec une arme à feu ? pensa-t-elle. Elle ne voulait pas gâcher cet instant avec ses doutes, aussi ne lui avoua-t-elle pas qu'elle avait surpris sa conversation avec Ty.

— Je ne sais pas ce que je ferais sans toi, David.

Elle avait perdu Haylee, son travail et tout espoir de voir sa famille un jour réunie. Elle ne voulait pas perdre David, en plus. Se pouvait-il qu'il reste avec elle par pur esprit chevaleresque, parce qu'il voulait la protéger ?

— Chut…, chuchota-t-il, avant de l'embrasser.

Ariel lui passa les bras autour du cou, s'accrochant désespérément à lui. Si elle ne parvenait pas à s'appuyer émotionnellement sur lui, elle pouvait au moins le faire physiquement, jusqu'à ce qu'il la rejette comme l'avait fait sa sœur.

— Je n'ai pas l'intention de partir, murmura-t-il.

— J'espère bien, répondit Ariel avec un petit sourire, tout en défaisant le premier bouton de sa chemise.

— Ariel…, gémit-il de sa voix grave, comme un avertissement.

Sans tenir compte de ses menaces, Ariel ouvrit la chemise, mettant à nu ses épaules et son torse puissant. Après l'avoir longuement contemplé, elle se pencha pour déposer de légers baisers sur sa peau. Ses doigts coururent sur ses muscles et elle le sentit frissonner lorsqu'elle laissa ses lèvres remonter vers la naissance de son cou.

David gémit et ferma les yeux avec une expression

fiévreuse. Ariel savait ce qu'il ressentait ; son propre désir était si fort qu'il en devenait presque douloureux. L'instant d'après, les mains de David remontaient les pans de sa jupe à la hâte et ses paumes à la fois chaudes et rudes caressaient ses cuisses, avant de les écarter d'un geste décidé pour s'attarder sur le cœur de son plaisir à travers le coton de sa culotte.

— David, je te veux… maintenant…

Encore un mensonge. Même lorsqu'elle brûlait de passion et de désir, elle mentait. Ce n'était pas simplement à l'instant qu'elle le voulait, mais toujours. Elle s'apprêtait à lui dire la vérité, à accepter sa demande en mariage, mais elle ne parvint qu'à émettre un vague gémissement, car David venait d'écarter sa culotte et de glisser deux doigts en elle. Elle retira son pull, laissant apparaître ses seins qu'aucun soutien-gorge n'enfermait. Elle se cambra vers David, qui répondit à sa supplique silencieuse en passant une langue furtive sur le bout de ses seins durcis. Il prolongea ainsi sa caresse un instant, tandis que ses doigts continuaient leur douce torture entre ses cuisses.

Ravagée par son propre désir, Ariel sentit un premier orgasme la submerger. Mais elle voulait plus. A tâtons, elle défit la fermeture Eclair du pantalon de David, puis lui enleva son boxer, laissant échapper son membre viril.

— Attends, murmura-t-il, avant d'attraper un préservatif dans son portefeuille.

Toujours logique et en contrôle, malgré le désir qui

brûlait dans ses yeux et les frissons qui le parcouraient. Elle lui mordilla le cou tandis qu'il enfilait la fine membrane de latex, puis il la souleva pour l'asseoir sur ses genoux, s'enfonçant profondément en elle. Ariel hurla son nom, s'agrippant éperdument à lui, tandis que son monde volait en éclats. Une nouvelle fois.

L'odeur de lavande et d'encens chatouilla le nez d'Ariel, la tirant d'un sommeil profond. Avant de se réveiller complètement, elle prit conscience d'autre chose : quelqu'un tirait sur son poignet. Elle entrouvrit doucement les yeux et aperçut David en train de se débattre avec la fermeture de son bracelet. Son cœur se mit à battre la chamade, mais elle se retint de s'asseoir d'un bond pour exiger des explications. Malgré sa peur, elle fit mine de s'agiter dans son sommeil et roula sur le côté, cachant sa main sous l'oreiller.

S'efforçant de respirer de façon régulière et paisible, elle attendit pour voir s'il tenterait de nouveau de s'emparer de l'amulette. Elle entendit le bruit de ses pas sur la moquette et sentit le matelas s'affaisser quand David s'allongea de l'autre côté du lit.

Ses craintes se dissipèrent aussitôt et son pouls reprit un rythme normal. L'amulette devait l'intriguer, sans doute à cause de ce qu'elle lui avait raconté. Impossible qu'il ait été en train d'essayer de la lui dérober. Elle tendit la main vers lui, mais la brume s'épaissit, l'empêchant de l'atteindre.

Par la fenêtre, l'éclat de la lune enveloppait le corps de David d'un halo doré comme ses cheveux. Les muscles de son dos et de ses bras roulèrent souplement lorsqu'il se pencha pour ouvrir le tiroir de sa table de nuit. La lumière changea, passant du doré à un orangé intense, se reflétant sur le métal froid de l'objet dont il venait de s'emparer.

Un revolver.

Ty avait donc accédé à sa demande. Quelle était sa dette envers David ? Quel était exactement le lien qui unissait les deux hommes ? Auparavant, elle considérait que cette histoire était ancienne et ne la concernait en rien. A présent, elle n'en était plus si sûre…

La tension de David était visible, tandis qu'il contemplait en silence l'arme à feu dans ses mains. Il soupira avec force. Ariel était rongée par le doute et la crainte. Ses doigts, toujours tendus vers l'homme qu'elle aimait, se recroquevillèrent sur les draps Elle ne pouvait lui poser les questions qui tourbillonnaient dans son esprit. Lorsqu'il se retourna, elle ferma les yeux, feignant de dormir.

Elle l'entendit se déplacer dans la chambre ; un bruit de tissu froissé l'avertit qu'il était en train de s'habiller. Elle ne rouvrit les yeux que lorsque la porte de la chambre se referma avec un léger cliquetis. Elle se glissa alors de l'autre côté du lit et tendit la main vers la table de nuit. Le réveille-matin indiquait 2 heures en chiffres verts luminescents. Ce n'était pas l'heure qui l'intéressait, mais le contenu du tiroir. Lorsqu'elle l'ouvrit, l'arme n'était plus là.

— Mama, chuchota Ariel, s'adressant au fantôme de sa mère qui flottait dans la brume, les yeux écarquillés. Je dois t'entendre. Il faut que tu me dises que David n'a rien à voir avec la vendetta.

Elle poussa un long soupir.

— Je t'en supplie, mama.

Le fantôme de sa mère se dissipa dans la brume orange, sans un mot. Le seul bruit dans l'appartement était le grincement de l'ascenseur qui descendait vers le hall. David était parti… avec le revolver.

Des grilles et des gardiens. Pensaient-ils vraiment que cela suffirait à le tenir à distance ? Ils n'avaient aucune idée de sa puissance. Ils ne se doutaient pas qu'il était si proche.

Bientôt, il serait encore plus puissant. Dès qu'elles seraient mortes. Mais, avant cela, ses hommes devraient d'abord retrouver la plus jeune des sœurs. Ensuite, il pourrait récupérer les amulettes et les tuer toutes, jusqu'à la dernière.

Il fit glisser le capuchon sur sa tête et sortit du vestibule. De hauts cierges brûlaient sur l'autel, dégageant une colonne de fumée qui s'élevait jusqu'aux voûtes de l'église.

Son église.

Car il était comme un dieu pour ses disciples.

Ces derniers étaient agenouillés devant l'autel. Devant lui. Leurs amples robes noires dissimulaient leurs corps et leurs visages étaient cachés sous des capuchons. Ils ne se moquaient pas des visions qu'il avait. Ils l'adoraient. Ils auraient fait n'importe quoi pour lui. Il n'avait qu'à donner des ordres.

Malgré les robes noires et les capuchons, il les reconnaissait tous. Il les avait choisis avec soin, soit pour leur lignée, soit pour leur soif de vengeance. Tous partageaient le même but.

— Nous devons nous protéger de la sorcellerie et de ses méfaits ! s'exclama-t-il en préambule.

Sa voix retentit dans l'église et se répercuta à l'intérieur de sa tête. Il sentit ses genoux faiblir, chancelant de douleur, mais il refusa de céder. Il devait continuer à se battre. Jusqu'à la mort.

— Nous devons détruire les sorcières avant qu'elles ne manipulent nos esprits et ne volent nos âmes.

Ou pire encore, leurs cœurs.

— Méfiez-vous d'elles. Elles sont rusées. Ne vous détournez pas de votre but. Restez forts.

L'avertissement était aussi valable pour lui-même que pour les autres. Peut-être même plus pour lui-même. Les autres commencèrent à scander en latin l'incantation qu'il leur avait apprise. Il y était question de lutter contre la sorcellerie et de retrouver la puissance perdue.

— *Exstinguo... veneficus...*

Les paroles éclataient dans sa tête comme des coups

de feu, lui causant une douleur lancinante. Un instant, sa vision fut brouillée et les sorcières lui apparurent, vêtues de leurs robes à capuche. Il vit le sourire qui s'étalait sur leurs visages ; elles riaient de l'avoir ainsi trompé et vaincu.

Il sentit la rage s'emparer de lui et, d'un geste brusque, il balaya les cierges de l'autel. Ses suivants poussèrent aussitôt des cris d'alarme, car des flammes dévoraient déjà les manches de son vêtement. D'un geste sûr, il étouffa le feu avant d'être brûlé.

Soudain, il leva les yeux. Malgré la fumée et les larmes qui l'aveuglaient, il aperçut d'abord la brume et cette étrange lueur orange qui manqua l'aveugler. Puis il la vit.

La sorcière qu'il avait brûlée. Elle flottait de l'autre côté de l'autel noirci par le feu, la bouche ouverte en un rire silencieux.

Ainsi, même son fantôme se riait de lui.

10

Haletante, tremblante de peur, Elena se réveilla seule, emmêlée dans les draps de son grand lit vide. Kirk, son mari, était de nouveau en déplacement. Voyage d'affaires, avait-il dit. A en croire le rêve qu'Elena avait fait quelques nuits plus tôt, ce n'était qu'une version officielle.

Cependant, si elle croyait le rêve, ou plutôt les rêves, qu'elle avait faits, alors il lui faudrait aussi croire ce qu'Ariel avait dit. La malédiction était bien réelle. La vendetta et ses rêves — tous ces rêves horribles de meurtres — étaient vrais. Selon sa sœur cadette, les meurtres dont elle avait été témoin en rêve, quelque temps plus tôt, s'étaient déjà produits. Leurs tantes. Leur mère. Pendue, écrasée, brûlée… tout cela s'était réellement produit, comme elle l'avait vu.

Quant au dernier, celui qui mettait en scène Ariel, il se produirait également.

Une douleur sourde la transperça, la forçant à se plier en deux. Le rêve d'Ariel avait tout réveillé : la culpabilité, la peur… c'était déchirant. Elle ferma les yeux de toutes ses forces, tentant en vain de repousser la vision qui s'imposait à elle.

— Faites que ça s'arrête…, gémit-elle.

La jeune femme aux cheveux roux courait de nouveau. L'homme, toujours dissimulé dans l'ombre, la poursuivait. Elena avait le cœur qui battait aussi fort que si elle était elle-même en train de fuir une mort certaine, et une sueur froide collait sa chemise de nuit à sa poitrine.

Elle se recroquevilla sur le lit. Ariel, elle, n'avait pas fui ni cherché à s'échapper. Elle avait été forte. Elle avait complètement accepté qui elle était vraiment.

Une sorcière.

Elena frissonna. La sueur lui glaçait la peau. Elle ne parvenait pas à accepter qui elle était, ni ses pouvoirs. Elle n'était pas comme Ariel. La culpabilité et le regret lui tordaient le ventre. Seigneur, elle avait été tellement horrible envers sa sœur ! Ariel l'avait prise par surprise. Le simple fait de la savoir en vie avait été un choc.

Combien de temps la jeune femme rousse du rêve pourrait-elle continuer à courir avant que l'homme ne sorte de l'ombre pour la rattraper ? Elena appuya les paumes de ses mains sur ses yeux pour chasser la vision. A quoi bon ? Cela ne sauverait pas Ariel. L'homme finissait toujours par la rattraper. La petite amulette d'étain qu'Ariel portait au poignet ne suffirait pas à la protéger. Ce n'était qu'une breloque. Rien de plus. C'était ce que sa grand-mère lui avait toujours affirmé, même si Elena ne croyait pas tout ce que disait Thora.

Dans la pénombre, elle chercha à tâtons la table de chevet et ouvrit le tiroir. Ses doigts s'attardèrent sur un paquet de mouchoirs, puis un livre, avant de rencontrer du métal. Du métal chaud. Elle serra si fort la petite étoile d'étain que les pointes émoussées lui mordirent les chairs et réchauffèrent sa peau glacée.

Contrairement à Ariel, elle ne la portait jamais, mais elle l'avait toujours gardée près d'elle. C'était peut-être pour cette raison qu'elle avait menti à sa sœur : elle n'aurait pas pu la lui donner. Elle aussi espérait que l'amulette la protégerait, car, si ses rêves étaient exacts, alors sa sœur avait raison : quelqu'un avait ravivé la vendetta et recommencé la chasse aux sorcières.

Un éclair déchira la nuit. Pourtant, le temps était calme dehors et, à travers les stores à moitié fermés, le ciel semblait dégagé. Ce n'était donc pas dans le ciel qu'il y avait eu un éclair, mais dans la tête d'Elena. La lumière aveuglante illumina encore une fois la scène qui se déroulait dans son esprit. De nouveau, le souffle lui manqua comme dans son rêve, même si ce n'était pas elle qui courait. A présent, elle connaissait avec certitude l'identité de la femme. C'était Ariel. Ses longs cheveux roux flottaient derrière elle, tandis qu'elle luttait pour distancer l'homme qui la traquait.

Malgré tous ses efforts, la corde se resserra autour de son cou.

Elena se tint la gorge à deux mains, tentant de se libérer de l'étreinte féroce du chanvre contre sa peau. Haletante, elle vit qu'on tirait sa sœur sur le sol, avant de la hisser par le cou. La corde lui arracha son dernier souffle. Elle ne respirait plus. Sa bouche s'ouvrit sur un cri muet et ses yeux turquoise se révulsèrent.

Chassant les larmes qui lui voilaient les yeux, Elena put enfin voir le visage de l'homme qui se tenait près du corps pendu de sa sœur. Enfin, il sortait de l'ombre. Un nouvel éclair illumina ses cheveux dorés et se refléta dans ses yeux sombres et froids. C'était l'homme blond qui accompagnait Ariel. David Koster.

Sous le choc, Elena porta la main à sa bouche pour étouffer un cri. Elle devait avertir sa sœur. L'homme qu'elle connaissait et à qui elle faisait confiance était un tueur. Et elle était sa prochaine victime.

Malgré tous ses efforts, le tueur avait réussi à la retrouver. Ou, du moins, Ariel pensait que c'était lui qui avait laissé la porte d'entrée ouverte et fouillé la maison. Son cœur battait sourdement dans sa poitrine lorsqu'elle pénétra dans le salon inondé de lumière. Sa petite maison ensoleillée avait été visitée de fond en comble ; le plancher de chêne ciré était jonché de papiers, son fauteuil préféré avait été lacéré et la bourre blanche dépassait du tissu comme un os jaillissant d'une plaie béante.

Qui avait pu faire une chose pareille ? Elle ne pouvait imaginer qu'une seule réponse : c'était l'homme qui était responsable de la mort de sa mère et de ses tantes. A moins que… Pouvait-il y avoir quelqu'un d'autre ? Quelqu'un déterminé à protéger sa réputation et sa place dans la bonne société au point de tout faire pour la maintenir à distance ? Comme… sa sœur, par exemple ?

Ariel haussa les épaules. Ce n'était pas le genre d'Elena. Non, elle préférerait sans doute signer un gros chèque pour acheter son silence. Ariel n'avait pourtant pas l'intention de se taire. Elle poussa un cri de rage et chercha du regard quelque chose sur quoi se défouler. C'est alors qu'elle vit la porte d'entrée s'ouvrir en grinçant doucement.

Ce n'était certainement pas le tueur qui revenait sur les lieux de son forfait. C'était plus probablement Ty qui continuait à rendre service à David en la suivant dans tous ses déplacements. Pourtant Ariel avait compris qu'elle devait s'attendre à tout, c'est pourquoi elle sortit la bombe de défense de son sac à main.

— Une vraie fée du logis, dit une voix de femme. Ça n'a pas l'air d'être trop ton truc, le ménage.

— Elena !

La visite de sa sœur la bouleversait plus que le cambriolage de sa maison, mais elle étouffa bien vite l'étincelle d'espoir qui venait de jaillir dans son cœur. Elle ne voulait plus être déçue.

— Mais peut-être devrais-je t'appeler Elle ?

— Seule ma grand-mère m'appelle comme ça, répondit la jeune femme blonde avec un léger sourire.

A la nuance d'amertume contenue dans la voix de sa sœur, Ariel comprit qu'il ne s'agissait pas vraiment d'un surnom affectueux.

— Il va vraiment falloir que je lui parle.

— A Thora ? s'étonna Elena, une lueur d'inquiétude dans ses grands yeux d'un bleu glacial. Pourquoi ?

Ariel sentit la rage monter de nouveau en elle, mais, au lieu de hurler de nouveau pour se soulager, elle retourna dans le salon pour commencer à ramasser les papiers éparpillés.

— Elle sait peut-être quelque chose. Elle doit avoir une idée de l'endroit où se trouve Irina.

— Dans ce cas, je le lui demanderai moi-même, dit Elena.

— Tu acceptes de m'aider ? questionna Ariel, incrédule.

Sa sœur se tenait toujours sur le seuil, comme si elle hésitait à entrer.

— Tu ne crois pas que tu devrais tout laisser comme ça ? demanda-t-elle. En tout cas, jusqu'à ce que la police arrive…

— Je ne l'ai pas prévenue.

— Mais quelqu'un est entré par effraction dans ta maison !

Ariel se leva et s'approcha de la porte d'entrée pour l'examiner.

— Le bois n'est pas abîmé. La serrure non plus. On dirait qu'il n'y a pas eu d'effraction.

— Celui ou celle qui est venu ici avait donc une clé ? demanda Elena, mal à l'aise.

— Non, soupira Ariel. J'ai dû oublier de fermer.

Elle était partie précipitamment, inquiète à l'idée de rencontrer Thora Jones.

— Seuls David et moi avons une clé, ajouta-t-elle.

— David Koster ?

— Oui, tu l'as aperçu hier.

La situation n'était pas idéale alors pour des présentations en bonne et due forme.

— Tu sais, hier, reprit Ariel, quand tu ne voulais pas me voir et que tu étais prête à m'offrir de l'argent pour que je parte… Pourquoi es-tu venue ici, d'ailleurs ? As-tu vraiment l'intention de m'aider ?

Elena, vêtue d'un pantalon léger et d'une chemise de soie beige, fit quelques pas sur la plate-forme de béton qui servait de porche.

— Oui, répondit-elle, en jetant un regard vers sa Lexus gris métallisé.

— Pourtant, continua Ariel avec amertume, tu étais prête à m'offrir de l'argent pour que je parte, hier. Que s'est-il passé ?

Elena refusait toujours de la regarder dans les yeux, contemplant fixement sa voiture, comme si elle avait l'intention d'en finir au plus vite.

— Je fais des rêves, parfois, murmura-t-elle.

Ariel comprit que sa sœur ne parlait pas de ses aspirations personnelles.

— De quoi rêves-tu ?

— Ça dépend. Parfois, ce sont des choses insignifiantes.

— Et le reste du temps ?

— C'est plus sérieux...

Un frisson la parcourut et elle leva enfin des yeux terrifiés vers Ariel.

— En revanche, ils se réalisent toujours.

— Ce ne sont pas des rêves, Elena. Tu as des visions. Des visions du futur, comme mama.

Les yeux d'Elena se mirent à briller d'un éclat étrange.

— Non, c'est impossible. Je refuse ce...

— Ce don, acheva Ariel avec un petit ricanement.

Son propre pouvoir ne lui avait jamais apporté aucun avantage. Au contraire, elle en avait toujours souffert.

— Cette malédiction, corrigea Elena, d'une voix pleine d'amertume.

Peut-être était-il plus facile de voir le passé et ce qui s'était déjà produit. Ariel avait toujours été frustrée de son impuissance à faire quoi que ce soit pour changer le cours des événements. Peut-être était-ce pire de voir l'avenir sans savoir comment faire pour le changer et d'attendre avec impuissance que les événements se produisent...

— Parle-moi de tes rêves, Elena.

Sa sœur descendit les marches qui menaient à l'allée. Elle ne semblait pas décidée à parler de ses visions. D'habitude, les arbres qui bordaient la rue et le petit jardin d'Ariel abritaient l'allée du soleil, mais, ce jour-là, un halo orange enveloppait le jardin et la voiture d'Elena. A l'arrière, dans un siège enfant, une petite fille blonde dormait.

— Tu as une fille !

J'ai une nièce.

Un sourire plein d'amour maternel et de fierté adoucit les traits d'Elena. Son visage devint magnifique.

— C'est Stacia. Elle a quatre ans.

— J'adore les enfants ! s'exclama Ariel, qui mourait d'envie d'ouvrir la portière pour réveiller la petite fille et la prendre dans ses bras.

Elena se tenait entre sa sœur et sa fille. Ariel ne lui en voulut pas ; après toutes ces années, Ariel était une étrangère.

— Je suis institutrice, expliqua Ariel.

— Tu t'occupais beaucoup d'Irina.

— Toi aussi.

— Elle était différente, soupira Elena. Elle était tellement sensible qu'elle semblait savoir ce que tu pensais presque tout le temps.

Ariel aurait bien voulu savoir ce que sa sœur pensait à cet instant. Pourquoi ce front soucieux et ce regard perdu ? En réalité, elle savait.

— Nous pouvons la retrouver si nous unissons nos forces. As-tu déjà rêvé d'elle ?

— Peut-être, répondit Elena en frissonnant. Il y a longtemps. A vrai dire, je ne suis pas sûre qu'il s'agisse bien d'elle. Elle avait de longues boucles brunes comme mama.

Ariel laissa échapper un soupir.

— Cela fait si longtemps que nous ne l'avons pas revue et elle était si petite. Cette femme dont tu as rêvé... avait-elle quelque chose de particulier ?

Elena se mordilla un instant la lèvre inférieure, avant de répondre d'une voix inquiète :

— Elle semblait sale et négligée. Elle avait l'air égaré. On aurait dit une sans-abri.

— J'espère que tu te trompes, dit sombrement Ariel.

— C'est ce que j'ai vu.

Elle semblait sûre d'elle. Ariel se souvint soudain des paroles de sa sœur lorsqu'elle lui avait parlé de ses rêves pour la première fois.

— Tu as dit qu'ils se réalisaient toujours ?

Elena acquiesça en silence. Sa lèvre saignait légèrement, tant elle s'était mordue.

— C'est bon signe. Cela veut dire qu'elle est vivante. Et nous savons où commencer nos recherches.

Les rues, les allées, les terrains vagues. Ariel refoula ses larmes, refusant de se laisser abattre. Le plus important, c'était qu'Irina était vivante. Pour l'instant.

Ariel se rendit compte qu'elle tenait toujours à la main des papiers ramassés par terre dans sa maison.

Parmi les documents, il y avait une des cartes postales retrouvées chez ses tantes. Elle la tendit à Elena.

— Regarde les symboles. Les amulettes. Mama les a entourés. Nous devons retrouver Elena. Nous devons nous réunir. Ainsi, nous pourrons combattre le tueur.

— Je t'ai menti, admit Elena en baissant la tête.

— A propose des rêves ? s'inquiéta Ariel.

— Non, à propos de l'amulette.

Elena porta la main à la poche de son pantalon beige et en sortit la petite étoile d'étain.

— Je ne l'ai pas perdue.

— Dieu merci, soupira Ariel. Espérons qu'Irina a toujours la sienne…

— Prends-la, dit Elena en lui tendant l'étoile. Pour te protéger.

Ariel regarda un instant l'étoile d'étain que lui tendait sa sœur, puis son regard se posa sur la petite fille endormie à l'arrière de la voiture. Sa tête s'agitait d'un côté vers l'autre, comme si elle faisait un mauvais rêve.

— Garde-la. Pour vous protéger, toi et Stacia.

Ariel et ses sœurs n'étaient plus la dernière génération de Durikken. Stacia perpétuait la lignée.

— Je pense que tu en as plus besoin que nous, dit Elena, la mâchoire crispée. J'ai rêvé de toi, aussi.

Ravalant la peur qui s'était soudain abattue sur elle, Ariel se força à demander :

— Raconte-moi ton rêve.

La brume surgit de nulle part et la lumière orange

apparut, enveloppant Ariel et sa sœur. Le fantôme de leur mère apparut. Ariel écouta Elena raconter son rêve d'une voix qui semblait lointaine. Comme si elle n'était que l'écho de leur mère morte, qui tentait de les avertir à travers elle.

— Il fait noir. Tu tentes de fuir…

Ariel avait l'habitude de fuir… ses sentiments, ses craintes.

— Est-ce que quelqu'un me poursuit ?

— Oui. Au début, je ne parvenais pas à voir qui c'était. Il se tenait dans l'ombre. Toujours.

— Tu as fait ce rêve plusieurs fois ?

— Oui. Je me disais que ce n'était qu'un rêve… jusqu'à ce que tu viennes chez moi, hier.

— A présent, tu sais que c'est vrai. Nos pouvoirs. La vendetta.

— J'ai fait d'autres rêves. J'ai vu une femme écrasée sous des pierres. Une autre, pendue.

Sa voix se brisa et elle ajouta, les yeux pleins de larmes :

— J'ai vu notre mère brûlée vive.

Ariel ferma les yeux pour ne plus voir le fantôme de leur mère, ne plus imaginer l'horreur et la douleur qu'elle avait endurées.

— Mon Dieu, Elena…

— Comprends-tu à présent pourquoi je hais ce pouvoir ? Pourquoi je ne veux pas que tout cela soit réel ?

— Je sais.

Elle était peut-être bien la seule personne capable de la comprendre.

— Mais nous pouvons utiliser ces pouvoirs pour l'arrêter. Cette malédiction peut devenir une arme puissante.

— Mais comment ? demanda Elena, désespérée.

— Puisque tu as vu les meurtres, alors tu as vu l'assassin. Peux-tu le décrire ?

— Lorsque ces femmes sont mortes, je ne l'ai pas vu. Soit il se tenait dans l'ombre, soit il portait une longue robe brune et son visage était dissimulé sous un capuchon. Mais, la nuit dernière…

— Tu as fait un autre rêve. Tu l'as vu tuer quelqu'un d'autre, c'est ça ?

— Oui. Toi.

Il fallait bien mourir un jour, d'une façon ou d'une autre, pensa Ariel pour se rassurer. Pourtant, elle ne parvenait pas à dominer la terreur sournoise qui s'était glissée en elle. Même si ce que sa sœur avait vu lui semblait insupportable, elle ne pouvait occulter le pouvoir qu'Elena avait mis tant d'années à admettre.

— Il te rattrape, poursuivit Elena d'une voix tremblante. Puis il te pend, comme il l'a fait avec cette autre femme.

— Marie.

Ce n'était pourtant pas le nom de sa tante qui l'intéressait. C'était celui de l'assassin.

— Tu l'as vu, Elena. Tu peux me le décrire.

— Inutile. Je le connais. Et toi aussi.

Rongée d'inquiétude, Ariel attendit que sa sœur lui révéle l'identité du tueur. Pourtant, rien n'aurait pu la préparer à entendre le nom que murmura Elena.

— L'homme qui va te tuer… c'est David Koster.

Comme lorsqu'elle s'était rendue à Armaya, Ariel avait suivi la lumière orange. Pourtant, elle ne comprenait pas pourquoi celle-ci l'avait guidée jusqu'à cet endroit, le pire quartier de Barrett. Peut-être sa sœur avait-elle raison à propos d'Irina. Mais seulement à propos d'Irina…

Ses talons claquèrent sur le sol de ciment fissuré quand elle passa devant de vieux entrepôts. Des panneaux de tôle avaient été arrachés des murs, révélant l'intérieur des bâtiments. La plupart ne contenaient plus que de vieilles palettes de bois, des caisses et des débris. Les murs et les toits de métal étaient rouillés et décolorés par les intempéries, car l'endroit était abandonné depuis longtemps. Tout comme les gens qui vivaient là.

Malgré la douceur du printemps, Ariel frissonna en imaginant que sa sœur vivait peut-être ici, dans ces rues. Pourvu qu'Elena se soit trompée… sur toute la ligne.

David ne lui ferait jamais le moindre mal. Il l'aimait. Elle voyait son amour briller dans son regard chaque fois qu'elle levait les yeux vers lui. Chaque fois qu'il la prenait dans ses bras ou se couchait contre elle pour unir leurs deux corps.

Elle ferma les yeux et l'image de David tenant à la main un revolver surgit dans son esprit. Avait-il eu l'intention d'utiliser cette arme contre elle ? Où était-il donc parti en plein milieu de la nuit ? Elle n'avait plus aucune nouvelle de lui, depuis. Elle n'avait pas non plus trouvé la force de l'appeler.

Quelqu'un la tira par la manche, la faisant sursauter. Instinctivement, elle s'empara de sa bombe de défense.

— Qu'est-ce… ?

— Mam'zelle, coassa une voix éraillée.

Impossible de savoir s'il s'agissait d'un homme ou d'une femme, sous ces vêtements trop larges et cette casquette. Le printemps était doux dans l'ouest du Michigan et Ariel ne portait qu'une veste légère, tandis que l'inconnu était vêtu d'un lourd manteau et d'une écharpe. Pour se réchauffer ou pour se cacher ?

— Oui ? dit-elle, en tenant plus fermement la bombe.

— Vous cherchez quelqu'un ? Une femme ?

Ariel se rapprocha. Rares étaient les personnes qui avaient accepté de répondre à ses questions sur Irina. La plupart s'étaient enfuies devant cette étrangère un peu trop curieuse à leur goût. D'ailleurs, personne ne connaissait le prénom de sa sœur. Celle-ci avait peut-être même changé de nom après avoir été adoptée.

— Oui, une jeune femme d'environ vingt-cinq ans. Elle a les cheveux noirs, sans doute longs et bouclés. Et des yeux noirs, aussi.

— On dirait bien la Gitane…

— Vous l'avez vue ? demanda Ariel, pleine d'espoir.

— Elle était dans le coin… il y a un petit moment…

— Où ?

— Quelques rues plus loin. Près de l'ancienne église.

Irina s'était sans doute réfugiée là-bas. Par-dessus le toit des vieux entrepôts, le clocher était encore visible. Les cloches pendaient de guingois, maintenues par une ou deux cordes. Se pouvait-il qu'elle soit si proche du but ?

Ariel sortit un billet de sa poche pour remercier l'inconnu, mais celui-ci s'éloignait déjà à la hâte, malgré le poids de ses vêtements d'hiver. Un signal d'alarme se déclencha dans sa tête. C'était trop facile et rien n'avait jamais été facile dans la vie d'Ariel. C'était trop beau pour être vrai. Comme pour David ? Elle s'efforça de chasser ses doutes et ses craintes. Elle n'avait pas de temps pour ça.

Malgré ses soupçons, Ariel se hâta vers l'église, se repérant au clocher pour trouver son chemin à travers les rues. En approchant, elle ralentit pourtant le pas. De chaque côté de la vieille église se dressaient des entrepôts, tous abandonnés. Personne ici ne l'entendrait crier ou appeler, si elle avait besoin d'aide.

Le piège parfait. Elle devait pourtant en avoir le cœur net. C'était la seule piste vers Irina dont ils disposaient, David et elle. Elena s'était trompée. Soit elle avait mal interprété son rêve, soit elle avait menti. Il n'y avait pas d'autre explication… Les yeux pleins de larmes, elle entendit de nouveau l'avertissement d'Elena. *L'homme qui va te tuer... c'est David Koster.*

Aussitôt, la brume l'enveloppa, l'aveuglant davantage, et la lueur orangée apparut. *Mama ! Aide-moi !* Mais aucun fantôme ne surgit. Simplement la brume épaisse et le halo. Une discrète odeur de lavande et d'encens flottait dans l'air. *Mama...*

Ariel regarda autour d'elle, mais la rue était désespérément vide. Une bouteille de vin vide roula du trottoir et se brisa en tombant sur la chaussée. Incapable de renoncer alors qu'elle était peut-être si près du but, Ariel traversa la rue, enjambant au passage la bouteille brisée, et grimpa les quelques marches qui menaient au parvis de l'église. Devant la porte à double battant, elle hésita. Les panneaux de bois étaient couverts de graffitis de toute sorte, des insignes de gangs et des mots en espagnol. Une chaîne rouillée fermée par un vieux cadenas maintenait les deux battants clos. Ariel posa la main sur les poignées et secoua la porte. Les gonds grincèrent et protestèrent, et les panneaux de bois frémirent.

— Il y a quelqu'un ?

Sa voix résonna de façon étrange, comme si elle avait réussi à franchir la porte pour pénétrer dans l'église vide. Quelques mètres plus loin, Ariel remarqua que la planche qui protégeait le vitrail brisé n'était pas clouée comme les autres, mais simplement posée contre l'huisserie. Avec peine, elle souleva le panneau de bois et découvrit un passage assez grand pour qu'elle puisse se faufiler à l'intérieur. Un éclat de verre accrocha le bas de son pull quand elle franchit la fenêtre, mais elle se libéra d'un coup sec.

— Il y a quelqu'un ? appela-t-elle de nouveau.

Sa voix résonna contre les voûtes en ogive du plafond. Soudain, elle ne fut plus seule. Un nuage de fumée mêlé de brume se mit à tourbillonner autour de l'autel et sa mère apparut, agitant les bras frénétiquement. Voulait-elle éloigner Ariel ou au contraire, l'inviter à se rapprocher ?

Ses pas résonnèrent sur le marbre poli par l'âge quand elle s'avança dans l'allée centrale jusqu'aux bancs du premier rang. Quelqu'un était venu là récemment. Elle aperçut des restes de cierges, des morceaux de mèches baignant dans des mares de cire figée. L'autel semblait même avoir pris feu, car la surface de pin était noircie. Ariel sursauta en découvrant que quelqu'un avait gravé des symboles dans le bois calciné. Trois symboles. Une étoile, un soleil et une lune.

Prise de panique, elle porta la main à son poignet et prit l'amulette entre ses doigts. Le contact du métal tiède la rassura et une douce chaleur se déversa dans tout son corps, chassant la peur.

— Ariel !

Le cri avait claqué comme un avertissement. Elle se retourna juste à temps pour apercevoir l'objet de métal qui la frappa à la tempe. Ses genoux cédèrent et elle s'effondra au pied de l'autel.

11

Ariel sentit le sol rugueux et couvert de débris lui mordre la joue. Elle cligna deux fois les yeux, s'efforçant de ne pas perdre connaissance. Soudain, elle entendit de nouveau la voix féminine appeler son nom avec inquiétude.

— Ariel !

La fumée s'épaissit et le halo orangé vint lui réchauffer le corps.

— Mama…

Enfin, elle parvenait à entendre les fantômes… Peut-être parce qu'elle-même était sur le point de passer dans l'au-delà ?

— Ariel !

Une seconde voix retentit et des bruits sourds résonnèrent dans l'église, comme si quelqu'un secouait la porte de toutes ses forces pour l'ouvrir. Plus près d'elle, des bruits de pas firent vibrer le sol et une ombre passa dans son champ de vision. Elle aperçut des chaussures noires et l'ourlet d'une longue robe brune. L'ombre s'éloigna d'un pas rapide vers la porte du vestibule, située derrière l'autel.

Posant les mains à plat sur le sol, Ariel tenta de se relever, chancelant un moment avant de retrouver l'équilibre. Elle se dirigeait déjà vers le vestibule lorsque quelqu'un la retint fermement par le bras.

— Ariel, ça va ?

C'était Ty.

— Ça va…, parvint-elle à articuler

Grâce à l'amulette et à sa mère, qui l'avait avertie du danger, elle avait la vie sauve. Sans leur intervention, elle ne se serait sans doute pas relevée après avoir reçu un tel coup sur la tête. Pire, elle serait peut-être morte à l'heure qu'il était.

— Tu l'as vu ?

— Qui ? demanda Ty. Je t'ai perdue de vue quand tu t'es arrêtée pour parler à ce sans-abri. Bon sang, qu'est-ce que tu fabriques par ici, Ariel ? Tu cherches à te faire tuer ?

— Je pensais avoir trouvé la piste d'Irina.

— Qui te l'a indiquée ? Ce clochard ? se moqua-t-il. Il t'aurait dit n'importe quoi pour quelques dollars.

Ty avait sans doute raison. Si elle n'avait pas payé l'homme en question, quelqu'un d'autre s'en était de toute évidence chargé, afin de la mener jusqu'à l'église. Après avoir jeté un regard vers les symboles gravés dans l'autel, elle décida de ne rien dire à Ty. Elle se massa les tempes en grimaçant de douleur

— Tu es blessée ! s'écria Ty en avisant le filet de

sang qui coulait de son front. Que s'est-il passé ? Quelqu'un t'a attaquée ?

Les mensonges lui venaient si facilement ces derniers temps qu'elle n'eut aucun mal à en inventer un de plus.

— J'ai dû glisser et je suis tombée…

Ty était le meilleur ami de David. Pouvait-elle lui faire confiance ? Pouvait-elle se fier à ces deux hommes ?

Elle se posait toujours la question lorsqu'une vingtaine de minutes plus tard, Ty arpentait son salon en examinant les draps déchirés et les meubles vandalisés.

— Quand est-ce arrivé ?

Ariel gémit en repositionnant la compresse de glace contre sa tempe. La blessure bénigne se refermait déjà. Elle avait eu de la chance… Non, à vrai dire, tout cela n'avait rien à voir avec la chance.

— La nuit dernière, finit-elle par répondre.

— Tu étais avec David ?

Une partie de la nuit, pensa-t-elle, jusqu'à ce qu'il parte avec le revolver. Elle acquiesça, puis fit la grimace quand la compresse frotta contre la coupure. Elle se leva pour aller jeter la glace dans l'évier.

— La porte était ouverte quand je suis rentrée ce matin et j'ai trouvé la maison dans cet état.

— Et tu n'as appelé personne ? Ni David ni moi ? Ni la police ?

Il s'arrêta devant elle.

— Que se passe-t-il, Ariel ?

— A toi de me le dire. Tu me suis partout, lui rappela-t-elle.

— Je comprends maintenant pourquoi David me l'a demandé. Tu as vraiment besoin d'un chaperon !

Il se passa une main nerveuse dans les cheveux, disciplinant ses courtes mèches brunes, comme pour mieux maîtriser sa mauvaise humeur.

— Je ne suis venu ici que tard dans la matinée. J'ai juste eu le temps de voir une blonde partir au volant de sa Lexus.

— J'imagine que tu as vérifié sa plaque, Ty. Tu sais qui c'est.

— Elena Jones-Phillips.

— C'est ma sœur aînée.

— Tu as réussi à retrouver une de tes sœurs ? demanda Ty, d'un ton surpris.

— Par hasard, avoua-t-elle, car elle n'avait décidément rien d'un fin limier.

Quant à son sixième sens, elle aurait mieux fait de l'écouter lorsqu'il lui avait conseillé de ne pas entrer dans cette église.

— David ne t'a rien dit ? demanda-t-elle.

— Je n'ai pas parlé à David de la journée.

Elle non plus ne lui avait pas parlé.

— Ce n'est peut-être pas moi qu'il faudrait suivre…

Ty baissa les yeux sans mot dire. Elle sentit le doute et les soupçons se glisser de nouveau dans son cœur. Elle se doutait que David lui cachait quelque chose, mais de là à croire que les rêves d'Elena étaient vrais…

— Toi non plus, tu ne sais pas ce qui se passe, dit-elle, l'estomac noué par l'appréhension.

Si Ty n'avait aucune idée de ce que faisait David, ni de l'endroit où il se trouvait, peut-être pouvait-elle lui faire confiance. Du moins... autant qu'elle en était capable. Elle avait besoin de se confier.

— Tu n'aurais pas dû lui donner ce revolver.

— Tu es au courant ?

— Oui... Hier soir, il l'a pris et s'est sauvé au beau milieu de la nuit. Ni toi ni moi n'avons eu de ses nouvelles depuis.

— Je suis sûr qu'il aura une explication valable, dit Ty, toujours loyal.

— Evidemment... Il en a toujours une. Même pour expliquer qu'il me faisait suivre. Il le faisait lui-même avant de te demander de t'en charger. Mais selon lui, c'était par hasard. La première fois, il est arrivé devant chez moi au moment même où je partais pour Armaya. La seconde, il était présent avant moi sur les lieux du crime.

— Que veux-tu dire ?

— Ce n'est pas moi, c'est ma sœur, soupira-t-elle.

— Elle est au courant de toute cette histoire ?

— Elle ne sait que ce qu'elle a vu.

— Elle peut voir des trucs, comme toi ? demanda Ty, levant un sourcil interrogateur.

— Non, pas vraiment. Elle voit les choses avant qu'elles ne se produisent. Au moins, elle a une chance de pouvoir aider les gens qui courent un danger. C'est pour ça qu'elle est venue chez moi ce matin. Pour m'avertir.

— On dirait bien qu'elle était un peu en retard, fit remarquer Ty, en désignant la pièce saccagée.

— Pour ça, oui, admit Ariel avec un pauvre sourire. Mais je suis toujours en vie.

— Ariel..., murmura Ty, les yeux écarquillés.

Puis ses réflexes professionnels reprirent le dessus et il l'aida à rassembler et à exprimer les informations dont il avait besoin.

— Reprenons depuis le début. Répète-moi ce qu'elle a dit, ce qu'elle a vu... à propos de toi.

Ne sachant trop comment l'annoncer, elle bafouilla simplement :

— Mon assassinat.

Ty devint blanc comme un linge. On aurait dit qu'il venait de voir un fantôme. Pourtant, Ariel était encore bien vivante. Il lui prit doucement la main.

— Elle se trompe ! Ça n'arrivera pas ! Nous allons te protéger. David ne laissera jamais personne te faire du mal. Il fait tout pour s'assurer que tu es en sécurité. C'est même pour ça qu'il m'a demandé ce revolver. Pour te protéger.

Ariel ferma les yeux, incapable de regarder Ty dans les yeux.

— Elena pense que c'est David.

— Quoi ?

Elle non plus ne voulait pas croire ce que sa sœur avait vu, mais elle devait partager ses soupçons avec quelqu'un. Quelqu'un qui connaissait David mieux qu'elle.

— Elle pense que c'est David qui va me tuer.

— Elle est folle, Ariel ! Ou alors, elle ment.

La première réaction d'Ariel avait aussi été de traiter sa sœur de menteuse. Elle avait hurlé si fort que la petite Stacia avait gémi dans son sommeil. Puis, refusant d'entendre une accusation de plus contre David, elle avait tourné les talons et claqué la porte de sa maison dévastée. Sa sœur n'avait pas cherché à la suivre pour s'expliquer ou se défendre, laissant Ariel seule avec ses questions et ses doutes.

— Pourquoi mentirait-elle ? Qu'a-t-elle à gagner de me voir rompre avec David ? s'interrogea Ariel à voix haute.

Elle avait beau refuser de croire ce qu'avait dit Elena, cette question la taraudait.

— Je ne sais pas, répondit Ty. Tu ne la connais pas, Ariel. Cela fait vingt ans que vous ne vous êtes pas vues. Elle n'est plus la petite fille dont tu te souviens.

— C'est vrai qu'elle est devenue une femme froide et amère.

— C'est elle qui te veut du mal, Ariel. Pas David. Je sais qu'il t'aime. Si ce n'était pas le cas...

Elle sentit ses mains lui serrer plus fort les épaules.

— Mais non... il t'aime. Je le sais.

— Je ne veux pas penser que David puisse un jour me faire du mal.

Elle avait lutté pour faire taire ses doutes pendant si longtemps, mais les mots jaillirent d'elle sans qu'elle puisse les retenir.

— Il était là lorsque nous avons retrouvé ma tante, celle qui est morte écrasée. Je l'ai vu enlever les pierres, et…

— Tu penses qu'il était peut-être en train de les entasser sur elle ?

— Je sais que ça paraît fou ! David ne ferait jamais de mal à personne. Il est tellement bon. Tellement généreux. Tu le connais, Ty. Depuis longtemps.

— Oui, c'est vrai. J'ai grandi avec lui. J'ai même vécu dans sa famille pendant un moment.

— Après la mort de ton père, je sais. David m'en a parlé.

— T'a-t-il expliqué comment mon père était mort ? demanda Ty d'une voix sombre.

— Non… J'ai pensé qu'il s'agissait d'un accident ou d'une maladie.

— Il a été tué, annonça Ty sans la moindre émotion, comme si tout cela ne le concernait que de très loin.

Cela faisait si longtemps qu'il avait peut-être eu le temps de prendre du recul. Le chagrin s'était sans doute estompé avec les années. A moins qu'il n'en ait jamais éprouvé.

— Je suis désolée, Ty.

— Ce n'était pas vraiment le genre d'homme que l'on regrette, précisa-t-il avec amertume. Surtout pas moi. S'il n'était pas mort, il aurait sans doute fini par me tuer… ce jour-là ou un autre.

— Est-ce toi qui l'as tué, Ty ? demanda Ariel, en entendant la culpabilité qui vibrait dans sa voix. Si c'est toi, je suis sûre que c'était un cas de légitime défense. Tu ne dois pas laisser le doute te ronger ainsi. Tu étais encore très jeune, à l'époque, et…

Sinon, il ne serait pas allé vivre avec les parents de David. Il se serait retrouvé seul, comme Ariel, le jour même de ses dix-huit ans.

— Ce n'est pas moi qui l'ai tué, Ariel, l'interrompit Ty.

Ariel poussa un petit soupir soulagé, mais Ty reprit aussitôt :

— C'est David.

Le temps sembla se figer. L'air était immobile. Ariel sentit un précipice s'ouvrir sous ses pieds.

— David ? demanda-t-elle enfin d'une voix blanche.

— Il m'a sauvé la vie, expliqua Ty. Mon vieux me battait à peu près chaque jour. David avait compris ce qui se passait avant même que je ne lui en parle. Il a voulu me protéger.

Un pauvre sourire apparut sur son visage.

— Mais lui aussi n'était qu'un gosse, à l'époque.

— Quel âge avait-il ?

— Onze ans. Jusqu'à l'adolescence, David était plutôt maigrichon. Il savait qu'il n'était pas de taille à défier mon père, physiquement. Alors, il a emprunté l'arme de service de son père. Mike Koster était flic.

Tout comme Ty.

— David a attendu que son père soit couché pour s'emparer de l'arme et venir chez moi. Quand il est arrivé, mon vieux était en train de me flanquer une raclée mémorable… Il… il a pointé l'arme vers mon père et lui a demandé d'arrêter.

— Il ne l'a pas fait ?

— Oh non… Il a éclaté de rire et s'est approché de David. Je ne sais pas si c'est David qui a eu peur et a tiré, ou si mon père a appuyé sur la gâchette par inadvertance en voulant lui retirer l'arme des mains. Peu importe, le coup est parti. C'était un accident.

Ariel se sentait encore coupable de la mort d'Haylee. Elle comprenait donc parfaitement l'impact que son geste pouvait avoir eu sur David. Pareille culpabilité était déjà très lourde à porter pour un adulte, mais pour un enfant… Elle osait à peine imaginer les ravages que cela avait pu produire.

— Il ne m'en a jamais parlé…

— Il n'en parle à personne. Son casier est resté vierge, mais il a toujours peur que quelqu'un apprenne cette histoire et découvre la vérité.

— C'est pour ça qu'il fuit les médias, murmura Ariel.

Cela expliquait beaucoup de choses.

— Je pense qu'il y a peu de risques que quelqu'un découvre la vérité, sinon toute cette affaire aurait déjà été déterrée. Il y a déjà eu beaucoup d'articles sur David, mais il est persuadé qu'il suffirait d'un journaliste un peu plus tenace…

Pour que son secret soit exposé au grand jour.

— Pourquoi me racontes-tu ça ? Pour me mettre en garde ?

— Non, dit Ty, avec un soupir. Je voulais que tu

comprennes que David ferait n'importe quoi pour protéger ceux qu'il aime. Tu sais ce que ça lui a coûté de me demander ce revolver, Ariel ? Depuis la mort de mon père, il déteste tellement les armes à feu qu'il a refusé de devenir policier. Il a rompu avec la tradition familiale… son père et lui ne se parlent quasiment plus à cause de ça.

A moins que ce ne soit parce que David avait tué un homme avec l'arme de son père ? Ty avait sans doute cherché à apaiser ses craintes mais, à présent, Ariel n'avait qu'une chose en tête : si David avait déjà tué auparavant, peut-être était-il capable de recommencer. Même si la mort du père de Ty était un accident, le doute s'était de nouveau insinué en elle.

— Je ne sais pas, Ty…

— Alors, pose-lui la question.

— Lui poser la question ? ironisa Ariel. Tiens, salut David ! Dis-moi, avant que je n'accepte de t'épouser, j'ai une petite question à te poser : es-tu un tueur ?

— Si tu as besoin de me poser cette question, je suggère que tu me dises non tout de suite.

David venait de franchir l'arche qui menait dans le salon. Ariel sentit des émotions contraires livrer bataille en elle : elle était à la fois soulagée de voir que David allait bien et que son escapade nocturne ne s'était pas mal terminée, mais elle craignait aussi qu'il ait surpris leur conversation, découvrant ainsi tous ses doutes et ses hésitations.

— David…

— Je vous laisse, s'empressa de dire Ty, après s'être éclairci la gorge.

— Tu es sûre de vouloir rester seule avec moi ? demanda David, en s'adressant à Ariel, les yeux noirs d'amertume et de douleur. Peut-être as-tu peur ?

Pourtant, Ariel n'était pas seule. Une brume parfumée illuminée d'un halo orange venait de se glisser dans la pièce. Même si elle ne voyait pas encore le fantôme de sa mère, la jeune femme savait que celui-ci n'était pas loin, comme dans l'église, pour essayer de l'avertir, de la protéger… de David ?

Ariel frissonna en repensant à la voix qui avait crié son nom quand elle s'était trouvée près de l'autel. Ce ne pouvait être que sa mère qui cherchait à l'avertir d'un danger imminent, à attirer son attention pour la sauver des mains du tueur. Peut-être le simple fait de retrouver Elena et de voir son amulette avait-il renforcé son pouvoir.

Si elle avait couru le moindre risque à rester seule avec David, sa mère serait venue pour l'avertir. Elle s'aperçut à cet instant que, plus que la présence de sa mère, c'était celle de David qui la réconfortait. Ses doutes s'estompèrent devant l'amour qu'elle éprouvait pour lui.

— Veux-tu que je reste ? lui demanda Ty.

— Non, ça ira…

… même si David estimait qu'il ne pouvait rester plus longtemps avec une femme qui le soupçonnait d'être un assassin. Un cœur brisé n'avait jamais tué personne, sinon elle serait morte bien des années plus tôt. Ty se dirigea vers l'entrée et, passant près de David, murmura :

— Je suis désolé, vieux.

David ne lui accorda même pas un regard, ne quittant pas Ariel des yeux. Il attendit qu'ils soient seuls pour parler.

— Alors comme ça, Ty t'a raconté…

— Il fallait bien que quelqu'un le fasse, fit-elle remarquer, espérant de toutes ses forces qu'il ne l'avait pas entendue parler de ses soupçons à son égard. Tu ne m'aurais sans doute jamais rien dit.

— Non, en effet. Je ne voulais pas que tu me regardes comme tu le fais maintenant.

Sa voix était calme et profonde.

— C'est sans doute ce même regard que tu ne voulais pas voir dans mes yeux. Il y a de la peur dans tes yeux, comme si j'étais fou ou dangereux.

— David, murmura-t-elle, d'une voix douce. C'était un accident. Tu n'avais que onze ans.

— J'étais assez vieux pour savoir ce que je faisais en prenant l'arme de mon père.

— Oui. Tu voulais sauver la vie de ton meilleur ami.

— Je ne sais pas. Je ne saurai jamais s'il aurait pu tuer Ty ou non, ce soir-là.

Il se passa une main sur le visage.

— Et je vis avec ce doute depuis que j'ai onze ans.

— Souviens-toi d'Haylee et de ce que son père lui a fait.

David baissa la tête, comme si le fardeau qu'il portait depuis l'enfance était soudain devenu trop lourd pour lui.

— Ce n'était pas comparable. Je ne sais pas si j'ai bien fait, ce soir-là.

— David, c'était un accident…

— En fait, le juge a appelé ça un « homicide involontaire », puisque j'avais apporté l'arme avec moi. Je savais que ce que je faisais était mal.

Ses yeux sombres brillaient d'émotion, laissant entrapercevoir son âme torturée.

— Et pas n'importe quelle arme…, ajouta-t-il avec un frisson. Quand je l'ai pointée vers lui…

— Tu voulais protéger ton ami.

Il avait aussi demandé à Ty un revolver pour la protéger, malgré son dégoût des armes à feu. Les derniers doutes d'Ariel s'évanouirent, ne laissant en elle que la culpabilité d'avoir un jour pu douter de lui.

— Je ne suis pas sûr que mes parents ont été de cet avis. Ils ne m'ont plus jamais regardé de la même façon, après ça, même si je m'en suis tiré avec un sursis. Parfois, je pense qu'ils auraient préféré que je disparaisse pendant quelque temps. Je crois qu'ils se demandent encore si je ne l'ai pas fait exprès. Si je ne suis pas un assassin.

— David !

— J'ai entendu ta question en arrivant, lui rappela-t-il. Toi aussi, tu as peur, à présent. C'est pour cela que je ne voulais pas que tu saches. Je ne pouvais pas supporter que tu aies peur de moi.

Elle ne pouvait nier qu'il lui faisait parfois peur, mais c'était surtout parce que l'amour qu'elle éprouvait pour lui la rendait vulnérable. Les doutes qu'elle avait nourris n'avaient peut-être été qu'un autre moyen de le tenir à distance, de se protéger, de ne pas tomber encore plus amoureuse de lui.

— C'est mon amour pour toi qui me fait peur, avoua-t-elle.

Elle l'aimait au point de risquer sa vie, rien qu'en restant seule avec lui. Si Elena avait vu juste… Pourtant, l'amour, l'amour véritable, valait bien tous les risques, elle s'en rendait compte à présent. Peut-être trop tard.

— Alors, tu sais ce que je ressens, répondit-il, sans la moindre trace de compassion dans la voix.

— Je n'ai jamais rien ressenti de tel avant, David.

Un amour si fort que plus rien d'autre ne comptait, pas même sa propre vie.

— Je ne sais pas comment m'y prendre avec notre relation. Je tâtonne dans le noir. J'ai besoin que tu me tiennes la main, pour m'aider à trouver mon chemin.

— Il ne fait noir que parce que tu ne me fais pas confiance, Ariel, dit-il, ignorant sa main tendue.

— Je te fais confiance…

Ce n'était pas tout à fait vrai, mais elle essayait de tout son cœur. Pourtant, elle ne savait pas comment s'y prendre. Elle n'avait jamais fait confiance à personne, depuis vingt ans.

— Non, Ariel. Si tu me faisais vraiment confiance, tu ne passerais pas ton temps à essayer de me repousser.

Ariel fit la grimace, incapable de le contredire sans lui mentir. Il y avait eu assez de vérités fausses et de mensonges honnêtes, entre eux deux.

— David…

— Que s'est-il passé ici ? demanda-t-il soudain en désignant le salon saccagé. Tu penses que c'est moi qui ai fait ça ?

Pas jusqu'à ce qu'Elena lui rappelle qu'il était la seule autre personne à posséder une clé.

— La porte n'a pas été forcée…

— Pourquoi aurais-je fait une chose pareille ? demanda-t-il en levant les mains avec impuissance.

Ariel redressa la tête, prête à se battre pour eux, même si lui semblait avoir rendu les armes. Mais comment combattre sans être sûre ?

— Peut-être essayais-tu de savoir si je te cachais encore des choses.

— Est-ce le cas ?

— Elena est venue me voir aujourd'hui.

— C'est fantastique, dit-il d'une voix plus douce. Surtout après son attitude d'hier.

Comme avec Ty, Ariel avoua sans préambule ce qu'Elena lui avait confié.

— Oui ? Eh bien disons que ça l'a un peu chamboulée de me voir en rêve, en train de me faire assassiner.

— Ariel !

Tremblant, il l'attira contre lui pour la serrer dans ses bras. Sa tension était palpable dans tout son corps.

— Elle essaie simplement de te faire peur.

— On dirait bien que ça fonctionne, admit-elle sans fierté en s'éloignant de lui.

Il fallait qu'elle ait la force de lui raconter le reste et elle n'y parviendrait pas, si elle restait blottie dans ses bras.

— Que t'a-t-elle raconté ? demanda-t-il, les yeux noirs de colère.

Ariel inspira profondément, s'imprégnant de l'odeur de lavande et d'encens. Le fantôme de sa mère n'avait toujours pas fait son apparition.

— Ariel, dis-moi ce qu'elle t'a raconté, insista-t-il, avec une pointe d'impatience dans la voix, posant de nouveau les mains sur ses épaules.

— Apparemment, je finis pendue, comme Marie, souffla-t-elle, avec une nonchalance feinte.

— Bon sang !

Elle se mordit la lèvre, mais ne put retenir le reste.

— Et apparemment, c'est toi qui me pends.

— C'est complètement dément !

Les yeux écarquillés, il comprit soudain.

— Oh, Seigneur… Tu crois ce qu'elle raconte, c'est ça ?

Sa douleur était si palpable qu'elle en eut mal pour lui.

— David…

Ses mains glissèrent de ses épaules et il recula d'un pas.

— Tu penses vraiment que je pourrais te faire du mal.

— Non ! répondit-elle faiblement, car elle avait envisagé cette possibilité à maintes reprises.

— Tu crois que je suis responsable de ce qui est arrivé à tes tantes. Tu penses que je suis un *tueur* !

Le mot avait encore plus de poids dans sa bouche, car il avait lui-même tué, même si c'était par accident.

— David, non…

Les larmes coulaient à flots, tandis que des sanglots incontrôlables l'étranglaient.

— Je t'en prie, écoute-moi… Je n'ai pas…

— Pas vraiment ? Juste un peu, c'est ça ? demanda-t-il avec un sourire dur. Ah, me voilà rassuré, alors.

— Je sais que tu souffres, murmura-t-elle, la voix et le cœur brisés. Jamais je ne te ferai de mal volontairement.

— Moi non plus, Ariel. Dommage que tu ne me fasses pas assez confiance pour le comprendre.

— David…

— Non, en fait, tu ne me fais pas du tout confiance. Ta sœur est une étrangère, mais tu la crois. Sa parole est plus importante que mon amour pour toi.

Elle vit la larme qui glissait sur sa joue, même si ses yeux restaient froids et durs.

— Pas la peine de me rendre la bague. Je n'en veux pas.

Il tourna les talons et sortit.

— David !

La porte claqua derrière lui.

Ariel tomba à genoux en sanglotant.

— Mama..., appela-t-elle.

Le fantôme de sa mère n'apparut pas. Celui d'Haylee non plus. Comme tant de fois dans sa vie, Ariel n'avait personne pour la réconforter. Elle était de nouveau seule.

12

La brume se mit à tourbillonner autour du tourniquet et du portique, tandis que le halo orangé se reflétait sur la cage aux singes, à l'endroit où des centaines de petites mains avaient usé la peinture. Haylee, assise sur une des balançoires, s'aidait de ses jambes pour se propulser vers l'avant, pour se balancer toujours plus haut. Le cœur d'Ariel suivait le mouvement, encore et encore.

C'était peut-être pour cela que la petite fille était revenue. Elle avait perçu la peine d'Ariel et savait que sa maîtresse avait besoin d'elle pour la consoler et la rassurer.

Pourtant, personne ne pouvait la consoler. Personne à part David. Ariel baissa les yeux vers sa bague. Malgré ce qu'il lui avait dit, elle aurait dû la lui rendre. Même s'il ne voulait plus d'elle. Elle ne lui faisait pas confiance. Elle aurait aimé en être capable, mais la confiance n'était pas son fort. Peut-être même en était-elle incapable. Après leur rupture, elle était allée jusqu'à vérifier son passé, pour voir s'il ne descendait pas des McGregor, mais elle n'avait rien trouvé. A vrai dire, elle n'avait pas été en mesure de remonter sa généalogie au-delà de trois siècles.

— Je peux aller jouer avec elle ? demanda une petite voix à ses côtés.

Une fillette et sa mère s'approchaient de l'aire de jeux.

— Avec qui ? demanda la mère.

— La petite fille sur la balançoire.

— Mais il n'y a personne, ma chérie.

Ariel se retourna. Sa sœur et sa nièce se tenaient près des barrières. Sa nièce voyait ce qu'Ariel voyait. Stacia leva les yeux vers elle, des yeux bleus brillants d'intelligence, et Ariel comprit que la petite fille voyait peut-être encore davantage de choses.

Elena le savait-elle ?

— Elle est partie, maman, dit Stacia avec un petit soupir déçu.

Ariel jeta un rapide coup d'œil par-dessus son épaule. La balançoire oscillait lentement, mais il n'y avait plus personne dessus. Haylee, la brume et la lumière avaient disparu. Tout était calme.

— Tu as vu quelqu'un ? demanda Elena, d'une voix inquiète.

Ariel acquiesça, sans expliquer à sa sœur que sa fille avait vu un fantôme. Elena n'était sans doute pas prête à accepter l'idée que la fillette était comme elles. Elle commençait à peine à se faire à l'idée que ses rêves étaient réellement prémonitoires et qu'elle avait des visions de l'avenir. En voyant les cernes qui se creusaient sous les yeux bleus de sa sœur, Ariel comprit qu'Elena se débattait encore avec la vérité.

— Pourquoi voulais-tu me voir ? demanda Elena, dès que sa fille fut grimpée sur la balançoire.

— Il fallait que je te parle.

— Pourquoi ? demanda-t-elle, la voix chargée d'amertume. Tu ne crois pas ce que je t'ai dit ?

Contrairement à Ariel, qui portait un jean et un pull, Elena s'était soigneusement habillée pour venir au parc. Elle était vêtue d'une jupe en lin, d'un chemisier de soie bleu et de souliers à talons hauts qui s'enfonçaient dans le sable et les graviers.

— Pourquoi devrais-je te croire ? répondit Ariel.

Ou plutôt, pourquoi l'avait-elle crue ? Pourquoi avait-elle été si prompte à douter de David ? Ce n'était pourtant pas sa sœur qui avait la réponse à cette question.

— Je ne te connais pas. Tu m'as menti la première fois que je t'ai revue, en affirmant que tu n'avais plus l'amulette. Je n'ai aucune raison de te faire confiance.

Elena baissa la tête, fuyant le regard accusateur d'Ariel.

— Tu me tiens pour responsable de ce qui nous est arrivé, voilà vingt ans. Tu crois que c'est ma faute si on nous a enlevées à Mama.

— Pas du tout, affirma Ariel, songeant que David avait raison de penser qu'Elena se sentait coupable. Nous n'étions que des enfants. Nous n'avions aucun contrôle... sur rien. Je suis sûre que ta grand-mère a fait ce qu'elle pensait être bon pour toi.

— Ça, je n'en suis pas si sûre, marmonna Elena, avant de reprendre d'une voix claire : si tu ne me fais pas confiance, alors pourquoi voulais-tu me parler ?

— Je n'ai aucune raison de te croire, pourtant tu as fait naître le doute en moi, avoua Ariel, rongée par la culpabilité d'avoir tant fait souffrir David.

— Tu devais bien déjà avoir des soupçons.

— Je n'aurais pas dû, en dépit de ce que tu as pu *voir.* J'aime David.

— Il est aussi facile d'aimer le mauvais homme que le bon, dit Elena, qui semblait parler d'expérience.

— David est le bon.

Pourtant, il ne lui pardonnerait peut-être jamais son manque de confiance qui, plus encore que ses mensonges, l'avait cruellement blessé.

— Je vois que vous êtes toujours ensemble, dit Elena, en désignant la bague.

— Je ne sais plus trop où nous en sommes, pour être honnête

— Tu es vivante, en tout cas. C'est un détail important. On peut aimer une seconde fois, lui promit sa sœur. En revanche, on ne peut pas vivre une seconde fois.

Ariel n'en était pas si sûre et les commentaires de sa sœur en disaient long sur l'état de son mariage. La malédiction qui frappait les femmes Durikken rendait peut-être impossible toute histoire d'amour heureuse et durable. Ariel en avait plus qu'assez de fuir par peur de souffrir ou d'être rejetée. Elle voulait tenter sa chance avec David. C'était avec lui, plus qu'avec Elena, qu'elle devait parler.

Elle rassembla ses forces et demanda :

— Je veux que tu me décrives exactement ce que tu as vu dans ton rêve.

Elena ferma les yeux. L'idée de revivre sa vision lui était de toute évidence désagréable.

— Mon Dieu, Ariel…

— Tu dois me le dire !

Inquiète de l'entendre ainsi élever le ton, Stacia se retourna.

— Maman ?

— Tout va bien, ma puce, la rassura Elena, en s'éloignant de l'aire de jeux.

Ses talons s'enfoncèrent davantage dans le sable, mais elle ne perdit pas l'équilibre.

— Ce n'est ni le lieu ni l'endroit pour…, commença-t-elle à voix basse.

— Si tu crois que tu t'en tireras comme ça, tu te trompes. Tu largues une bombe sur ma vie et ensuite tu t'en vas. Je veux connaître les détails.

— Je t'ai déjà tout raconté, soupira Elena avec lassitude. Tu cours…

— Où suis-je ?

— Je ne sais pas. Il fait sombre. Je ne vois pas le bâtiment.

— Donc je suis à l'intérieur d'un bâtiment, c'est ça ?

— Je crois.

— Est-ce que tu vois David me pourchasser ? demanda-t-elle, sans laisser de répit à sa sœur.

— Non..., hésita Elena, en se mordant la lèvre inférieure. Je ne le vois pas te poursuivre. Il est caché dans l'ombre, à ce moment-là.

— Quand vois-tu son visage pour la première fois ?

— Quand tu es pendue aux poutres.

Ariel sentait presque la corde se resserrer autour de son cou, mordant la chair, lui coupant le souffle.

— Est-ce que tu vois David en train de me hisser ?

— Non... Je ne vois son visage que lorsque tu as été pendue et que tu es déjà morte.

Ariel sentit un immense soulagement l'envahir.

— Tu n'as pas interprété ta vision correctement, reprocha-t-elle à sa sœur. David n'est pas en train de me tuer : c'est lui qui découvre mon corps.

— Pourtant, il est là, au moment même de ta mort.

— Bien sûr. Il essaie de me protéger, de me sauver la vie.

— Ça n'a pas l'air d'être très efficace, pourtant, fit remarquer Elena d'une voix douce. Tu meurs quand même.

Ariel balaya la réponse d'un geste.

— Non, cela n'arrivera pas. Nous allons arrêter ce tueur.

Ce n'était pas David.

— Et pour cela, nous devons retrouver Irina. Maintenant.

Soudain, un ban de brume surgit de nulle part et

enveloppa l'aire de jeux. Au cœur d'un halo orange, le fantôme de leur mère apparut et Ariel l'entendit distinctement murmurer « oui ».

Des larmes de soulagement coulèrent sur les joues d'Ariel. Enfin, elle l'avait *entendue*. C'était bien la voix de sa mère qui lui avait sauvé la vie, dans l'église.

— Je ne sais pas comment je pourrais t'aider, s'empressa de protester Elena. Je ne sais rien d'Irina.

— Tu as rêvé d'elle. Elle avait l'air de vivre dans la rue.

— Je ne sais même pas si c'était elle ! Elle n'avait que quatre ans, lorsque nous avons été séparées. Je n'ai pas la moindre idée de ce à quoi elle peut ressembler aujourd'hui.

— Alors, comment as-tu su que c'était moi, la femme de ta vision ? rétorqua Ariel, que l'incapacité à comprendre et la mauvaise volonté d'Elena commençaient à mettre hors d'elle.

Si seulement sa sœur voulait bien arrêter de se débattre et accepter son pouvoir… comme elle-même l'avait fait. Elle espérait simplement que sa sœur n'aurait pas besoin d'une rencontre avec le tueur pour y parvenir. Elena tendit la main vers l'une des tresses rousses d'Ariel.

— Grâce à ça. On te reconnaît facilement.

— Tout comme toi.

Avec ses cheveux clairs et ses yeux bleus, il était difficile de croire qu'Elena puisse avoir la moindre goutte du sang gitan de sa mère.

— Irina ressemblait à notre mère… à beaucoup de femmes Durikken, en réalité. Je ne sais si c'est bien elle que j'ai vue en rêve ou un autre membre de la famille. Une tante, une cousine, que sais-je encore ?

— C'est forcément elle, insista Ariel. Il n'y a plus personne d'autre. Il ne reste que toi, moi et…

Elle fit un geste vers l'endroit où jouait sa nièce. La petite fille ne se propulsait plus, mais continuait pourtant à se balancer, comme si quelqu'un la poussait. Peut-être était-ce sa grand-mère qui veillait à ses côtés.

Elena regarda sa fille d'un air soucieux, clignant plusieurs fois les yeux, comme pour retenir des larmes qui menaçaient de couler. Par compassion, Ariel tenta de la prendre dans ses bras, mais Elena recula vivement pour éviter le contact.

— As-tu vu Irina ? Je veux dire, son…

— Son fantôme ? acheva Ariel, préférant ignorer la douleur que lui causait le rejet de sa sœur. Non.

Personne ne l'avait vue. Pas même le sans-abri qui avait prétendu le contraire.

— Si je l'avais vue, il serait déjà trop tard…

— Donc elle est toujours en vie, dit Elena, avec un soulagement évident.

— Pour l'instant.

Comment en être sûr ? Elle avait compris un peu plus tôt dans la journée que, si Irina les avait oubliées, son fantôme non plus ne saurait pas qu'elles existaient. Il fallait donc la retrouver, comme elle l'avait fait pour ses tantes.

— Je ne sais pas ce que tu veux que je fasse, dit Elena. Je ne peux quand même pas me forcer à rêver d'elle. Ce n'est pas ainsi que la... malédiction... fonctionne.

— C'est un don, pas une malédiction, corrigea Ariel, défendant cet héritage qu'elle avait elle-même plus d'une fois maudit.

Elle ne savait pas exactement quand elle avait commencé à l'accepter — avant ou après sa chute dans l'église. Sans l'avertissement de sa mère, elle serait morte à l'heure qu'il était.

— Tu appelles ça un don de voir des fantômes, toi ? demanda Elena, incrédule.

— Ça n'a pas toujours été le cas, avoua Ariel.

Elena n'avait peut-être pas d'affection à lui offrir, mais au moins la comprenait-elle sur ce point. Cette pensée la réconforta un peu.

— Avant, je ne parvenais pas à les entendre, expliqua-t-elle.

— Ils ne te parlaient pas ?

— Ils essayaient, mais je n'entendais rien. Je voyais leur bouche articuler des mots et je savais qu'ils essayaient de communiquer, mais...

— « Tu dois apprendre à écouter, Ariel », souffla Elena, imitant l'accent chantant de leur mère.

Un sourire vint illuminer le visage d'Ariel.

— Je ne comprenais pas pourquoi elle te répétait sans cesse cette phrase, dit rêveusement Elena. Tu as toujours été la plus obéissante. Moi, en revanche. .

— Toi, pas trop, se souvint Ariel, avec un sourire amusé. Je ne lui avais jamais parlé de mon don, mais elle devait savoir quel était mon pouvoir.

— C'est une malédiction, persista Elena. Nous sommes toutes maudites.

Lorsqu'elles étaient enfants, Ariel ne s'était jamais disputée avec Elena. Elle abandonna donc le débat sur le don et la malédiction et se concentra sur ce qui la préoccupait.

— C'est après t'avoir retrouvée que j'ai commencé à entendre ce que disait mama.

Elle lui épargna le récit des circonstances dans lesquelles cela s'était produit.

— Je crois que le fait de t'avoir retrouvée… et d'avoir retrouvé l'amulette aussi… a renforcé mon pouvoir. C'est pour ça que nous devons retrouver Irina. Je sais que si nous sommes réunies, avec les trois amulettes…

— Ne te fais pas trop d'espoir, l'interrompit Elena avec douceur. Elle était si jeune. Il y a peu de chances pour qu'elle ait conservé la sienne.

— Je sais que nous avons besoin de réunir les trois amulettes.

Comme pour confirmer son intuition, le halo orangé s'élargit et enveloppa Ariel, Elena et Stacia. Ariel devait retourner dans l'église où elle avait découvert les trois symboles gravés sur l'autel calciné. Pourtant, elle ne pouvait demander à Elena de l'accompagner. Elle ne pouvait l'exposer à un tel risque, alors qu'elle avait une petite fille qui avait encore besoin d'elle.

Ariel savait à quel point c'était douloureux de perdre sa mère et elle ne voulait pas que sa nièce connaisse la même souffrance.

— Tu as ton amulette ? demanda-t-elle à Elena. Tu la portes ?

— Je ne la porte jamais. C'est impossible.

— Pourtant, elle te protégerait…

— Ton amulette est peut-être une protection pour toi, mais elle représente un danger pour moi, avoua Elena ; sa voix se brisa, trahissant son émotion, alors que ses yeux bleus restaient toujours aussi froids.

— Elena, si tu es en danger, tu dois me laisser t'aider.

— Ne t'inquiète pas pour moi. Ça ira.

De nouveau, sa voix était impérieuse, repoussant Ariel, qui se trouvait pourtant à quelques pas d'elle.

Ariel comprit qu'elle ne pouvait compter que sur une seule personne. Celle-là même qu'elle avait réussi à chasser à force de douter. Mais David n'était plus là.

Les yeux plissés par la douleur, ils les observaient depuis l'orée du bois. Les deux sorcières. Et cette petite fille ? Possédait-elle des pouvoirs, elle aussi ? Sans doute.

Il pouvait les supprimer toutes, d'un seul coup. Il planta ses ongles dans l'écorce de l'arbre derrière lequel il se cachait, tant l'idée de leur mise à mort l'excitait.

Un étrange halo englobait l'aire de jeux où se tenaient les deux femmes. Il aurait pu les noyer toutes les trois, mais les sacrifices devaient être rituels, sinon il ne récupérerait pas leurs pouvoirs. C'est ce qu'Eli avait écrit dans son journal. Même si le grimoire était à présent illisible, chaque mot était gravé dans sa mémoire pour toujours. Il en connaissait le moindre secret et savait comment mener une chasse aux sorcières.

Mais trois d'un seul coup ? Ses ongles s'enfoncèrent plus profondément dans l'écorce et du sang apparut, aussitôt absorbé par l'arbre. Il détestait sentir son cœur s'emballer ainsi, car il savait que c'était la peur qui en était responsable. Il redoutait leurs terribles pouvoirs.

Ces trois femmes réunies pouvaient vaincre le pouvoir qu'il avait amassé et le savoir qu'il possédait. Elles pouvaient revêtir leur longue robe et le brûler vif, comme il avait brûlé leur mère.

Il la voyait à cet instant même, en train de danser dans la brume qui s'engouffrait dans les bois, comme pour le provoquer et le narguer. Bien qu'il l'ait tuée, elle refusait de quitter ce monde. Elle refusait de disparaître.

Il lui faudrait tuer toutes ses filles, pour qu'elle le laisse enfin en paix. Une par une. Il avait attendu suffisamment longtemps qu'elles le mènent à leur jeune sœur. Il s'affaiblissait de jour en jour. Il ne lui restait plus qu'à la retrouver par ses propres moyens. Pour cela, il avait besoin du pouvoir d'une des amulettes.

La rouquine serait sa prochaine victime, la première

des trois sœurs à mourir. A ses yeux, elle était la plus dangereuse des trois, celle qui risquait de le tenter par sa beauté, mais le soleil, son amulette, serait peut-être suffisant pour lui rendre des forces. Au moins le temps de s'emparer des deux autres amulettes. Ensuite, les autres sœurs devraient mourir, elles aussi. Il ne laisserait aucune sorcière en vie.

13

Bien que l'unique reflet dans le miroir fût le sien, Ariel savait qu'elle n'était pas seule dans l'ascenseur qui montait à l'appartement de David. Les fantômes de sa mère et de ses tantes l'accompagnaient.

Elle ferma un instant les yeux pour ne plus voir l'épais voile de brume et de fumée mélangées, et le kaléidoscope de lumière orangée et de faces éthérées. Une fois de plus, elle se rendit compte qu'elle avait plus de chance qu'Elena, car les fantômes disparaissaient lorsqu'elle fermait les yeux. De plus, si elle les ignorait assez longtemps, ils finissaient toujours par s'en aller. Elena, elle, n'avait aucun moyen de combattre ses visions ou de s'empêcher de les avoir.

C'était peut-être ce qu'Ariel avait fait, toutes ces années, lorsqu'elle n'était pas encore en mesure d'entendre les fantômes. Dans son inconscient, elle craignait sans doute ce qu'ils avaient à lui dire et faisait tout pour ne pas les entendre. Ce soir-là, pourtant, le simple fait de les regarder lui était pénible. Elle ne les laisserait pas faire naître de nouveaux doutes dans son esprit et saper la confiance qu'elle s'efforçait tant bien que mal d'accorder à David.

Elle garda les yeux fermés jusqu'à ce que l'ascenseur s'arrête. Lorsqu'elle les rouvrit, elle vit qu'elle était seule. Le hall du penthouse était vide et le salon plongé dans la pénombre. Ariel hésita puis se dirigea vers l'escalier.

Elle croisa David dans le couloir, alors qu'il sortait de son repaire. Avant qu'elle puisse apercevoir l'intérieur de la pièce, il referma la porte derrière lui, mais elle n'entendit aucun verrou claquer. Une fois de plus, son manque de confiance avait dû lui jouer des tours.

David leva alors vers elle des yeux durs et froids et elle vit qu'il n'y avait plus la moindre trace d'amour dans son regard.

— Si tu es venue pour me rapporter la bague, je n'en veux pas, dit-il d'une voix rauque.

— Ce n'est pas pour ça que je suis ici…

Elle ne voulait rien de plus au monde que porter sa bague, devenir d'abord sa promise, puis sa femme… s'il parvenait à lui pardonner.

— Je suis venue pour m'expliquer, si tu acceptes de m'écouter.

— Il n'y a rien à expliquer, ironisa-t-il. La situation est limpide. Tu me prends pour un assassin.

— David, tu dois admettre que ton comportement a parfois pu prêter à confusion. Ma méfiance était légitime. Pour commencer, tu m'as suivie…

— Je t'ai déjà expliqué pourquoi. Tu m'évitais. Je suis venu chez toi pour voir si tout allait bien et je t'ai vue sortir de ton allée en voiture. Si tu ne t'étais pas déjà enfuie une première fois juste après la mort d'Haylee, je ne t'aurais sans doute pas suivie.

Ariel releva le menton avec fierté — encore un mécanisme de défense.

— C'est donc ma faute, c'est ça ?

— Tu passes ton temps à me repousser ou à me tenir à distance, Ariel. Je ne le supporte plus.

— Que tu me croies ou non à propos de la chasse aux sorcières, il y a bien quelqu'un qui me veut du mal. Quelqu'un qui extermine ma famille. J'ai le droit d'être terrifiée. Et je serais stupide de ne pas me méfier.

Or, Ariel était tout sauf stupide. Elle n'avait nullement l'intention de s'excuser de s'être protégée. Elle tourna les talons pour repartir vers l'escalier, mais David la rattrapa par le poignet, la serrant si fort qu'elle sentit le petit soleil d'étain lui mordre les chairs.

— C'est moi qui suis stupide, Ariel. Pardonne-moi.

— Te pardonner ? Pour quoi ?

Tout ce qu'il avait fait, c'était rester à ses côtés par amour pour elle. Pleine de remords, elle sentit sa colère et sa fierté fondre comme neige au soleil.

— Je suis désolée, David. Je n'aurais jamais dû douter de toi.

— Non, c'est toi qui as raison. Tu avais toutes les raisons du monde de maintenir qui que ce soit, moi y compris, à distance. Tu as peur.

Elle avait toujours craint pour son cœur plus que pour sa vie, cependant. Elle s'avança vers lui, prête à risquer d'être rejetée une fois encore. Mais bien décidée à se battre pour son bonheur. Lui passant les bras autour de la taille, elle vint se blottir contre son corps chaud et plein de vie.

— J'ai besoin de toi, Ariel, confessa-t-il, d'une voix troublée par l'émotion. Si tu savais comme tu m'as manqué.

— Ça ne fait que quelques jours, fit-elle remarquer, même si elle aussi avait ressenti ce vide.

Elle avait l'impression de ne pas avoir vu son visage ni senti son corps contre le sien depuis une éternité. Elle ressentait chaque minute passée loin de lui comme une douleur sourde.

— J'ai failli devenir fou d'inquiétude à cause de toi, murmura-t-il en la serrant dans ses bras.

— Tu as demandé à Ty de me suivre.

— Pour te protéger, répéta-t-il. Et pour ma tranquillité, aussi.

— Alors, tu ne me hais pas ?

— Je ne pourrais jamais te haïr, Ariel.

Elle sentit son souffle contre ses cheveux lorsqu'il poussa un soupir à fendre le cœur.

— Seigneur ! Parfois j'aimerais pouvoir te haïr. Ce serait tellement plus facile alors.

— Plus facile pour quoi, David ? demanda-t-elle, avec un mauvais pressentiment qui lui donna la chair de poule.

— De te quitter.

— Tu ne veux plus de moi ? demanda-t-elle en se rapprochant encore de lui pour coller sa poitrine contre la sienne.

— Je crois que je te voudrai toujours... jusqu'à ma mort.

Avec un soupir presque inaudible, il lui posa une main sur la joue et ses lèvres cherchèrent les siennes. Le simple contact de sa bouche réveilla en Ariel un incendie passionné qui acheva de chasser ses dernières craintes. Elle avait beau être une sorcière, c'était lui qui l'avait ensorcelée. Elle était complètement sous son charme, à la merci de son pouvoir.

David la souleva dans ses bras, comme cette autre nuit. Cependant, il n'y eut aucune tendresse, aucune mesure dans son geste, juste un désir brutal et désespéré. Ariel blottie dans ses bras, il se dirigea vers la chambre tout en lui enlevant ses vêtements.

Des boutons ricochèrent comme des balles contre les murs du couloir lorsqu'il lui arracha son chemisier. Il s'attaque ensuite à la légère jupe bohémienne dont les coutures ne résistèrent pas et qui rendit les armes sur le seuil de la chambre.

Au lieu de la poser sur le lit, David la remit sur ses pieds. Ariel sentit ses jambes trembler comme si elle était sur le point de s'effondrer.

— David...

Elle eut à peine le temps de gémir son nom que sa bouche était de nouveau sur la sienne et qu'il glissait sa langue entre ses lèvres entrouvertes. Il parcourut ensuite son corps de ses mains impatientes avec une sensualité brutale, s'attardant en une caresse sauvage sur ses seins. Ses pouces passèrent sans ménagement sur le mamelon, encore et encore. Jamais il ne l'avait touchée ainsi, avec tant de colère et de rancœur, frémissant de désir.

A force de doutes et d'accusations, elle lui avait fait perdre le contrôle de lui-même et avait provoqué ce désir violent. Elle n'avait pas peur, pourtant ; au contraire, cela l'excitait de sentir son désir affamé et furieux venir à bout de ses dernières défenses.

Un gémissement naquit dans sa gorge, mais elle ne put le laisser sortir, car la bouche de David était toujours sur elle, sa langue caressant la sienne. Une de ses mains glissa sur son ventre jusqu'à son mont de Vénus et, sans hésiter, il glissa un doigt en elle, puis deux, suivant le même rythme délicieux que sa langue dans sa bouche.

Un frisson violent parcourut Ariel lorsqu'un orgasme fulgurant la traversa, lui arrachant un gémissement sourd. Elle eut à peine le temps de reprendre pied que David lui glissait ses doigts dans la bouche. Elle goûta la douceur de son propre désir, tandis que David la dévorait des yeux, le regard fou et brûlant.

Elle suça longuement ses doigts, les attirant au plus profond de sa bouche, glissant sa langue entre eux. A présent, c'était David qui frissonnait.

— Ta bouche..., gémit-il. Je veux ta bouche... sur moi.

Nue, elle tomba à genoux devant lui et, d'une main tremblante, descendit la fermeture Eclair de son jean. D'un même geste, elle fit descendre le pantalon et le boxer noir, libérant son pénis qui se dressa, long et dur. Elle referma les lèvres sur le bout gorgé de désir et passa la langue sur la peau douce et fine.

La situation l'excitait terriblement. Jamais il ne l'avait laissée le toucher ainsi, s'exposant ainsi dans toute sa vulnérabilité, se soumettant à ses caresses. Pourtant, il ne s'abandonna pas totalement. Lui glissant la main dans les cheveux, il guida sa bouche en de lents va-et-vient sur toute la longueur de son membre. Son souffle se fit de plus en plus rauque, jusqu'à ce qu'elle le sente se raidir contre elle Il cria son nom, juste son nom.

— Ariel!

Ariel se lécha les lèvres. Elle connaîtrait son goût à jamais. Il ferait toujours partie d'elle, à présent.

— David, je t'aime, murmura-t-elle, en se redressant sur ses genoux pour le serrer par la taille.

David se dégagea. Privée de la chaleur de son corps, elle sentit sa peau nue frissonner. Etait-ce déjà fini? Ne pourrait-il jamais complètement lui pardonner d'avoir ainsi douté de lui? Tandis qu'elle se posait la question, David tomba à genoux devant elle. Lui prenant le visage à deux mains, il l'embrassa, d'abord doucement, avec tendresse, comme il l'avait toujours fait. Mais le désir se raviva et renouvela son emprise sur eux. Les lèvres de David glissèrent le long de sa mâchoire, descendirent vers sa gorge, mordillant la chair de son cou, pour aussitôt couvrir la douce morsure de baisers.

— Personne ne m'avait jamais fait ça, confia-t-il, en lui embrassant l'épaule, chatouillant sa peau nue de son souffle.

La bouche de David continua sa descente, contournant la courbe d'un sein. Soudain, sa langue passa légèrement sur son mamelon dur et érigé. Ariel cria comme s'il l'avait pincée. Il ne tarda pourtant pas à le faire, emprisonnant l'autre bout de son sein entre son pouce et son index, tout en continuant à mordiller, puis à caresser le premier de sa langue.

Ariel tendit tout son corps vers lui, abandonnant toute résistance entre ses mains, le laissant jouer de son corps comme d'un instrument de musique. Elle était traversée de frissons glacés puis brûlants, et l'extase d'un deuxième orgasme vibra entre ses jambes.

Il la fit s'allonger contre le sol dur et s'avança au-dessus d'elle, basculant d'un geste brusque ses jambes pour caler ses genoux sur ses épaules et venir placer ses lèvres sur son point le plus brûlant, le plus sensible. Elle sanglota sans retenue lorsqu'un troisième orgasme la déchira en deux.

— David, oh, David !

Les yeux fermés, elle sentait les larmes qui coulaient sur ses joues, détrempaient ses cheveux emmêlés.

Sans lui laisser de répit, il déchaîna orgasme après orgasme, avant de s'engouffrer en elle, la pénétrant profondément. Rien ne séparait leurs deux corps unis, tandis qu'il entrait en elle et sortait d'elle. Ariel sentit ses muscles intimes se contracter, serrant le membre dur de David tandis qu'un dernier orgasme la traversait avec une telle puissance qu'elle cria. David lui répondit d'une voix rauque avant de se répandre en elle.

Il roula sur le côté et l'attira contre sa poitrine couverte de sueur pour l'isoler du sol froid et dur.

— Ariel…

— Qu'avons-nous fait ?

Ils ne s'étaient pas protégés.

— Je ne sais pas, répondit-il, encore frissonnant. Je n'ai jamais perdu la tête comme ça. Je t'aime tellement, Ariel…

Elle sentit des larmes lui brûler les yeux, mais ne fit rien pour les retenir. Elle ne voulait plus combattre les sentiments qu'elle éprouvait pour David.

— Je t'aime, moi aussi.

Plus important encore, elle lui faisait confiance. Elle devait donc tout lui dire. Il risquerait sans doute sa vie pour retourner avec elle à l'église, mais elle ne voulait plus de secrets entre eux. Elle se blottit contre lui.

— Tu as froid, murmura-t-il en l'aidant à se hisser sur le lit, avant de se glisser tout contre elle, entre les draps.

Ce n'était pas simplement le froid qui la faisait trembler. Elle avait peur.

— David, il faut que je te dise quelque chose...

David se raidit, se préparant peut-être à encaisser une nouvelle accusation.

— J'ai trouvé cette église...

— Ty m'en a parlé. Il m'a dit que tu cherchais Irina. Tu penses qu'elle vit dans la rue ?

— C'est ce qu'Elena pense.

— Elena pense aussi que je suis un tueur. Si elle se trompe sur ce point, elle se trompe sans doute aussi pour Irina.

Ariel acquiesça en silence. Tant qu'Elena n'aurait pas accepté que son pouvoir était un don, elle ne comprendrait pas le sens véritable de ses visions.

— Peut-être. Je n'ai pas trouvé Irina dans cette église, mais j'ai découvert autre chose.

— Quoi ?

Sa voix grave résonnait dans sa poitrine sur laquelle elle avait posé la tête. Malgré la chaleur du corps de David, Ariel frissonna de nouveau.

— Quelqu'un a gravé les symboles des amulettes dans la pierre de l'autel, David. Le tueur est venu là-bas.

— Ce n'est pas sûr...

— Je l'ai vu. Enfin, son ombre. Pas son visage... Il portait une sorte de long manteau, comme un habit de moine.

Le souvenir était encore vif dans son esprit.

— Je n'ai pas trébuché, comme je l'ai dit à Ty. Quelqu'un m'a frappé.

David sursauta et lui prit le visage à deux mains. Il

ne restait aucune bosse, aucun bleu ; juste une mince égratignure sur sa tempe que David caressa du doigt.

— Ariel, tu ne dois pas retourner là-bas.

— Si je veux retrouver le tueur, il le faut. Et je veux que tu viennes avec moi, David.

Il la serra contre lui.

— Ty a déjà mené son enquête. Le quartier est plein de sans-abri. C'est probablement l'un d'entre eux qui t'a frappée, dans l'intention de te voler ton sac. Ou pire...

Il la serra plus fort.

— Mais les amulettes... ?

Il pressa un doigt contre ses lèvres.

— Chut... Nous allons y réfléchir, Ariel. Tu n'as rien à craindre.

Elle aurait dû se sentir en sécurité entre ses bras, blottie contre son torse, mais elle ne parvenait pas à se débarrasser d'un mauvais pressentiment. Elle n'avait peut-être pas le pouvoir de voir l'avenir, comme sa sœur, mais elle avait assez d'intuition pour sentir que quelque chose de grave allait arriver.

S'il n'était pas déjà trop tard...

Ariel ouvrit les yeux dans l'obscurité. Elle tendit le bras, glissa la main sur les draps de satin, mais il n'y avait personne dans le lit. Elle était seule. Encore une fois.

— David...

Personne ne répondit, mais un halo orangé vint éclairer les ténèbres, laissant apercevoir un voile de brume et de fumée dans lequel flottait le fantôme de sa mère. La femme ouvrit la bouche et articula dans un souffle :

— Ariel…

Ariel se plaqua les mains sur les oreilles, comme lorsqu'elle se réveillait d'un cauchemar, quand elle était petite. Elle en avait assez des cauchemars.

— Non… Va-t'en, supplia-t-elle, redoutant plus que tout ce que sa mère avait à lui dire.

La vision de mama tremblait, tantôt floue, tantôt nette, et s'estompa petit à petit.

Pourquoi voulait-elle chasser sa mère ? Parce qu'elle ne voulait pas entendre ce qu'elle avait à dire… à propos de David ? Parce qu'elle ne voulait pas affronter la réalité ?

Au plus profond d'elle-même, elle ne souhaitait pas que sa mère parte. Des souvenirs s'engouffrèrent en elle, datant de l'époque heureuse de son enfance, alors qu'elle vivait encore avec sa famille. Elle porta la main au petit soleil d'étain, serrant l'amulette entre ses doigts. Comme chaque fois, le métal était chaud. La chaleur de sa peau n'y était pour rien, car, même lorsqu'elle tremblait de froid, le bijou restait chaud. Il portait toujours cette chaleur. Ce pouvoir.

La lumière disparut et les ténèbres reprirent leurs droits. D'une main tremblante, Ariel alluma la lampe de chevet ; un mince cercle de lumière fit reculer l'ombre. Elle ouvrit le tiroir dans lequel David rangeait le revolver. Disparu, lui aussi.

Sa mère n'était pourtant pas partie.

— Ariel..., chuchota-t-elle.

A tâtons, Ariel chercha ses vêtements au pied du lit.

— Mama ?

Une lueur orangée filtra sous la porte. Ariel s'habilla, nouant à la hâte les pans de sa chemise qui n'avait plus de boutons ; le tissu bouillonné de sa jupe masquait les déchirures. Hypnotisée, elle s'avança vers la lueur et ouvrit la porte de la chambre. Un épais rideau de brume et de fumée emplissait le couloir et une forte odeur de lavande mêlée d'encens flottait dans l'air.

— Ariel..., appela la voix depuis la porte du bureau de David.

Tendant une main tremblante, Ariel appuya sur la poignée. La porte s'ouvrit et, après une seconde d'hésitation, Ariel s'engouffra dans les ténèbres. Aucune lumière ne venait éclairer la pièce, pas même celle du couloir. Plutôt que de chercher l'interrupteur sur le mur, Ariel invoqua le fantôme.

— Mama...

La lueur orangée apparut, d'abord aussi faible qu'une chandelle sur le point de s'éteindre, puis elle s'intensifia et la pièce fut baignée dans un halo surnaturel, comme si un feu divin brûlait dans l'air.

Ariel regarda autour d'elle. Les murs étaient couverts de panneaux de bois sombre, en parfait accord avec le bureau en acajou, la bibliothèque et les chaises.

L'endroit respirait la virilité, comme David. C'était véritablement sa pièce, son sanctuaire.

Ariel baissa la tête, hésitant à envahir ainsi un espace aussi privé et personnel. Elle recula d'un pas, bien décidée à partir, lorsque sa mère surgit de la brume.

— Ariel…

— Quoi, mama ? Que veux-tu que je voie ?

Le fantôme s'enfonça plus profondément dans la pièce, indiquant du doigt un pan du mur lambrissé.

— Regarde, Ariel…

Ariel se rapprocha du mur contre lequel se tenait sa mère et aperçut un bouton de porte, presque invisible dans le bois sombre. Elle tourna la poignée et un panneau s'ouvrit en grinçant, révélant un placard secret.

Elle eut soudain du mal à respirer et son cœur se mit à battre à toute allure. A l'intérieur du placard étaient suspendues une affreuse robe brune à capuche et une corde. L'épaisse fibre tressée pouvait n'être qu'une simple ceinture… Pourtant elle ressemblait à s'y méprendre à une corde de pendu.

Son regard tomba ensuite sur des photos et des articles qui avaient été épinglés sur la porte du placard. Tous évoquaient le sort réservé aux sorcières et expliquaient comment leur donner la chasse pour débarrasser le monde de la sorcellerie.

— Oh, non, pitié… Pas David…

Elle sentait encore le goût de ses baisers sur ses lèvres et le poids de son corps sur le sien… Avait-il l'intention de la tuer depuis le début ? Ce ne pouvait être lui qui avait assassiné sa mère en la brûlant vive.

— Non, mama… Dis-moi que ce n'est pas vrai…

La lueur orange s'intensifia jusqu'à devenir aveuglante, comme si l'enfer venait de s'ouvrir sous ses pieds.

— Ariel…

— Est-ce David ? demanda Ariel, tentant de retenir les sanglots qui l'agitaient. Dis-moi !

— Je ne peux pas…

— Pourquoi ? Je dois le découvrir par moi-même ? C'est ça ?

Un sanglot la fit taire.

— Il sera peut-être trop tard, mama ?

Pour ses sœurs comme pour elle. Le fantôme de sa mère désigna la robe.

— C'est ce qu'il portait, avec le capuchon remonté.

C'était l'habit qu'elle avait aperçu sur l'homme qui l'avait attaquée dans l'église.

— L'église…

— Je l'ai suivi jusque là-bas, avoua sa mère. Je ne sais pas si c'est juste un membre de la secte… ou s'il en est le meneur.

— Le tueur.

La prophétie d'Elena résonna alors avec force dans son esprit. *L'homme qui va te tuer… c'est David Koster.*

Ariel grimpa d'un bond les marches délabrées de la vieille église qui menaient aux battants de bois couverts de graffitis. Le cadenas et les chaînes avaient été enlevés, si bien que les portes étaient entrouvertes. De la lumière brillait à l'intérieur, projetant des ombres fantastiques sur les entrepôts alentour, à travers les vitraux brisés. Accompagnée par le carillon de la cloche fêlée, une incantation se fit entendre depuis l'intérieur. « *Exstinguo… veneficus…* »

Ariel frissonna et tenta de rassembler les quelques mots de latin qui lui restaient de l'université pour traduire le texte. *Exterminez la sorcellerie, tuez les sorcières.* Elle aurait dû se sauver, se mettre à l'abri et prévenir la police. Pourtant, elle vérifia que le capuchon de sa longue robe brune dissimulait bien ses cheveux et son visage, et resserra une dernière fois la corde qui lui servait de ceinture.

C'était de la folie de revenir là, surtout après la vision d'Elena qui annonçait sa mort prochaine. Pourtant, Ariel avait la certitude que ce serait encore plus fou de quitter cette église sans chercher à découvrir la vérité. Sur David. Sur le tueur. Elle devait sauver sa famille.

Elle se tenait encore devant la double porte, lorsque la brume se leva, épaisse et impénétrable, inondée de lumière orange. Le fantôme de sa mère se dressa entre elle et l'entrée.

— Je dois le faire, mama. Il le faut…

Pour elle. Pour ses sœurs.

— Ariel, non…, chuchota sa mère, les yeux emplis de terreur.

Ariel fit un pas en avant et pénétra dans la brume et

la lumière, passant au travers du fantôme de sa mère pour pénétrer dans l'église. Au lieu du froid glacé que la croyance populaire associait aux fantômes, elle sentit une douce chaleur l'envahir ; la chaleur de l'esprit de sa mère, de son amour. A l'intérieur de l'église, sa mère disparut, s'évanouissant en même temps que la brume et la lumière, sous les yeux emplis de larmes d'Ariel.

Prenant son courage à deux mains, elle s'avança dans la nef avant de se glisser sur un banc, derrière le dernier rang de silhouettes qui psalmodiaient. Les participants étaient vêtus de robes brunes et leurs visages étaient dissimulés sous des capuchons. Son arrivée passa inaperçue ; ils étaient tous tournés avec recueillement vers le chœur, où un homme dirigeait l'incantation, debout devant l'autel. Il fallait absolument qu'elle s'approche afin de pouvoir l'identifier.

Le cœur battant à tout rompre, elle se glissa vers le bas-côté afin de pouvoir s'avancer discrètement, mais quelqu'un la saisit par le poignet avant qu'elle ait pu quitter son banc. Elle sentit l'amulette d'étain lui mordre la chair. Impossible de se servir de la bombe au poivre qu'elle tenait serrée dans cette main.

— Bon sang, qu'est-ce que tu fiches ici ? chuchota une voix furieuse, à peine audible. Tu veux te faire tuer ou quoi ?

— Ty ! souffla-t-elle avec soulagement.

Si elle avait reconnu sa voix, son visage, quant à lui, restait caché sous le capuchon.

— Viens, il faut que tu sortes d'ici tout de suite, murmura-t-il en la poussant vers la porte.

Elle faillit se cogner contre lui lorsqu'il s'arrêta brusquement. Levant les yeux, elle suivit son regard et s'aperçut que les portes avaient été fermées. Deux silhouettes en robe brune montaient la garde à l'entrée de l'égise.

— Il y a une autre sortie par là, chuchota Ty, en la prenant par le poignet pour la guider plus loin dans l'allée latérale.

Ariel sentit ses cheveux se dresser sur sa tête.

— Comment le sais-tu ?

— Je suis revenu, après t'avoir ramenée chez toi, l'autre jour. J'ai inspecté toute l'église. C'est là que j'ai trouvé cette robe. Il y en avait toute une pile dans le vestibule.

— Et ce soir ? Tu m'as suivie aussi ?

Lorsqu'il fit signe que non, elle comprit.

— Tu as suivi David, c'est ça ?

— C'est toi qui me l'as demandé, lui rappela-t-il d'une voix douce.

Il ouvrit une petite porte dérobée. De l'autre côté, les ténèbres régnaient.

— Il y a un escalier qui descend au sous-sol, chuchota-t-il à son oreille. Il est vieux et pas très solide, mais ce sera toujours plus sûr que de rester ici, avec ces fous.

Sans même attendre son accord, il plongea dans l'obscurité. Ariel maudit la peur qui engourdissait son esprit et faisait trembler ses jambes. Le halo orangé aurait été le bienvenu, pour la rassurer. Mama…

Où était-elle ?

— Ariel…

La voix de Ty retentit, puis elle sentit qu'il la prenait par la main pour l'aider à descendre les premières marches. Ariel faillit trébucher et entendit l'escalier grincer sous ses pas.

— Où est David ? demanda-t-elle, en jetant un regard par-dessus son épaule.

Près de l'autel, l'homme qui dirigeait l'assemblée avait disparu. Ty referma la porte derrière eux, puis alluma une lampe torche. Le mince faisceau de lumière éclaira les toiles d'araignées qui tapissaient la voûte de l'escalier de bois vermoulu.

— Je ne sais pas. Je l'ai perdu de vue en entrant dans l'église.

— Il faut le retrouver, Ty, chuchota-t-elle d'une voix incertaine, sentant ses doutes l'assaillir de nouveau. Je dois savoir si…

— Ce n'est pas lui, trancha son ami.

Quelque chose dans sa voix lui glaça les sangs. Comment pouvait-il être aussi sûr de lui ? Ty était-il le tueur ?

Elle sentit un cri naître dans sa poitrine, menaçant de s'échapper et dut refréner son envie de partir en courant, de crainte d'alerter les autres adeptes. Il ne fallait surtout pas qu'ils découvrent qui elle était. *Tuez les sorcières.*

— Où est l'autre sortie ? demanda-t-elle d'une voix blanche, s'efforçant de dissimuler les soupçons qui lui tordaient l'estomac. Ça ressemble à une cave…

— Il y a une porte qui donne sur l'extérieur.

Malgré elle, elle ralentit le pas, tandis que Ty la tirait en avant. Pouvait-elle lui faire confiance ? Le faisceau de sa lampe n'éclairait qu'une infime partie de la cave ; elle vit quelques poutres tombées du toit, de vieilles caisses et d'autres débris.

— Je préfère m'accrocher à la rambarde, dit-elle, en essayant de libérer sa main de celle de Ty. L'escalier n'a pas l'air bien solide.

— Je te tiens.

C'était bien ce qu'elle craignait.

— Ty, lâche-moi, supplia-t-elle, en tirant sur sa main. Ne fais pas ça. Ne me fais pas de mal.

— Ariel ! s'écria-t-il en raffermissant sa prise. Je n'ai pas l'intention de te faire le moindre mal.

Soudain, l'escalier gémit et quelques planches cédèrent sous leur poids. Sentant la marche se briser sous ses pieds, Ty s'agrippa à la rambarde et lâcha la main d'Ariel. Mais le bois de la rambarde était, lui aussi, vermoulu et il perdit l'équilibre.

— Ty ! cria Ariel, en le retenant par le tissu rugueux de sa robe.

Il était trop lourd et elle n'avait pas assez de force. Le tissu glissa entre ses doigts et Ty tomba dans les ténèbres. Ariel entendit sa lampe torche rebondir dans le noir avant de se briser contre le sol en ciment et pria pour que Ty n'ait pas subi le même sort…

Rongée de craintes et de regrets, Ariel franchit tant bien que mal les marches brisées, cherchant son chemin à tâtons, s'agrippant au bois vermoulu afin de ne pas tomber à son tour.

— Ty ! appela-t-elle. Ty ! Oh, mon Dieu !

Priant en silence pour que sa mère lui vienne en aide, Ariel avançait dans l'obscurité, se cognant contre des caisses de bois, trébuchant sur des planches.

— Mama ! cria-t-elle, le visage baigné de larmes. Aide-moi !

Ses pieds butèrent contre quelque chose de mou. Elle trébucha et tomba sur un corps.

— Oh, Seigneur, Ty !

Elle tâtonna jusqu'à trouver sa poitrine pour prendre son pouls ; il respirait faiblement. Soudain, une lumière apparut en haut des marches, mais ce n'était pas le halo orangé tant souhaité. Elle se tourna vers la lumière, aveuglée par sa clarté, incapable de distinguer nettement la silhouette de l'homme qui se tenait là.

— Aidez-moi ! implora-t-elle. Il est vivant, mais blessé.

— Sers-toi de ta sorcellerie pour le sauver, cracha l'homme, d'une voix haineuse.

— Je ne suis pas une sorcière ! mentit-elle.

L'homme descendit lentement les marches et l'aida à se remettre debout en la tirant brutalement par les cheveux. Son capuchon avait glissé lorsqu'elle cherchait Ty.

— Tu es une menteuse. Comme ta mère. Mais tu ne m'échapperas pas, cette fois.

— Pourquoi faites-vous ça ? gémit Ariel, en essayant de se dégager.

Elle se tourna pour tenter de donner des coups de pied dans les tibias de l'homme, mais ce dernier raffermit sa prise, lui arrachant des larmes de douleur.

— Tu es une sorcière. Et toutes les sorcières doivent mourir.

— Pourquoi ? gémit-elle.

— Pour venger mes ancêtres et honorer ma famille.

— Non… ce n'est pas la véritable raison. C'est vous qui mentez, à présent.

Un bref instant, il relâcha sa prise et Ariel en profita pour se dégager. Aussitôt, elle sentit une corde grossière lui enserrer le cou et mordre dans sa chair.

— Tu as vu juste, répondit l'homme en éclatant de rire. Il est aussi question de pouvoir. Bientôt, le tien m'appartiendra…

— Non…, coassa Ariel, en tenant d'arracher la corde qui lui coupait le souffle.

Elle ne voulait pas mourir ainsi, pas comme l'avait prédit sa sœur. Pendue comme une sorcière.

14

Les paroles de sa mère retentirent dans la tête d'Ariel. Les amulettes te protégeront. Combattant son instinct qui la poussait à s'agripper à la corde, elle porta une main tremblante au petit soleil d'étain qui pendait à son poignet.

Aussitôt, la lumière jaillit, chaude et vive, dans un tumulte de fumée et de brume.

— Mama, chuchota Ariel en levant les yeux vers la source de lumière, en haut des marches.

La silhouette qu'elle aperçut alors était grande et carrée, et semblait bien plus réelle qu'un fantôme. David. Il se précipita dans l'escalier, manquant de tomber dans le trou laissé par Ty, mais se rattrapa au dernier moment à ce qui restait de la rambarde branlante.

— Ne t'approche pas, gronda l'homme qui retenait Ariel prisonnière.

La corde se resserra davantage autour de son cou et sa vue se brouilla, comme si elle quittait ce monde doucement. Elle lutta, se concentrant sur les amulettes et sur David. Celui-ci avait retrouvé l'équilibre avec une agilité étonnante pour un homme de sa stature, et s'était arrêté quelques marches plus bas que le trou. Il paraissait encore plus impressionnant ainsi, surplombant la cave.

— Recule ! aboya l'homme avec rage. Recule ou je la tue !

— Alors, je devrai te tuer ensuite, dit David d'une voix grave et lourde de menaces en sortant un revolver de la poche de sa robe. Ce sera lent et douloureux. Je ferai tout mon possible pour que tu souffres.

— Tu es censé être un de mes disciples ! hurla l'homme. Tu es censé rester loyal !

— Tu menaces la femme que j'aime. Je suis venu aux rassemblements uniquement pour te trouver et t'arrêter, afin de la protéger. Si tu lui fais le moindre mal, je te tue, gronda David, sur un ton qui ne tolérait aucune discussion.

Malgré les difficultés extrêmes qu'elle éprouvait à respirer, Ariel sentit son cœur se réchauffer. Ainsi, David ne l'avait pas trahie. Au contraire, il avait fait tout ce qui était en son pouvoir pour la protéger, allant jusqu'à mettre sa propre vie en danger. Si seulement elle avait fait confiance à la force de son amour…

— Relâche-la ! ordonna David.

Impressionné sans doute par le ton menaçant de David, l'homme desserra un peu la corde et Ariel en profita aussitôt pour la lui arracher des mains.

Echappant à son emprise, elle tomba à genoux en se tenant le cou.

David leva son arme, mais avant même qu'il ait eu le temps d'ajuster son tir, l'homme lui jeta un morceau de planche qui l'atteignit au bras. Le revolver tomba sur le sol. Bien décidé visiblement à ne pas laisser l'homme s'en tirer aussi facilement, David se jeta du haut des marches et plaqua son ennemi au sol. Les deux hommes roulèrent sur le ciment dans un combat furieux de coups de pied et de poing, chacun tentant d'atteindre l'autre. David poussa un cri rauque et la lame d'un couteau rouge de sang étincela dans la pénombre.

Quelqu'un appelait doucement Ariel, la ramenant au monde des vivants.

— Ariel ! répéta la voix de sa mère avec impatience.

— Je t'entends, mama, chuchota la jeune femme, sans parvenir cependant à produire le moindre son, car la morsure de la corde lui avait brisé la voix.

Le halo orangé se fit plus intense, éclairant le revolver de David qui gisait au pied de l'escalier. Ariel contourna les deux hommes avec prudence et s'empara de l'arme. Tremblante, elle s'en remit à la voix de sa mère et au pouvoir de la lumière pour guider sa main et tirer sur la bonne personne. Elle appuya sur la gâchette.

L'une des silhouettes encapuchonnées se plia en deux, puis rampa par-dessus les caisses et les planches pour gagner le fond de la cave. Une porte s'ouvrit et la lumière des lampadaires de la rue inonda la cave. Dehors, des hommes s'enfuyaient de l'église, courant en tous sens. Ariel était paralysée de terreur. Elle avait tiré sur le mauvais homme. Elle lâcha l'arme et tituba jusqu'au corps étendu par terre.

— David !

Son cri ne fut qu'un coassement rauque dans sa gorge. Aveuglée de larmes, elle posa les mains sur l'homme qu'elle aimait. Lorsqu'elle les releva, ses paumes étaient poisseuses de sang.

— David ? David, ça va ?

Oh, pitié ! Faites qu'il ne soit pas mort !

David cligna les yeux plusieurs fois avant de la regarder. Il leva une main pour lui toucher la joue, tandis que de l'autre il détachait la corde qui lui enserrait toujours le cou.

— David, tu saignes…, hoqueta-t-elle. Oh, mon Dieu, je t'ai tiré dessus !

David lui releva le menton pour la forcer à le regarder.

— Non, c'est sur lui que tu as tiré, mais j'ai reçu un coup de couteau. Ce n'est rien…

Le sang rouge foncé qui se répandait sur le sol de ciment semblait pourtant indiquer le contraire.

— David…

— Ariel, je ne voulais pas que tu découvres cet endroit ni cette secte. Je voulais te protéger.

— Tu l'as fait, assura-t-elle. C'est ma faute. C'est à cause de moi que tu as été blessé. Il faut te faire sortir d'ici.

Elle sentit la peur s'emparer de nouveau d'elle. Elle se souvint soudain que quelqu'un d'autre avait été blessé à cause d'elle.

— Ty aussi est blessé, ajouta-t-elle.

— Ty est ici ? demanda David. La nuance d'incompréhension contenue dans sa voix se transforma soudain en cri de panique. Ty ! Où es-tu ?

— Je suis ici, répondit Ty, d'une voix faible. Je suis vivant.

Juste vivant.

Elle devait trouver de l'aide. Elle se releva vivement et se tourna vers l'escalier.

— Je reviens tout de suite, promit-elle.

En haut des marches, une silhouette vêtue d'une robe brune l'attendait, bloquant le passage.

Etaient-ils tous là ? Tous les adeptes de la sinistre secte ? Elle s'accroupit, cherchant le revolver à tâtons sur le sol de ciment, sans quitter son ennemi des yeux. Elle les tuerait tous un par un, s'il le fallait. Pour David.

— Tu n'auras pas besoin de ça, murmura la voix de sa mère.

Tandis que le fantôme parlait, la personne qui se trouvait en haut des marches abaissa son capuchon et un flot de cheveux blonds scintilla dans la lueur orangée.

Ariel ne demanda pas à sa sœur comment elle était arrivée jusqu'à elle. Elle avait fait sans doute un nouveau rêve qui lui avait permis de retrouver sa trace.

— J'ai appelé la police, dit Elena, tandis que les

premières sirènes résonnaient au loin. Les secours arrivent.

Mais elle n'avait pas besoin des secours. Le fantôme de sa mère et sa sœur étaient là pour la protéger. Ariel n'avait qu'à faire confiance à son pouvoir, aux personnes qu'elle aimait et… à elle-même.

— Ça va ? Tu n'as besoin de rien ? demanda Ariel, assise au bord du lit de David.

Il avait insisté pour rentrer chez lui et avait réussi à convaincre les médecins de l'hôpital qui l'avaient laissé sortir malgré leurs réticences.

— Si…, gémit David en poussant un soupir à fendre l'âme.

— Tu as mal ? Tu veux prendre un antalgique ? demanda Ariel, en s'emparant de la boîte de médicaments encore intacte posée sur la table de nuit. Tu n'en as pas encore pris.

— Je n'en ai pas besoin.

— De quoi as-tu besoin, alors ? demanda-t-elle avec un petit sourire, en le voyant poser sa main indemne sur sa cuisse.

— De toi, Ariel. Je n'ai besoin que de toi.

Il se pencha pour lui déposer un baiser sur les lèvres.

— David, chuchota-t-elle, tu dois faire attention à ne pas aggraver tes blessures.

— Ce n'est pas si grave que ça, tu sais ?

— Le couteau a touché une artère, lui rappela-t-elle. Tu as perdu beaucoup de sang.

— Je vais bien, soupira-t-il, en s'appuyant contre les oreillers calés contre la tête de lit. Mieux que Ty, en tout cas.

— Il va s'en sortir, tu sais ? Il a eu de la chance. Une jambe cassée, un poignet foulé et un léger traumatisme crânien. Il se remettra complètement.

Pourtant, si elle était certaine de sa guérison physique, elle était moins rassurée en revanche pour sa santé psychologique. Lorsqu'elle lui avait rendu visite à l'hôpital, avant de raccompagner David chez lui, elle avait trouvé Haylee montant la garde près de son lit. La petite fille le comprenait ; elle ne le laisserait pas seul. Mais Ariel se sentait coupable. Elle ne pouvait plus ignorer les sentiments de Ty à son égard, même si cela la mettait mal à l'aise. Elle n'éprouvait pas la même chose. Son cœur appartenait à David.

— Il s'en sortira, acquiesça David, qui semblait parler d'autre chose que des blessures de son ami.

Les deux hommes étaient liés depuis si longtemps que David avait certainement deviné l'attirance que son ami éprouvait pour Ariel.

— Et nous ? demanda Ariel. Je veux dire… pas nous deux… Mais mes sœurs, ma famille.

Les sorcières.

— Oh, bon sang, grogna David. Ariel, tu ne penses pas encore que je…

Se penchant en avant, elle lui posa un doigt sur les lèvres.

— Non. Je ne le pense pas. Je ne l'ai jamais pensé.

Sauf peut-être l'espace d'une longue et horrible seconde.

— Je sais que tu essayais d'arrêter l'assassin.

Elle aurait dû se rendre compte qu'il ne s'était pas simplement contenté de rechercher ses sœurs. Il avait voulu la protéger, comme il l'avait fait pour Ty, bien des années plus tôt.

— Tu aurais dû m'en parler, tu sais ? Surtout quand je t'ai parlé de l'église. J'aurais pu t'aider.

Au lieu de se sentir inutile et impuissante.

— Je ne voulais pas te mettre en danger. C'est pour ça que je ne t'ai rien dit à propos de la secte. Je les ai trouvés sur internet ; ils parlaient de sorcières et de sorcellerie. Ç'avait l'air de coller avec ce que tu m'avais raconté sur la vendetta et la chasse aux sorcières.

— Alors, tu m'as vraiment crue ?

— Je t'ai cru dès le début. Mais je savais que tu voudrais t'en mêler et je ne voulais pas courir le risque de te perdre. Si les choses avaient mal tourné…

C'était pourtant ce qui s'était passé, à cause de son manque de confiance.

— Depuis combien de temps connaissais-tu l'existence de cette secte ?

David haussa les épaules, ce qui lui arracha une grimace de douleur.

— Depuis notre première visite à Armaya. J'ai

recherché des personnes ou des groupes assez fous pour se lancer dans une chasse aux sorcières.

Tandis qu'elle cherchait ses sœurs, lui traquait le tueur.

— Et qui sont ces gens exactement ?

— Je ne sais pas. Malgré toutes mes recherches et ma prétendue adhésion à cette secte, je n'ai jamais réussi à obtenir de ce type qu'il me révèle sa véritable identité. Je ne sais pas qui il est. Je n'ai même pas réussi à remonter la piste de ses mails. Par contre, j'ai pu retrouver ceux des autres. Aucun d'entre eux ne connaît son identité. Et je suis persuadé que les autres membres de la secte n'ont rien à voir avec les meurtres.

Il laissa échapper un soupir frustré et reprit, le front soucieux :

— Tu ne seras pas en sécurité tant que nous ne l'aurons pas retrouvé, Ariel.

Elle se glissa dans le lit à ses côtés.

— Non, tu te trompes, dit-elle en posant la tête contre sa poitrine. Je suis en sécurité ici, dans tes bras. Comment as-tu su que j'étais présente dans la cave, hier soir ?

— Tu m'as appelé, répondit David, le front encore plus soucieux. Je t'ai entendue m'appeler.

— Mais je n'ai…, protesta Ariel.

— Tu as crié mon nom, puis j'ai aperçu la lumière dans l'escalier… Une lueur orange. Comme si les flammes de l'enfer étaient en train de ravager le sous-sol.

Il l'avait vue, lui aussi. Et c'était la voix de sa mère qu'il avait entendue.

— David, ce n'était pas l'enfer…

— En tout cas, c'est là que je serais, si je t'avais perdue, trancha-t-il en passant un bras autour de ses épaules. Ariel, je t'aime. Je préférerais mourir plutôt que de laisser quelqu'un te faire du mal.

C'était pourtant bien ce qui avait failli arriver.

— Je sais, dit-elle. Je t'aime tant, moi aussi.

Elle espérait qu'il la croyait. Le sourire qui illumina le visage de David fut éloquent.

— Prouve-le-moi, dit-il avec un sourire diabolique.

— David, tu es blessé…

— Dans ce cas, sois douce avec moi.

— David…

Un baiser la fit taire et elle l'accueillit avec chaleur. Les doigts de David, étonnamment agiles malgré la blessure, s'attaquèrent au nœud qui retenait les pans de son chemisier.

— David, dit Ariel en se reculant. Je n'arrive pas à croire que tu aies fait ça pour moi. Tu as pris de gros risques en rejoignant cette secte.

— Je t'aime, dit-il simplement, comme si cela suffisait à expliquer qu'il soit prêt à mourir pour elle.

Enfin, elle comprenait ce qu'étaient l'amour véritable et l'acceptation totale. Jamais plus elle ne douterait de lui.

— Moi aussi, je ferai tout pour toi, David.

Le sourire refit son apparition.

— Alors, fais-moi l'amour.

Elle l'embrassa, doucement d'abord, se contentant de poser légèrement ses lèvres contre les siennes. Puis ses baisers se firent plus pressants et elle lui glissa sa langue dans la bouche, pour le caresser et l'exciter. David gémit. Inquiète, Ariel se raidit et se recula un peu.

— Ton bras ?

— Quel bras ? se moqua-t-il.

— Tu n'as pas mal, au moins ? demanda-t-elle, en étudiant son visage d'un air sévère, guettant la moindre trace de douleur sur ses traits réguliers.

— Si, je te désire tellement que c'en est douloureux, Ariel. J'ai besoin de toi. Mais…

Il fit une grimace.

— Quoi ?

— Il va falloir que tu fasses tout le travail.

Taquine, elle laissa un léger sourire flotter sur ses lèvres. Une vague de désir déferla en elle, accélérant les battements de son cœur, réchauffant son sang, réveillant sa passion. Elle repoussa le bras de David et se leva.

— Ariel…

— Je ne m'éloigne pas, promit-elle, en faisant glisser doucement les bretelles de son soutien-gorge noir.

Elle défit ensuite l'attache entre ses seins et libéra sa poitrine. David gémit de nouveau, mais elle savait que sa blessure n'y était pour rien. Se relevant un peu sur le lit, il tendit la main vers elle, mais elle se recula hors de sa portée et lui tourna le dos pour retirer sa jupe déchirée. Elle agita une fois les hanches, puis deux ; le tissu léger glissa sur ses cuisses et tomba à ses pieds. Elle prit son temps pour retirer sa culotte, glissant un doigt dans la dentelle au niveau de sa hanche, comme si elle hésitait à continuer. Jetant un regard par-dessus son épaule, elle aperçut le visage tendu de David, ses yeux noirs de désir. Lentement, elle fit glisser la culotte de satin.

— Ariel, tu me tues... Tu me...

David était sans voix — voilà qui était plutôt inhabituel ! Mais la situation aussi était inhabituelle : c'était Ariel qui contrôlait la situation, tandis que David était cloué au lit, paralysé par le désir. Il haletait légèrement et un muscle tressaillait près de sa mâchoire.

— Bon sang, viens ici, gronda-t-il.

Elle se tourna vers lui en faisant signe que non, laissant ses cheveux glisser sur la peau nue de ses seins en une caresse sensuelle. L'air sérieux, elle se mordit la lèvre et prit ses seins à deux mains, comme pour les inspecter. David rejeta les draps d'un coup de pied et fit mine de se lever, mais Ariel le repoussa doucement en arrière.

— Pas si vite, monsieur Koster...

Mais David la prit par la taille d'un seul bras et la souleva juste assez pour pouvoir prendre le bout d'un de ses seins entre ses lèvres.

Ariel gémit de désir. Elle passa la main sur son boxer, caressant son sexe rigide. Comme il l'avait fait lui-même avec les draps de satin, elle se servit du tissu pour accentuer l'intensité de sa caresse.

— Ariel, gémit David, submergé par ses lents va-et-vient. Je te veux ! Maintenant !

Même affaibli, il continuait à exiger. Puissant et sûr de lui. Ariel lui retira son boxer, puis le chevaucha, l'accueillant profondément en elle, serrant son membre comme dans un étau.

En gémissant, elle se mordit la lèvre, car elle sentait le désir monter en elle, ardent et vif. Elle ondula des hanches avant de commencer à monter et descendre sur lui. David la tenait par les hanches, pour l'aider à maintenir la cadence. Puis il se redressa un peu et se pencha en avant pour prendre dans sa bouche un sein, puis l'autre, caressant les bouts sensibles de sa langue, faisant naître des éclats de plaisir qui la faisaient frissonner contre lui. Soudain, il se tendit brusquement en criant son nom.

— Ariel ! Je t'aime !

Quelques minutes plus tard, Ariel reposait la tête contre la poitrine de David, qui était trempée de sueur. Quel homme passionné ! Même s'ils vivaient ensemble pendant des années, elle ne se lasserait jamais de lui. Jamais elle ne le désirerait moins qu'en cet instant. Elle ne pouvait que l'aimer davantage. Elle joua un instant avec la bague qui ornait son doigt.

— J'ai pris ma décision.

— A propos de quoi ? demanda David, qui reprenait lentement son souffle.

— Ta question. J'ai trouvé la réponse, si tu en attends toujours une.

Il ferma les yeux, comme submergé par ses émotions.

— Je veux bien l'entendre. Je te veux. Pour toujours.

— Alors, choisissons une date.

— Vraiment ? demanda-t-il, les yeux brillant d'espoir.

— Ah, oui, je vois…, se moqua-t-elle gentiment en se blottissant contre sa poitrine. Tu m'as juste offert la bague pour me faire taire, pour m'empêcher de te harceler avec des histoires de mariage.

David éclata de rire.

— Oui, c'est tout à fait ton genre.

— Te voilà prévenu, dit-elle sans la moindre compassion. C'est pour ça que je veux que nous choisissions une date tout de suite. Comme ça, au moins, tu ne risques pas de changer d'avis.

— Jamais je ne changerai d'avis. Passe-moi le téléphone.

— Pour quoi faire ?

— Je vais appeler le maire pour lui dire de venir nous marier sur-le-champ.

— Si tu crois que tu vas t'en tirer à si bon compte, tu vas être déçu, répliqua Ariel, en faisant mine de bouder. Je veux un vrai mariage. Un grand mariage. Et je veux que toute ma famille soit présente.

— Ariel…, soupira David. Je voudrais pouvoir te promettre une chose pareille, mais…

— Chut… tu n'as pas à me promettre quoi que ce soit. Sauf de m'aimer pour toujours.

— Même pas peur ! dit-il avec ironie.

— Alors, trouvons une date.

David sourit, même si une ombre voilait encore son regard.

— Choisis ton jour, je serai là.

— Tu as plutôt intérêt ! s'écria-t-elle, le cœur battant à l'idée qu'il avait failli mourir.

Il aurait suffi que le couteau s'enfonce de quelques centimètres de plus ou qu'elle tire sur le mauvais homme. Mais sa mère l'avait guidée et l'amulette lui avait donné la force. Elle avait eu raison de leur faire confiance et de croire en elle-même.

— Pour rien au monde, je ne manquerais le premier jour du reste de notre vie, promit David.

Heureuse, elle se blottit de nouveau contre lui.

— C'est aujourd'hui, ce premier jour. Le mariage ne sera que la grande fête pour partager notre engagement avec nos amis et notre famille.

— Je suis tout à toi, Ariel. A notre amour et à la vie que nous allons construire ensemble.

— Moi aussi.

Ils auraient une belle vie, elle en était sûre. Elle se sentait en sécurité, pas simplement grâce à la proximité de David, mais aussi grâce à la présence du halo orange qui filtrait sous la porte.

Elle se rendit alors compte que sa mère avait veillé sur elle toute sa vie. C'était elle qui avait appelé David à la rescousse, dans l'église. A présent, elle veillerait sur eux deux.

Pour la première fois de sa vie, Ariel ne ressentait aucune hésitation, aucun doute — que ce soit à propos de David, de son amour, de qui elle était… ou de l'avenir qui les attendait, tous les deux.

Elle ne doutait pas non plus qu'un jour elle retrouverait Irina, que les trois sœurs seraient enfin réunies et que le tueur serait arrêté avant de pouvoir frapper de nouveau.

Épilogue

Aveuglé par la rage qui le secouait, il serra le cadre en étain dans ses mains pour contempler encore une fois la petite fille rousse qui semblait lui sourire. Elle avait été la plus facile à retrouver, mais la plus difficile à tuer. Elle était bien plus forte qu'elle n'en avait l'air. Bien plus puissante, aussi.

Sa tête lui faisait atrocement mal et la couleur battait à ses tempes, en rythme avec son cœur. Il avait été si proche du but. Il avait même réussi à lui passer la corde autour du cou et elle avait presque cessé de respirer. Tout avait échoué à cause de cet homme, envoûté par la beauté de la sorcière, ensorcelé au point d'être prêt à sacrifier sa vie pour elle. Sorcière !

Son épaule le lançait, à cause de la balle avec laquelle elle l'avait blessé. Heureusement qu'il avait des contacts et connaissait un médecin qui ne poserait pas de questions. La blessure n'était pas mortelle. La sorcière, si. Il devait reprendre des forces avant de l'affronter de nouveau. Pour l'instant, il la laisserait en paix.

Il laissa retomber le cadre sur son bureau et fouilla dans le tiroir de son bureau pour retrouver sa flasque. Il dévissa le bouchon et but une longue gorgée du puissant breuvage.

Il attendrait son heure... et tuerait ses sœurs avant. Elle s'en retrouverait affaiblie. Et lui serait de nouveau puissant. Il avait besoin du pouvoir combiné des deux sœurs pour combattre ce que la médecine moderne ne pouvait guérir. La tumeur maligne qui lui rongeait lentement le cerveau. Il devait faire vite, sinon la maladie le tuerait.

Il se cala dans son fauteuil, les yeux fermés. Dans sa tête, des sorcières dansaient. Le capuchon de leur robe dissimulait leur visage et il ne distinguait que leurs lèvres vermillon qui souriaient. Elles dansaient autour des flammes qui menaçaient de le consumer.

Il ne laisserait pas une chose pareille se produire. Il les tuerait d'abord. Luttant contre la douleur, il ouvrit un œil et jeta un regard vers le cadre. La fillette blonde. Il avait aperçu un visage semblable, quelques jours plus tôt. Les mêmes cheveux blonds. Les mêmes yeux d'un bleu si froid. La petite fille était le portrait craché de sa mère au même âge. Personne ne saurait jamais si elle continuerait à ressembler ainsi à sa mère en grandissant, car il ne la laisserait pas grandir.

Elle aussi mourrait. Bientôt.

Composé et édité par HarperCollins France.

Achevé d'imprimer en septembre 2019.

CPi
BLACK PRINT

Barcelone

Dépôt légal : octobre 2019.

MIXTE
Papier issu de sources responsables
FSC® C108412

Pour limiter l'empreinte environnementale de ses livres, HarperCollins France s'engage à n'utiliser que du papier fabriqué à partir de bois provenant de forêts gérées durablement et de manière responsable.

Imprimé en Espagne.